U0025515

古典詩歌研究彙刊

第十八輯

龔鵬程 主編

第 8 冊

朱熹詩學研究

王 玉 琴 著

國家圖書館出版品預行編目資料

朱熹詩學研究／王玉琴 著 -- 初版 -- 新北市：花木蘭文化出版
社，2015〔民 104〕
序 4+ 目 2+228 面；17×24 公分
（古典詩歌研究彙刊 第十八輯；第 8 冊）
ISBN 978-986-404-300-2（精裝）
1.（宋）朱熹 2. 詩學
820.91   104014042

ISBN-978-986-404-300-2

9 789864 043002

古典詩歌研究彙刊
第十八輯　第八冊   ISBN：978-986-404-300-2

朱熹詩學研究

作　　者　王玉琴
主　　編　龔鵬程
總 編 輯　杜潔祥
副總編輯　楊嘉樂
編　　輯　許郁翎
出　　版　花木蘭文化出版社
社　　長　高小娟
聯絡地址　235 新北市中和區中安街七二號十三樓
　　　　　電話：02-2923-1455／傳眞：02-2923-1452
網　　址　http://www.huamulan.tw 信箱 hml810518@gmail.com
印　　刷　普羅文化出版廣告事業
初　　版　2015 年 9 月
全書字數　168834 字
定　　價　第十八輯 13 冊（精裝）新台幣 20,000 元
版權所有·請勿翻印

朱熹詩學研究

王玉琴　著

作者簡介

王玉琴，女，1970 年生，南京大學文學博士，德國波鴻魯爾大學、中國社會科學院高級訪問學者，鹽城師範學院文學院副教授，鹽城市有突出貢獻中青年專家，著作有《文學作品鑒賞與闡釋》、《一日西風吹雨點》、《四書大全校注》等，正主持國家社會科學基金項目《宋代美學範疇研究》，曾獲江蘇省政府留學獎學金、江蘇省社科聯優秀論文一等獎、南京大學優秀（博士）研究生、南京大學徵文一等獎等，在權威、核心期刊發表論文 40 多篇。

提　　要

　　本書主要從朱熹詩學的發生、發展、形成、內涵與影響方面，深入探討朱熹詩學觀的內涵與外延。朱熹詩學觀與其對儒家經典的重新闡釋相互會通，與其圓融無礙的理學精神相互滲透，與終其一生的詩歌創作相互印證。理學精神對詩學觀念的步步滲入，使得朱熹詩學形成為理學詩學的獨特形態。朱子理學詩學，是宋元明清時代理學成為主流意識形態與官方哲學之後，最具有代表性的哲學家詩學。

序

　　朱熹堪稱孔孟以來對中國思想文化影響最大的學者，朱熹的學術思想對於後世的影響從一例即可見一斑：他所撰的《四書章句集注》，改變了儒學發展的歷史，在宋代理學家的經典譜系中，《四書》地位超過了《五經》，而成爲理學家闡論性理之學最重要的典據。明永樂十二年（公元 1414 年），朱棣諭示胡廣、楊榮等人，「唱聖賢精義要道，其傳注之外，諸儒議論，有發明餘蘊者，爾等采其切當之言，增附於下。」〔註1〕胡廣、楊榮等最終綜彙了一百零六家儒士的傳注，纂成《四書大全》，由官方頒行天下並懸爲功令，其後「二百餘年以來，庠序之所教，制科之所取，一稟於是。」〔註2〕《四書》成爲明代儒生爲學的基礎，爲人的準則，影響了明代乃至清代的思想文化流變史。但誠如魏裔介所言：「《集注》者，《四書》之孝子忠臣，而《大全》者，又《集注》之孝子忠臣也。後之欲窺聖人之道，非《集注》何由進，非《大全》則《集注》之微言奧義亦幾不明。」〔註3〕不難看出，朱棣所諭示的「聖賢精義要道」，其實就是孔孟與朱熹的論說內容，由此亦可見朱熹在中國思想文化史上的獨特地位。

　　朱熹產生巨大社會影響，其根本原因在於其學術綜羅百代，集諸儒之大成，建構了一個龐大的思想體系。朱熹思想的形成是「致廣大」而後臻於「盡精微」的過程，是理學家中最爲博洽的學者。其「廣大」表現在他錯綜於多

〔註1〕《大明太宗孝文皇帝實錄》卷一百五十八。
〔註2〕高攀龍《高子遺書》卷七《崇正學闢異說疏》。
〔註3〕《兼濟堂文集》卷三《四書大全纂要序》。

個學術領域，尤其是融理學與文學爲一體。朱熹是思想家中文學修養最深厚的學者。他不但有《詩集傳》、《楚辭集注》、《韓文考異》等著作，而且詩作竟達一千餘首之多。誠如錢穆先生所說：「理學家中能詩者，北宋有康節，明代有陳憲章白沙，較之朱子詩之淵雅醇懿，殆皆不如。」〔註4〕他對詩歌有十分眞切的體悟，云：「讀詩之法，只是熟讀涵味，自然和氣從胸中流出，其妙處不可得而言。」〔註5〕朱熹的這一爲學特色也爲當時的賢士所稱歎，如呂祖謙謂其「以一身而備四氣之和，以一心而涵千古之秘。」〔註6〕朱熹自己論學也以此爲祈向，他所謂「致廣大」就是「心胸開闊，無此疆彼界之殊。」〔註7〕正由於其胸襟闊大，錯綜眾學，才取得了迥出於群賢之上的卓越成就。

「尊德性而道問學，致廣大而盡精微，極高明而道中庸。」（《中庸》）是理學成聖的基本取向。值得注意的是，《中庸》在提出這個知識論與道德論途徑之前，對於「高明」之天道的描述是引據了《詩經・周頌・維天之命》中的詩句「惟天之命，於穆不已」爲喻的。這句詩也成爲子思、二程乃至朱熹表現天道無窮極常用的表述方式，是理學家們對道體性體特徵最常見的形象展示。儘管在理學家的眼中，《詩》也是儒家經典，但就這種借《詩》以言理的方式而言，實則已是超越了學科之界的「渾淪」的表述。從這個意義上說，儒家的聖學體系本身即具有「渾淪」的特徵。當然，朱子學又是以「道問學」爲特色，注重下學功夫的學問，即他所謂「一言兩語斷得分明」，一棒一條痕，一摑一掌血，似乎是重分疏而摒絕「渾淪」的。但其實朱熹是在分判儒佛這一特定語境時，才對「渾淪」表示些許不滿，這是由於其強烈的承挑儒家正統，刻意摒棄佛禪的心態使然。事實上，他大多數論及「渾淪」還是就「極高明」而言，如，他認爲人於大原本上看得透，自然心胸開闊，識得道體，則「世間道理，沛然若決江河而下，莫之能禦。」「如此，方見得這個道理渾淪周遍，不偏枯，方見得所謂『天命之謂性』底全體。」〔註8〕因此，他對論學重一體的程明道其實是十分尊崇的，即他所謂「明道說話渾淪，煞高，學者難看。」〔註9〕從這個意思上看，朱熹的學術本身又是渾淪的，朱熹云：「下

〔註4〕錢穆：《朱子學提綱》，生活・讀書・新知三聯書店 2002 年版，第 200 頁。

〔註5〕《朱子語類》卷八十，中華書局 1994 年版，第 2086 頁。

〔註6〕《東萊集》附錄卷三《畫像贊・友人朱熹》，民國續金華叢書本。

〔註7〕《朱子語類》卷六十四，中華書局 1994 年版，第 1585 頁。

〔註8〕《朱子語類》卷第一百二十一，中華書局 1994 年版，第 2938～2939 頁。

〔註9〕《朱子語類》卷九十三，中華書局 1994 年版，第 2358 頁。

學者事也，上達者理也。」〔註 10〕如果僅有「下學」沒有超越融通而呈「渾淪」之態的「上達」，則不成其爲理學，朱熹也就不成其爲朱熹。從這個意義上說，從「渾淪」處論朱熹又是解讀朱熹難以繞過的過程。

我猜度，王玉琴博士正是從這個角度考慮，才鼓起勇氣在先哲時賢對朱熹已作了精微研究的前提之下，對朱熹的理學與詩學的關係進行系統研究的。她力求探索經典闡釋的實踐對詩學研究的影響，注意將四書學與詩學思想交匯融合，最終撰成此書，其特色誠如其自述：「從經學闡釋 —— 理學範疇 —— 詩學內涵之間尋找契合點並進行內在的邏輯挖掘。」正由於她敏於思考，並小心求證，該書提出了一系列新穎的見解，諸如，「研究與評價朱熹的詩學思想，不能僅僅以所謂的歷史定論爲依據，而應當以其在詩學思想的進程中所扮演的角色、對後世產生的影響作爲重要標準。」等等。這種勇於探索的精神無疑是十分可貴的。

八年前，玉琴來到南京大學攻讀博士學位，我幸爲其指導老師，知其攻博期間焚膏繼晷，博取敏求，從研讀原始資料入手，精思冥索，這本專著是在她當年博士學位論文的基礎上加工而成的。今天，在其行將付梓之時我再讀全篇，不但再次感受到了她紮實的基礎與敏銳的學術感悟力。同時感受到她在遠赴德國、涵茹西學之後，胸襟也更加闊大，亦漸及中西之學「渾淪」之境，因此而以由衷的欣悅心情，草序於再閱讀之後。

周群

2014 年 12 月於南京大學

〔註 10〕《朱子語類》卷四十四，中華書局 1994 年版，第 1139 頁。

目
次

緒　論

一

　　詩歌作爲中國最古老、最基本的文學樣式，歷千年而不衰。「詩者，志之所之也，在心爲志，發言爲詩，情動於中而形於言，言之不足，故嗟歎之，嗟歎之不足，故詠歌之，詠歌之不足，不知手之舞之足之蹈之也。」《毛詩序》中關於詩的這一段描述，開啓了「詩言志」論的先河。從「詩言志」、「詩緣情」到「情志並舉」、「情理並重」，中國詩論此起彼伏、不絕如縷。中國人認爲，詩既是「天地之心」，也是「民之性情」，更是「天人之合」〔註1〕。由於詩歌既能興觀群怨、泄導人情，又具有強烈的感動人心的功能——「動天地、感鬼神，莫近於詩」，故中國詩教源遠流長、歷久彌新。詩歌作爲中國文學正宗，從西周開始一直到清代，是文人創作首選的文體。林語堂向西方介紹中國人時認爲，「詩歌是中國的宗教」，「假如沒有詩歌——生活習慣的詩和可見於文字的詩——中國人就無法幸存至今。」〔註2〕20世紀前後的近現代中國，時代風雲劇變，社會矛盾此起彼伏，民主和科學精神深入人心，傳統詩歌經過西學東漸、

〔註1〕　（清）劉熙載：《藝概・詩概》，「《詩緯・含神霧》曰：『詩者，天地之心。』文中子曰：『詩者，民之性情也。』此可見詩爲天人之合。」
〔註2〕　林語堂：《中國人》，上海：學林出版社1994年，第241頁。

白話文運動後，昔日風采不再，詩歌和詩人都成了文學世界中的少數。當舊體詩歌轉變為現代新詩之後，漸漸難敵小說在讀者心目中的地位，以至今日愛詩之人情不自禁地發問：「當我的生命在我的詩歌中融化，我不知道，你在我的詩歌中能不能找到我？」〔註3〕

在中外詩學關於詩歌藝術的探討中，詩哲關係是一個聚訟紛紜的複雜問題，它面對不同的文化傳統、不同的時代風潮，提出了不同的命題。柏拉圖要把詩人從哲學家統治的理想國中驅逐出去〔註4〕，拉開了西方詩學史上感性與理性、藝術真實與歷史真實論爭的序幕。柏拉圖之後，亞里士多德、奧古斯丁、盧梭都在「詩哲之爭」的基礎上對「詩」「思」關係進行過論述。亞氏認為，詩緣於現實而又高於現實，不僅模仿現實世界的外表和現象，更揭示現象背後的本質和規律，從而確立了詩 —— 文學的地位〔註5〕，但其後奧古斯丁在《懺悔錄》中以主的名義否定了包括詩歌在內的藝術，盧梭在《論科學與藝術》中對文明展開控訴，反對藝術的非自然性……紛紛揚揚的「詩哲之爭」，形成了西方詩學史的獨特「風景」，無怪乎中國學者歎言：「自柏拉圖放逐詩人，亞里士多德通過為詩人辯護而創立了『詩學』之後……，『詩辯』因此成為西方美學的主要文體。」〔註6〕與柏拉圖、奧古斯丁對詩人的苛責言論不同，亞里士多德、黑

〔註3〕 陳義海：《四季》，見《狄奧尼索斯在中國》，南京：江蘇文藝出版社2010年，第3頁。

〔註4〕 柏拉圖認為藝術家創造的形象與真理隔著三層：「我們理應抓住詩人，把他和畫家擺在一個隊伍裏，因為他有兩點類似畫家，頭一點是他的作品對於真理沒有多大價值；其次，他逢迎人性中低劣的部分。……我們要拒絕他進到一個政治修明的國家裏來，因為他培養發育人性中低劣的部分，摧殘理性的部分。」《柏拉圖文藝對話錄》，朱光潛譯，北京：人民文學出版社1983年，第84頁。

〔註5〕 亞里士多德言：「詩人的職責不在於描述已發生的事，而在於描述可能發生的事，即按照可然律或必然律可能發生的事，……寫詩這種活動比寫歷史更富於哲學意味」見亞里士多德：《詩學》，羅念生譯，北京：人民文學出版社1982年，第28頁。

〔註6〕 單世聯：《西方美學史上對藝術的三次攻擊》，首都師範大學學報，2002年第5期。

格爾、海德格爾等，從相反相成的角度考察詩哲問題，西方詩歌正是在「詩哲之爭」中漸漸獲得了正名〔註7〕。

「詩哲之爭」的另一端，是詩哲和諧共處。如果說西方詩學在發端之初即呈現出清晰的天人對立、主客二分、感性與理性各領江山的話，那麼中國詩學在發軔之初則呈現出天人合一、物我交融、感性與理性和諧融通的思維特點。緣此，中國文化中的詩哲關係及其發展歷程自有其獨特性，自有其生存空間和時代影響。

在中國文化發端的先秦時期，詩樂舞同源而生，文史哲難見分野，詩哲可謂和諧共處。孔子整理的六經中就包括《詩經》，他多次為詩正名，並要求弟子廣泛學詩：

> 不學詩，無以言。(《論語·季氏第十六》)

> 小子何莫學夫詩？詩，可以興，可以觀，可以群，可以怨。邇之事父，遠之事君，多識於鳥獸草木之名。(《論語·陽貨第十七》)

> 興於詩，立於禮，成於樂。(《論語·泰伯第八》)

作為儒家哲學的奠基者，孔子強調「詩禮樂」相輔相成，少年學詩，可以激發情志，觀察社會，交往朋友，怨刺不平，近可以侍奉父母，遠可以侍奉君王，還可以知道鳥獸草木的名稱。孔子對詩的認識，是融知識教育、情感教育與審美教育於一體，中國的詩教傳統歷千年而不衰，孔子功莫大焉。在孔子詩教的基礎上，儒家詩教對中國文學產生積極而深遠的影響。

孔子之後的孟子，接續孔子詩思，認為詩不僅是言「詩人之

〔註7〕黑格爾認為藝術同哲學一樣揭示真理，只是形式不同而已。海德格爾認為，存在之真理或存在之澄明境界，不能在科學求證中獲得，卻能在詩和藝術中現身。兩者都是從詩的真理性角度認可了藝術的真理性。分別見黑格爾《精神哲學 —— 哲學全書·第三部分》，第三篇絕對精神之藝術部分，楊祖陶譯，北京：人民出版社2006年，第372頁。海德格爾《荷爾德林詩的闡釋》之《荷爾德林和詩的本質》，孫周興譯，北京：商務印書館2000年，第36頁。

志」，也言「聖人之道」，詩與哲學在某種程度上達到了高度的統一：

> 仁則榮，不仁則辱。今惡辱而居不仁，是猶惡濕而居
> 下也。如惡之，莫如貴德而尊士，賢者在位，能者在職。
> 國家閒暇，及是時明其政刑。雖大國，必畏之矣。詩云：「迨
> 天之未陰雨，徹彼桑土，綢繆牖戶。今此下民，或敢侮予？」
> 孔子曰：「爲此詩者，其知道乎！能治其國家，誰敢侮之？」
> （《孟子·公孫丑上》）

孟子借孔子之口認爲「爲此詩者，其知道乎！能治其國家」，詩人所知之「道」，不僅是詩人之志和爲詩之道，而且包含了「能治其國家」的聖人之道，從而把詩提高到了一種政治哲學和倫理哲學的高度。儒家詩教傳統的根深蒂固與長盛不衰，與孔孟對詩的高度重視密切相關。

孔孟逝後，荀子接續儒家論詩的傳統，再次強調爲詩之道：

> 聖人也者，道之管也。天下之道管是矣，百王之道一
> 是矣，故《詩》、《書》、《禮》、《樂》之道歸是矣。《詩》
> 言是，其志也；《書》言是，其事也；《禮》言是，其行也；
> 《樂》言是，其和也；《春秋》言是，其微也。故《風》
> 之所以爲不逐者，取是以節之也；《小雅》之所以爲《小
> 雅》者，取是而文之也；《大雅》之所以爲《大雅》者，
> 取是而光之也；《頌》之所以爲至者，取是而通之也：天
> 下之道畢是矣。（《荀子·儒效》）

荀子認爲《詩》《書》《禮》《樂》之道一歸聖人之道，《詩經》中的《風》《雅》《頌》悉歸天下之道，孔孟荀詩論成爲後世詩學「依經立義」的立言依據，從而使古代詩學走上了劉勰所稱道的「道沿聖以垂文，聖因文而明道，文體繁變，皆出於經」〔註8〕的道路。由於儒家學說在秦漢之後取得官方地位，故儒家先哲「以詩爲經」的學說，奠定了後世詩學「宗經明道」的傳統，古代詩學與哲學的關係，也就成爲了詩學與儒學或順承或反撥的關係。

〔註 8〕 范文瀾：《文心雕龍注》，北京：人民文學出版社 1962 年，第 5 頁。

　　漢朝建立以後，董仲舒「罷黜百家，獨尊儒術」建議爲漢武帝所用，儒學定於一尊，研究儒家經典的學問——經學自此成爲中國古代學術的主體，詩歌理所當然的受其影響和制約，這種影響和制約最突出的便是對先秦詩歌總集《詩經》的理解和闡釋問題——「以經解詩」順利成章地登上大雅之堂。「以經解詩」，是漢人解釋《詩經》最重要的途徑與方法，這種將詩「經學化」的產物一方面拔高了詩的地位，一方面也使得「詩」成了經學的附庸。「以經解詩」使得「詩」儼然淪爲「經」的傳聲筒，「詩」內在的自訴功能與「經」強大的大一統話語威權產生了矛盾〔註9〕，詩的自身主體地位受到了挑戰，詩哲關係相比先秦時期百家爭鳴下的和平共處反有所退步。因此，有漢一代，尤其是西漢，詩人的吟哦之聲隱隱而難彰。

　　東漢末年與魏晉時期，曾被譽爲「中國政治上最混亂，社會上最苦痛的時代，然而卻是精神史上極自由、極解放、最富於智慧、最濃於熱情的一個時代。」〔註10〕在這個特定的歷史時期，詩與經的關係，不斷地突破原有的空間，向更廣更深處邁進。由於國家政局的混亂，社會的動蕩，西漢初年所建的大一統政治格局逐步打破，儒家哲學的權威性與制約性漸漸減弱，詩學擺脫經學桎梏的內在動力不斷增強，詩歌創作的內容也漸漸從有益政教轉向抒發個人情懷，張衡的《歸田賦》和後來的文人五言詩「古詩十九首」可謂這種轉變的最好呈現。古詩的作者們不再把詩歌當作政教的附庸，而是爲滿足自己的抒情需要進行的心靈創作，詩歌成了表現人生命運和人的心靈的文學。隨著文人詩的進一步發展，人們對詩歌審美特性的自覺追求，對文學各種體裁的區分，漸漸使詩歌等文學樣式從儒術中區分開來，詩哲關係從共存並生發展爲詩離開經學羈絆，自成一體。詩歌自覺的另一理論成果，是詩歌理論水平的不斷發展與提高，曹丕、鍾嶸、陸機、

〔註9〕　蕭華榮：《中國詩學思想史》，上海：華東師範大學出版社1996年，第34頁。

〔註10〕　宗白華：《藝境》，北京：北京大學出版社2003年，第117頁。

劉勰等人均有專論出現。詩文創作和文學理論的雙重自覺,與詩歌等主要文學體裁的自身發展密切相關,也與哲學思潮的發展演化不無關聯。陸機在《文賦》中提出的「詩緣情而綺靡」,是在兩漢經學趨於衰落而莊老玄學油然而起的背景下產生的,是對先秦兩漢詩教「詩言志」、「詩言道」的突破和反撥,是對詩歌的情感特質和藝術特質的深刻體認〔註11〕。經由曹丕、陸機、鍾嶸等人對詩歌的審美特徵的探索以及聲律論的發展〔註12〕,詩歌文體的建構由內而外地進入完善階段,詩從古詩向律詩邁進,從而迎來了中國詩歌史上的第一個高峰即唐詩的繁榮,詩歌得以擺脫經學的影響而按照自身的規律發展。

　　「文學自覺」以後的「詩──經」關係看似涇渭分明,而實質依然是藕斷絲連。聞一多研究中國詩歌時說過:「偉大的文學和偉大的哲學是不分彼此的,⋯⋯文學是要和哲學不分彼此,才莊嚴,才偉大。哲學的起點便是文學的核心」。〔註13〕文學哲學之間的天然伴生關係、儒家文化的根深蒂固也注定唐代有些詩歌依然顯現出深深的儒家哲學情懷,例如杜甫之詩歌,其詩中「大庇天下寒士俱歡顏」的心憂天下情懷和「一飯未嘗忘君」的儒家道德,儼然乃祖之風。但從整體狀況來看,在「文學自覺」之後與唐詩高峰時代,佛道思想得到推

〔註11〕　朱自清先生針對東漢以來五言詩的發展及當時的相關論詩評論指出,「『緣情』的五言詩發達了,『言志』以外迫切需要一個新標目,於是陸機《文賦》第一次鑄成『詩緣情而綺靡』這個新語。」見《朱自清古典文學論集》(上),上海古籍出版社1980年,第223頁。

〔註12〕　曹丕在《典論・論文》中針對詩歌的文體的特徵提出「詩賦欲麗」,強調詩歌的形式美;陸機《文賦》中的「詩緣情而綺靡」從詩的創作機理和審美特徵方面發展了「詩賦欲麗」說;鍾嶸在《詩品》中提出「氣之動物,物之感人,故搖蕩性情,形諸舞詠⋯⋯動天地,感鬼神,莫近於詩」,對詩歌的發生與詩歌審美性進行了深入挖掘。聲律論與文學的自覺同步,主要指以沈約為首的南朝文人集團對詩歌聲韻的強調,沈約的《四聲譜》今亡佚,其主要理論即「四聲八病」說,沈約、謝脁、王融等詩人把音韻學知識用於詩歌創作,稱為「永明體」,是後世格律詩的發端。

〔註13〕　《聞一多全集》(第二卷),北京:三聯書店1982年,第282～283頁。

廣漸而流行，儒家思想在詩歌心靈中漸趨頹勢，引起了初唐陳子昂、中唐韓愈等人的批評。

　　唐代儒學式微，內外因兼而有之。從外因來看，唐代奉儒佛道三教並爲國教，與兩漢獨尊儒術不同。佛道地位尤其是佛學思想的盛行，自然會擠壓儒家思想的生存空間。從內因來看，唐代對儒家經學的重新闡釋也有問題。唐代儒學的最高成果是孔穎達的《五經正義》，《五經正義》本著「疏不破注」的原則，疏解時一般不突破原書的範圍，故雖「融貫群言，包羅古義」，也有以訛傳訛與自相矛盾之處。唐代科舉要求，參加科舉的文人士子誦習儒經、參加科舉考試，都必須嚴格以《正義》義理爲依據，不得另立新論，否則便被視爲異端邪說。這種惟《五經正義》爲是的科舉要求，不可避免地遏制了讀書人自由創造的動力，窒息了學術空氣，導致了儒家經學日漸式微、佛道反大行其道的局面。佛教文化及其新異的思維方式對文壇詩苑的滲透，使得儒學對文學的正面影響更加衰弱，儒學本身所內蘊的剛健渾厚之風在詩歌中不再。唐代初年，有陳子昂感慨南朝齊梁文學文道已弊；唐代中期，有韓愈等人闢佛弘儒，提倡古文。葉燮認爲，詩的源流本末、正變盛衰，互爲循環，天道十年一變，詩亦然。中晚唐詩人儘管以陳言爲病，期以精進，但有韓愈、李商隱之才力者少，故所作之詩日趨於尖新、纖巧，風骨精神不再。

　　五代十國之期，小國林立，禮樂崩毀，政教失範，武夫悍將肆無忌憚，詩風萎靡衰弱，繼之而起的宋詩是在承接晚唐餘緒的基礎上發展起來的，「文風麗靡薄弱，有所謂『晚唐體』、『五代體』、『西崑體』之屬。」〔註14〕楊億、劉筠、錢惟演爲代表的「西崑體」作家，刻意描摹音節鏗鏘、詞采精美的李商隱詩，逐漸走上了意境狹小、氣格卑弱、纖巧綺靡的形式主義道路，觸發了其後「以道爲本」的反形式主義論爭，古典詩學中的詩哲關係到有宋一朝遭遇了新的矛盾，這注定有宋一代的詩哲關係，將呈現出新的時代特點。

〔註14〕蔡鎮楚：《中國文學批評史》，北京：中華書局 2005 年，第 185 頁。

二

　　上文對不同朝代詩哲關係的梳理是基於儒家學說在不同時期的影響。儒學學說發展到宋代，經過幾代理學家的共同努力與重新闡釋，至朱熹而集大成，從而開啓了理學影響宋元明清近八百年的歷史進程，至此以後的詩哲關係，也主要從「詩——經」關係表現爲「文——道」關係或「詩——理」關係。

　　有宋一代，是中國文化造極之朝代，也是武力相對萎弱之一代。宋王朝「興文教、抑武事」的基本國策，「與士大夫治天下」的政治局面，造就了一大批身兼官僚、學者、文學家三位一體的新型文人﹝註 15﹞，作爲中國歷史上最尊重知識和最優待知識分子的朝代，宋代文人具有異乎尋常的主人公意識和前無古人的擔當意識，范仲淹《岳陽樓記》中的名句「先天下之憂而憂，後天下之樂而樂」，正是這種精神的最好體現。宋初文人對詩壇卑弱文風不滿，提出要興聖人之道，正是文人勇於擔當敢於批判的儒家風骨精神的再現。在宋代之前的中唐時期，早有韓愈柳宗元提出「原道」精神，力挽狂瀾儒家之道於佛學侵染之中。爲此韓愈寫了《原道》，也寫了《論佛骨表》，弘儒闢佛。宋初柳開仰慕韓愈和柳宗元，爲自己取名肩愈，取字紹元，表明肩負韓愈使命、繼承柳宗元事業之意。出於繼承儒家之道的內在動力和詩學追求，宋代詩壇關注的詩哲關係再次表現爲詩學與儒學的關係，亦即詩學與聖人之道的關係。

﹝註15﹞　王水照先生認爲，宋代士人「大都是集官僚、文士、學者於一身的復合型人才，其知識結構一般遠比唐人淹博融貫，格局宏大。」即宋代士人兼參政主體、學術主體和文學主體於一身。依張興武《宋初百年文學復興的歷程》研究，宋代士人三位一體的復合型人格經王禹偁、楊億至范仲淹、歐陽修等人馳騁文壇和政壇的仁宗時代才最終形成。見王水照：《宋代文學通論》，開封：河南大學出版社 1997年，第 27 頁。張興武：《宋初百年文學復興的歷程》，北京：中華書局 2009 年，第 80 頁。

　　宋代初年，孫復提出「文者，道之用也。道者，教之本也」〔註
16〕，初步體現出宋代詩文領域重道輕文的傾向，石介學術思想傳自
孫復，認爲「西崑體」文風浮華，有害於「道」。他寫了《怪說》上
中下三篇，猛烈攻擊以楊億爲首的「西崑體」文風：

　　　　今楊億窮妍極態，綴風（月），弄花草，淫巧侈麗，
　　浮華纂組；刓鏤聖人之經，破碎聖人之道，離析聖人之意，
　　蠹傷聖人之道。使天下不爲《書》之《典》、《謨》、《禹
　　貢》、《洪範》，《詩》之《雅》、《頌》，《春秋》之《經》，《易》
　　之《繇》、《爻》、《十翼》，而爲楊億之窮妍極態，綴風月，
　　弄花草，淫巧侈麗，浮華纂組，其爲怪大矣！〔註17〕

石介對「西崑」的非難，主要是從詩文中聖人之道的缺失和文風的
淫巧而進行批評的。從文道不相離的角度提倡爲道之文，石介等人
對「西崑體」的批評，使得中唐以來古文運動中提及的文道矛盾以
新的形式繼續發展。

　　這裡所提的「文道矛盾」，與韓愈、柳宗元在中唐時期發起的古
文運動密切相關。韓柳領導的古文運動，既是一場文學革新運動，
也是一場儒家思想的自救行動，「作爲一場偉大的文學運動，它反對
魏晉以來形成的追求對偶排比、靡麗浮華的形式主義文風，提倡自
由抒發感情、注重描寫現實的新文風。作爲一場思想批判運動，他
的口號則是『文以載道』或『文以明道』。」〔註18〕文與道問題的提
出說明文正在遠離道、道對文的影響正漸趨於無的狀況。柳開、孫
復、石介等人對宋初文風的批判，前繼韓柳的古文運動，後啓以歐
陽修爲首的詩文革新運動。

〔註16〕　（宋）孫復：《答張洞書》，見蔣述卓等：《宋代文藝理論集成》，北
　　　　　京：中國社會科學出版社 2000 年，第 58 頁。
〔註17〕　（宋）石介：《怪說》，見蔣述卓等：《宋代文藝理論集成》，第 80
　　　　　頁。
〔註18〕　蒙培元：《理學的演變——從朱熹到王夫之戴震》，北京：方志出版
　　　　　社 2007 年，第 2 頁。

　　文道關係的諸多討論及文道矛盾的不斷升級，使得本來超然物外的理學家以道自任，詩哲關係也儼然成了他們解決哲學問題首先需要清理的問題。「理學開山」周敦頤提倡「文以載道」﹝註19﹞，還爲文留下一席之地。程頤提出「作文害道」﹝註20﹞，則使得文道的對立趨於極端。「作文害道」論的提出，表明中國古典詩學中的詩哲關係從和諧到分野，進而發展成了對抗性的關係，詩哲問題轉變成了文道問題。今人郭紹虞認爲，自道學家興起以後，文和道裂爲二，也即是文與學裂爲二﹝註21﹞，文儼然成爲儒學發展的絆腳石﹝註22﹞，正是在這樣的背景下，文道關係成了宋代哲學家十分關注的重大問題，程頤發出的「作文害道」論也成了中國學術史上文哲關係最緊張的標誌，這與柏拉圖在《理想國》中提出讓哲學家當王而要驅逐詩人如出一轍。

　　歷史總是驚人的相似，正如亞里士多德最終修正了柏拉圖的觀點而爲詩學正名一樣，朱熹也以其「致廣大、盡精微，綜羅百代」的學術素養最終修正了程頤「作文害道」的極端之論，對詩學諸問題提出了自己的看法，從而使宋代詩哲關係經歷了一段「之」字型流變。蕭華榮對中國古代詩哲關係考察後認爲，「在中國古代詩學思想史上，詩學受一般學術思想浸漬最深者，一是漢代，二是宋代，

〔註19〕　周敦頤在《通書》中《文辭》一節這樣寫道：「文所以載道也，輪轅飾而人弗庸，徒飾也，況虛車乎？文辭，藝也；道德，實也。」《周子通書・文辭》，載蔣述卓等：《宋代文藝理論集成》，北京：中國社會科學出版社2000年，第157頁。

〔註20〕　程頤在有人問他「作文害道否」，程頤答道：「害也。凡爲文不專意則不工，若專意則志局於此，又安能與天地同其大也？《書》曰：『玩物喪志』，爲文亦玩物也。」《二程集・河南程氏遺書卷十八》，北京：中華書局1981年，第239頁。

〔註21〕　郭紹虞：《試論「古文運動」——兼談從文筆之分到詩文之分的關鍵》，《照隅室古典文學論集》（下編），上海：上海古籍出版社1983年，第107頁。

〔註22〕　朱維錚編：《周予同經學史論著選集》》（增訂版），上海：上海人民出版社1996年，第113、114頁。

三是清代。」﹝註 23﹞在這三個朝代之中，宋代承前啓後，而關於詩哲關係的言論在理學家中又以朱熹爲最。錢穆認爲朱熹「集北宋以來理學之大成，並亦可謂其乃集孔子以下學術思想之大成」﹝註 24﹞，站在理學大成的角度，朱熹對前代詩學問題進行了諸多考量，他所提出的一系列詩論主張，深刻地影響了理學之後的詩學形態，朱熹這一符號也成爲中國後期「理學詩學」的經典元素。考察宋代及其前後的詩哲關係，朱熹研究是不可忽視的。

　　就朱熹自身而言，「形而上者謂之道，形而下者謂之器」，在持「道器論」的朱熹眼裏，寫詩確實是他作爲經學家、道學家的「餘事」。但就古代學術語境而言，詩哲一體的文人情趣由來已久，朱熹以道自任，俯視詩文，在其一生的不同階段，詩哲之間的糾結狀態不可以一言以蔽之。在朱熹以經治詩的過程中，朱熹實現了「詩經學」從經學走向文學的初步轉變﹝註 25﹞。從創作而言，朱熹終身詩作一千多首，在理學家數量第二（第一爲邵雍），質量第一，確實是詩人中之翹首，錢穆認爲，「晦翁詩澹雅淳古，上規選體，跨越宋唐，卓然不倫，以詩人標準言之，晦翁亦爲巨擘。」﹝註 26﹞學養豐贍又具有創作經驗的朱熹在有宋一代的理學家中可謂深得詩中三昧。鄭振鐸認爲，「他雖是一位『道學家』，卻最能欣賞文學，最知道偉大名著的好處所在。」﹝註 27﹞郭紹虞也說：「有宋道學家之文學批評也至朱子而集其大成。」﹝註 28﹞基於朱熹作爲理學家的「集大

﹝註 23﹞　蕭華榮：《中國詩學思想史》，上海：華東師範大學出版社 1996 年，第 299 頁。

﹝註 24﹞　錢穆：《朱子新學案》，成都：巴蜀書社 1986 年，第 1 頁。

﹝註 25﹞　莫礪鋒：《從經學走向文學：朱熹淫詩說的實質》，文學評論，2001 年第 2 期。

﹝註 26﹞　錢穆：《理學六家詩鈔自序》，臺北：中華書局 1974 年。

﹝註 27﹞　鄭振鐸：《插圖本中國文學史》，北京：作家出版社 1957 年，第 612 頁。

﹝註 28﹞　郭紹虞：《中國文學批評史》，上海：上海古籍出版社 1979 年，第 228 頁。

成」及其最懂得文學的原因，本書選取朱熹作爲研究對象，展示其
理學與詩學之間的聯繫和衝突，以使我們通過對朱熹時代詩哲關係
的深刻考量，從而清晰地瞭解理學成爲主流思想之後「詩──經」
關係的新變化，尤其是詩學範疇、詩美風尙與理學思潮之間的互動
關係。

　　從詩哲關係角度研究朱熹詩學，是聯繫朱熹理學而研究朱熹詩
學，既是把朱熹詩學納入到宋代詩學研究之中，也是將其與宋代理學
緊緊相聯。然而，相對於朱熹理學思想體系的嚴密完整而言，今人
對於朱熹的認識仍有不少負面效應，這自然和「五四」時期魯迅等文
學急先鋒對儒學的批判密切相關。新文化運動以來，爲了提倡科學與
民主，中國人喊出「打倒孔家店」的口號，朱熹學說作爲「吃人的禮
教」受到了激烈的批判〔註29〕。誠如一位當代學人所說，「一位哲學
家與一位詩人同臺講演，過後人們一般記住的是詩人，而忘掉的是哲
學家。」〔註30〕文學中人的魅力和影響哲學家往往難以望其項背。按
照柏拉圖的觀點，詩人「逢迎人性中低劣的部分。……我們要拒絕他
進到一個政治修明的國家裏來，因爲他培養發育人性中低劣的部
分，摧殘理性的部分」〔註31〕，這也是詩哲之爭中哲學家總是排擠詩
人的原因之一。在後世人們對於朱熹的接受和批判中，尊朱闡朱與
諍朱詬朱總是並行不悖。然而，基於「五四」啓蒙者對於傳統文化反
省和革新的現代中國人，並不會忘卻對於本國優秀文化傳統的繼承

〔註29〕 1915 年，陳獨秀創辦《青年雜誌》發表《敬告青年》，提出「向腐
　　　　敗的封建意識戰鬥」，1919 年吳虞發表《吃人與禮教》，對程朱理
　　　　學展開批判。1926 年胡適發表《我們對西洋近代文明的態度》，全
　　　　盤否定儒學。1927 年王國維辛，著《觀堂集林》認定理學沒有倫
　　　　理學價值。參見高令印、高秀華：《朱子學通論·附錄 朱子學大
　　　　事年表》，廈門：廈門大學出版社 2007 年，第 656、657 頁。
〔註30〕 王柯平等：《詩化哲學與歷史批判》，中國圖書評論，2007 年第 8
　　　　期。
〔註31〕 《柏拉圖文藝對話錄》，朱光潛譯，北京：人民文學出版社 1983 年，
　　　　第 84 頁。

和發揚。一個民族沒有偉人是可悲的，有偉人而不知崇敬就更爲可悲。孔子是商周文化的集大成者，朱熹是宋代及其之前儒家文化的集大成者，特定的時代有特定的偉人坐標，朱熹作爲宋代文化的偉人坐標毋庸置疑。緣此，完成了文化更新的中國人對儒家文明的重新考量，使「五四」以來一度「失語」的文化傳統重迴學術，理學與詩學關係研究在此語境下開始起步。

　　學界注目理學根基全面深入地研究朱熹詩學尚未深入開展，但將其部分納入理學研究、詩學研究已經開始。20 世紀之前，無論是作爲官方意識形態的朱熹理學傳播者，還是民間意識形態中朱熹理學反對者，其闡朱述朱和諍朱貶朱之間都有意無意地淡化或遮蔽了他豐富的詩學成果，這和朱熹主要作爲「理學宗師」的大儒身份密切相關，詩學思想在理學思想的光照下湮沒而漸至於無聞。正如莫礪鋒先生所說，「在後人有意無意的思想詮釋和形象建構中，朱熹思想中的文學部分愈來愈受到擠壓，而朱熹作爲文學家的身影也淡到幾乎不復可睹了。」〔註 32〕在理學的聲名之下，即使偶有關注朱熹的文學成就，也難以引起廣泛關注，眞正關注朱熹之文學業績與文學思想的，主要還是在中國進入現代社會以來、文學自身取得獨立地位以後。可以說，現代社會及研究者的現代學術眼光是朱熹得以被客觀解讀的社會基礎，這種基礎使得研究者在注目經學家朱熹、理學家朱熹之時，看到了他深厚素養積澱下的文學思想，所以朱熹文學研究伴隨著朱熹哲學研究經歷了一個較爲複雜的過程。「一百年來，朱熹的思想從被打到、被批判，到進行客觀的、科學的研究，他的文學也逐漸被研究者所關注，現當代學者不再用經學的眼光看待朱熹的文學，而把他當作宋代的詩人、散文家，深入而客觀地研究他的文學理論、文學創作和文學研究，朱熹在文學史上的地位，逐漸得到肯定；朱熹文學研究的歷史功績，也逐漸得到學術界的認

─────────────────────

〔註32〕　莫礪鋒：《朱熹文學研究》前言，南京：南京大學出版社 2000 年。

同。」〔註33〕就筆者所見，能夠爲朱熹詩學研究提供參考的成果主要表現在下述幾個方面：一，關於朱熹的文獻整理；二，關於朱熹的史學、哲學研究；三，關於朱熹的文學研究及有關散論。一二部分雖沒有直接涉及到朱熹詩學部分，但卻爲全面、深入地研究朱熹詩學的理學背景提供了文獻學和文藝學的基礎和依據。

他山之石，可以攻玉。在當前宋明理學研究和朱熹文學研究已逐步開展的情況下，我們有理由既注目朱熹的詩學思想，也關注其詩學思想和經學思想、理學思想之間的內在聯繫。張立文認爲：「對朱熹思想既應從各個方面進行專題微觀探索，又應綜合宏觀研究，有分有合，分中有合，合中有分，才能登朱熹思想之堂奧，而認識和掌握其思想本質。」〔註34〕以朱熹這樣一個「綜羅百代」、「百科全書式」的曠世大儒而言，迴避朱熹詩學與理學之間的聯繫，僅從文學一途探索其文學思想不夠全面，容易得出或拔高或貶低其文學成就的結論。我們既不能在國學復興的聲浪中過度拔高朱熹，也不能在文學獨立的原則中忽視朱熹的理學根基。回到朱熹的時代，是本書針對當前朱子學研究現狀的現實思考。

對於現代讀者來說，研究朱熹可以說是一個難題。因爲朱熹「讀書多，著書多，所著書中所牽涉之問題多，此三多，爲古今諸儒所莫逮。」〔註35〕朱熹作爲一個集大成者，「不以一藝自限，一生涉獵廣博，著述宏富。研摩所及，遍於經史子集；製作所包，亦跨經史子集。以專著來說，如《詩集傳》、《四書集注》屬於經；《通鑒綱目》、《名臣言行錄》屬於史；《通書解》、《近思錄》屬於子；《楚辭集注》、《韓文考異》屬於集。」〔註36〕今《朱子全書》共 27 冊即以經史子集而

〔註33〕 吳長庚：《近百年朱熹文學研究的回顧與反思》，文學評論，2008 年第 3 期。
〔註34〕 張立文：《朱熹文學思想論》序，上饒師專學報，1995 年第 2 期。
〔註35〕 錢穆：《朱子新學案》，成都：巴蜀書社1986，第 154 頁。
〔註36〕 劉永翔：《朱子全書》第 20 冊前言。《朱子全書》，朱傑人、嚴佐之、劉永翔主編，上海：上海古籍出版社，合肥：安徽教育出版社，2002年。下引《朱子全書》處，均據此版本。

各從其類，包含各類文字千萬字之多。閱讀和理解朱熹，既要跨越時空的隔閡，也要跨越知識結構和個人稟賦等多重障礙。現代學術分類的極度細密化，也在某種程度上影響了現代學人知識結構的整體性和綜合性發展。而對於中國古代傳統學術而言，從司馬遷以來即要求士人能夠「究天人之際，通古今之變，成一家之言」，中國古代學術的貫通性與一體性是非常明顯的。蔡尙思先生在 1990 年紀念朱子誕辰 860 週年國際學術研討會上曾經提出過以「四通」的方法來研究朱熹，這「四通」分別是時代通、主次通、縱橫通、正反通。時代通就是將朱熹研究與時代變化聯繫起來。主次通即是將朱子學術思想中哲學倫理學、教育學、政治學、歷史考據學、經濟學、文學六個主要部分和所涉及的宗教學、科學、書法學、文字學、地理學等貫通起來。縱橫通即將朱子學的源頭儒道佛與朱學後人、四大弟子聯繫起來。正反通即將尊朱述朱指出的優點與攻朱諍朱指出的缺點聯繫起來。對於朱熹這樣一個綜羅百代的學術通人，只有立足於貫通，才能在全貌中看到區別與聯繫、總體與局部、特殊與一般，才能公允客觀地認識和評價朱子。在蔡尙思提出以「貫通法」研究朱子之前，錢穆也曾專節探討研究朱子學之方：

> 依朱子所以教人讀書爲學之方，以讀朱子之書，求朱子之學。

> 朱子教人讀書，必以熟讀其人之本書正文爲主。如讀論語，古今說論語者何限，而讀論語者，自必以論語本書正文爲主。其他諸說，則僅能作參考，不能做正主。至於捨卻本書正文，不務參考旁求，而僅主自創己見，其事乃更爲朱子所力戒。……若欲求明朱子學之眞相，則莫如返求之朱子之書。多所涉獵與述朱諍朱之間，而於朱子本人之書不精不讀，勢將泛濫而無歸，亦如治絲之益紛。〔註37〕

就理解朱子而言，錢穆認爲應以朱子所教讀書法來讀朱子，即「熟讀其人之本書正文爲主」。比較蔡尙思與錢穆之朱子研究法，前者可以

〔註37〕 錢穆：《朱子新學案》，成都：巴蜀書社 1986，第 154 頁。

總結爲「貫通研究法」，後者可以概括爲「文本研究法」，此兩法皆爲本書研究者所用。由於本選題從哲學和文學的兩維，研究朱熹在創作、批評和文學經典注解中的詩學思想，故依託於「本書正文」爲主的「辨章學術、考鏡源流」的文獻學方法是爲本書之基本研究方法。不僅如此，朱熹還是今人眼裏的解釋學大家，朱熹之解釋學方法也已進入研究者的視野，朱熹詩學思想也建立於對《詩經》、《楚辭》的解釋之上的。朱熹作爲四書五經注疏大家，自有一套解經之法。本文涉獵朱熹之《四書集注》、《詩集傳》、《楚辭集注》等注疏之作時，結合朱熹之解經法與闡釋方法來開展朱熹詩學研究。

研究與評價朱熹的詩學思想，不能僅僅以所謂的歷史定論爲依據，而應當以其在詩學思想的進程中所扮演的角色、對後世產生的影響作爲重要標準。本書著眼於朱熹詩學思想的產生與發展，著力於朱熹理學思想和詩學思想之間的相互影響、詩學思想的自身特點進行研究。本書創新點首先在於從發生學角度研究朱熹詩學思想的發生和發展；其二，研究朱熹的經典闡釋實踐對詩學研究的影響，挖掘其四書學、五經學與詩學思想的交匯內涵；其三，探索朱子理學範疇與詩學觀念的交融情況，探索其理氣論、心性論、道德修養論與文道觀、詩學觀和修辭觀之間的關係；第四、從理學詩學本身來剖析朱熹詩學的核心意蘊，並從詩學思想的接受史角度來評價朱熹詩學的多維影響。

本書之所以將研究範圍定位詩學部分，是因爲從整體的文學概念研究朱熹已有《朱熹的文學批評》、《朱熹文學研究》、《朱熹文學思想論》等四部專著〔註38〕，而對朱熹之詩學部分和理學之間的內在邏輯關係進行集中和專門研究卻尚未開展，定位爲理學詩學是得

〔註38〕 《朱熹的文學批評》，張健著，臺北：臺灣商務印書館民國 69 年（1980）。《朱熹文學思想論》，吳長庚著，合肥：黃山書社 1994 年。《朱熹文學研究》，莫礪鋒著，南京：南京大學出版社 2000 年。《朱熹文學思想研究》，李士金著，北京：人民文學出版社 2013 年。

益於潘立勇《朱子理學美學》、許總《理學文藝史綱》、呂肖奐《宋詩體派論》、鄧瑩輝《兩宋理學美學與文學研究》等著作的深刻啓示。朱熹詩學包括其詩經學、楚辭學、相關詩論和詩歌作品，將詩學與理學結合起來研究自然前人已有涉足，但本書主要從經學闡釋——理學範疇——詩學內涵之間尋找契合點並進行內在的邏輯挖掘。筆者以爲，朱熹孜孜不倦地讀詩、注詩、寫詩並向門生講詩，是將詩學建構、詩學教育納入到其理學體系之中的。詩學於今人而言是在詩學框架之中，於朱熹本身而言卻是在理學體系之內。於詩歌的文體特徵而言，詩歌是富於情感特徵和審美特性的；於理學的學科性質而言，理學是富於理性特質和思辨特色的，朱熹是如何對待理學與詩學既矛盾又統一的關係的？其理學詩學是理學、詩學各有損耗地結合還是保持各自特質的交融？這正是本書所關心並積極尋求答案的問題。

第一章　學有根基：朱子理學詩學的發生學探源

　　文學是一種社會現象，必然受到政治、經濟、文化等歷史條件的制約。正如韋勒克、沃倫所說的，「種種文學研究的方法都關係到文學的背景、文學的環境、文學的外因。」〔註1〕朱熹作爲詩學主體的思想者，不可能在完全封閉的心理結構中自我完善。當我們從詩學內部追尋朱熹詩學思想的內在理路之時，我們也無法迴避其所受的外緣影響。周予同先生認爲，「朱熹之學術思想，不產生於其他時期，而必產生於第六時期（儒佛混合時期）之前期，則不無時代的背景在；換言之，即完全受時代思潮之影響。」〔註2〕本章主要從時空兩個方面探討朱熹詩學的發生情況。從歷史角度來講，朱熹詩學是在前代理學家詩學思想基礎上的繼承和整合；從現實角度而言，朱熹正身處於理學的發展與建構階段，理學開始滲透於方方面面，朱熹的詩學觀正是理學思潮在詩學觀念上的反映。知人論世，而明其世也可更好地論人。朱熹之前及同時代理學家的詩學觀念、當時的文壇風尚、朱熹的家師薰陶等從正反多方面影響了朱熹的詩學觀念。

〔註1〕　（美）韋勒克、沃倫：《文學理論》，劉象愚等譯，北京：三聯書店1984年，第65頁。

〔註2〕　周予同：《朱熹》，見朱維錚編《周予同經學史論著選集》（增訂版），上海：上海人民出版社1996年，第112頁。

第一節　朱熹生平及詩歌創作簡介

　　傳記式研究是學術研究的基本方法之一,《孟子‧萬章下》云:「頌其詩,讀其書,不知其人,可乎?是以論其世也。」清代章學誠在《文史通義‧文德》中說:「不知古人之世,不可妄論古人之辭也。知其世矣,不知古人之身處,亦不可以遽論其文也。」知人論世,應當是「知人」、「論世」並重,知人論世之法是中西傳統學術研究中被廣泛使用也最受研究者重視的方法,是後世讀者分析作家作品並追蹤創作動機和主要思想的重要方法,「從作者的個性和生平方面來解釋作品,是一種最古老和最有基礎的文學研究方法。」〔註3〕在朱熹自身的學術生涯中,師友淵源關係是朱熹學術研究注目的重要因素,他整理的《伊洛淵源錄》就是理學家傳記資料的彙編,在這部彙編中,他根據理學家們的行狀、墓誌銘、遺事等傳記資料,將周敦頤、二程、張載、邵雍及其弟子排成理學譜系,梳理他們之間的師承和學術影響關係。朱熹的這種溯源探流法催生並影響了《宋元學案》和《明儒學案》。

　　後人對於朱熹的評價,自然以其哲學大儒為核心。但正如歷史上諸多聲名卓著的大哲學家一樣,他們都在哲學、理性、智慧之外,另有文學、感性與才情的一面,朱熹也不例外。朱熹的詩文創作基本貫穿了朱熹的一生,僅就詩詞而言,現存詩 1200 多首,詞 18 首。朱熹在世時,就自編或與友人合編《牧齋淨稿》、《南嶽酬唱集》、《東歸亂稿集》三部詩集,還有《歸樂堂記》、《百丈山記》、《雲谷記》等山水遊記散文,這些詩文或獨抒胸臆,或憂國憂民,或憑弔懷古,或遊覽山水,或與道友、門生聯吟,展示了朱熹在著書立說、建構理學體系之外的內心世界。要全面瞭解朱熹,聯繫朱熹的生平直面朱熹的詩文,瞭解朱熹的詩論,以詩史互證求源朱熹的精神世界,是我們探究朱熹思想必不可少的門徑。

〔註3〕　(美)韋勒克、沃倫:《文學理論》,劉象愚等譯,北京:三聯書店1984年,第68頁。

一、朱熹生平

朱熹出生前，正是南北宋之交的山河破裂、國破家亡之時。公元
1127 年，宋王朝遭遇了「靖康之恥」。據《宋史》記載，這年二月，
金軍下令廢徽、欽二帝，北宋滅亡。四月，黏罕、斡離不帶著徽、欽
二帝及宗室、妃嬪、大臣以及工匠、伎女等 3000 餘人撤離汴京，史
稱「靖康之變」：

> 金人以帝及皇后、皇太子北歸。凡法駕、鹵簿，皇后
> 以下車輅、鹵簿，冠服、禮器、法物，大樂、教坊樂器，
> 祭器、八寶、九鼎、圭璧，渾天儀、銅人、刻漏，古器、
> 景靈宮供器，太清樓秘閣三館書、天下州府圖及官吏、內
> 人、內侍、技藝、工匠、倡優，府庫畜積，爲之一空……，
> 惜其亂勢已成，不可救藥；君臣相視，又不能同力協謀，
> 以濟斯難，懦懦然講和之不暇。辛致父子淪胥，社稷蕪茀。
> 帝至於是，蓋亦畏懦而不知義者歟！享國日淺，而受禍至
> 深，考其所自，真可悼也夫！真可悼也夫！〔註4〕

「亂世已成，不可救藥」，可謂對當時宋朝局勢最經典的概括。關於
歷史上這一齣臭名昭著的「靖康之恥」，多數人可能會想起岳飛的
《滿江紅》，他的那一句「靖康恥，猶未雪，臣子恨，何時滅」代表
了廣大百姓與前線將士雪「靖康之恥」的內在呼聲。在靖康之變的
非常情況下，徽宗第九子、時任兵馬大元帥的康王趙構作爲惟一幸
免的皇子，於五月在南京應天府登極大典，改元「建炎」。朱熹就出
生在南宋建炎四年，束景南以「衰世聖人」來定位「中原淪陷、山
河破裂」之時朱熹的出生，可謂感慨有加〔註5〕，特殊的時期與特
定的國勢注定了朱熹必須在直面時艱中生存下去。

朱熹，現學術界慣稱朱子，字元晦，又字仲晦，號晦庵、晦翁、
雲谷老人、遯翁等，由朱熹之「字」之變亦可見朱熹之「志」和朱熹
的人生經歷。朱熹一開始的字「元晦」由其師劉子翬所取，取意於「木

〔註 4〕　（元）脱脱：《宋史》卷二三。
〔註 5〕　束景南：《朱子大傳》，福州：福建教育出版社 1992 年，第 1 頁。

晦於根，春容曄敷；人晦於身，神明內腴」，劉子翬希望朱熹成爲一個外表不露、道德內著的人。朱熹後期的字「遯翁」，表明了朱熹志在山林、著書立說之意。

南宋建炎四年，即公元 1130 年，朱熹父親朱松在福建南劍州尤溪任縣尉，寓居於尤溪鄭義齋館舍，朱熹即出生於此，父親給其起乳名沈郎，小字季延。據說朱熹出生時，其祖籍故里婺源故宅井口，有紫氣虹光出現，後來因號紫陽。《宋史·朱熹傳》記載，朱熹幼年穎悟異常。朱熹會講話時，其父朱松指天而講曰：「天也。」熹問：「天之上何物？」朱松非常驚異。朱熹四歲習《左傳》，五歲入小學，八歲誦讀《孝經》大義。當讀到《孟子》時，「未嘗不慨然奮發，以爲爲學當如此做工夫。」〔註6〕朱熹後來回憶自己早年讀書狀況時，曾深有感觸地說：「某十數歲時，讀《孟子》言『聖人與我同類者』，喜不可言。」〔註7〕他從人人皆可爲堯舜的角度理解「聖人與我同類」，於是以做聖人爲自己的理想目標，勵志聖賢之學。

朱熹十一歲時，父親朱松出知饒州，後來請祠祿之職。宋代所謂的祠祿，是宋代職官制度的一種，是以道教宮觀爲名安置官員，給予俸祿，以示優禮。高級祠祿稱爲某某宮使，專門安置由於各種原因而罷退的大臣，次級爲提舉某處某宮某觀，最低一級爲監獄廟。這種職位若不是自己主動陳請而得，就有貶降的意味。朱熹的爲官生涯中，多次請求祠祿之職。祠祿之職都無實際職事，空閒時間較多，有利著書立說。朱熹在父親朱松指導下，受學於家，開始讀《大學》、《中庸》。朱熹十四歲時，朱松在主管台州崇道觀後去世。去世前，朱松將朱熹託付給崇安劉子翬兄弟，說：「籍溪胡原仲、白水劉致中、屛山劉彥沖，此三人者，吾友也。其學皆有淵源，吾所敬畏。

〔註6〕 （清）王懋竑著，何忠禮點校：《朱子年譜》，北京：中華書局 2006
　　　　年，第 3 頁。
〔註7〕 《朱子語類》卷一〇四。北京：中華書局 1986 年。下引《朱子語類》
　　　　均據此書。

吾即死，汝往父事之，而唯其言之聽，則吾死不恨矣。」〔註8〕父
親去世後，朱熹遵父囑侍奉母親，遷居崇安縣五夫里，跟隨劉子翬
等人在劉氏家塾中學習。在劉氏家塾中，朱熹接受了全面正規的儒
家教育，他一方面爲科舉入仕攻讀舉子文與詞章之學，一方面在三
先生指導下潛研二程洛學。在這一時期，朱熹熟讀《詩經》、《楚辭》、
漢魏詩文，對北宋以來的名家之作瞭如指掌，爲日後創作奠定了堅
實的基礎。

　　朱熹學術思想的轉變、成熟，與其成年後受學李侗有密切關係。
在朱熹的青少年時代，朱熹廣聞博覽、無所不學：「某舊時亦要無所
不學，禪、道、文章、《楚辭》、詩、兵法，事事要學。」〔註9〕朱熹
十九歲應禮部試，就是用禪學的意思去回答《易》和《語》、《孟》之
意，竟高中進士，三年後授左迪功郎，被任命爲泉州同安縣主簿。在
上任同安前後，朱熹尋幽探勝，廣交同道，寫下了大量詩篇，記錄這
一時期的心境，後朱熹將這些詩篇編爲《牧齋淨稿》，被後人收在朱
熹文集中。初入仕途的朱熹，在躊躇滿志中謀求學術思想的昇華與深
化。1153 年，朱熹 24 歲時赴同安任時途徑南劍，拜訪並受學於朱松
的「同門友」李侗。李侗（？～1163 年），字愿中，福建南劍州延平
人，學者稱延平先生。李侗年輕時曾師事同郡人羅從彥，與朱熹父親
朱松爲同門，交遊相知數十年。羅從彥爲楊時嫡傳弟子，師事楊時多
年，獨得楊時之傳。朱熹首見李侗後，又於 1158 年、1160 年、1162
年幾次拜見李侗，並書信往來求學問道。李侗的教誨決定了朱子學術
思想由儒佛雜糅向純儒的轉變，也使他眞正成爲二程學統的嫡傳弟
子。眞德秀梳理朱熹學統時說：「二程之學，龜山（楊時）得之而南，
傳之豫章羅氏（羅從彥），羅氏傳之延平李氏（李侗），李氏傳之考亭

〔註8〕　《屏山劉公墓表》，《晦庵先生朱文公文集》卷九十。《朱子全書》
　　　　（第 24 冊），第 4167～4168 頁。
〔註9〕　《朱子語類》卷一〇四。

朱氏（朱熹）。」〔註10〕《朱子語類》亦記載朱熹學術思想的轉變：「某
少時未有知，亦曾學禪，只李先生極言其不是，後來考究，卻是這邊
（儒學）味長，才這邊長得一寸，那邊便縮了一寸，到今銷鑠無餘矣，
畢竟佛學無是處。」〔註11〕正是這種學術路向的轉變，爲朱熹成爲一
代大儒奠定了基礎。

　　1162 年，32 歲的朱熹在李侗支持下以監潭州南嶽廟之職，向當
時的孝宗皇帝趙眘上《封事》，指出當時的天下「祖宗之境土未復，
宗廟之仇恥未除，戎辱之奸譎不常，生民之困悴已極……天下之事至
於今日，無一不弊。」故而提出「帝王之學不可以不熟講」、「修攘之
計不可以不早定」、「本原之地不可以不加意」，從思想、軍事、政治
等方面全面剖析了南宋的社會狀況，表明了自己力主抗金的決心。
1163 年，朱熹又向孝宗連上三箚，詳論修攘之計。但當時主和策略
籠罩宮廷，朱熹等人的抗金主張沒有引起朝廷的重視。

　　勢單力薄的朱熹最終請祠而歸居深山，在長期的奉祠生活中，朱
熹講學授徒著書立說。1167 年，朱熹赴長沙會張栻，二人在城南、
嶽麓書院就太極、中庸問題展開激烈論辯，此後同遊南嶽，並寫下了
唱和詩數首，後由張栻作序，朱熹作後記，彙成一部《南嶽唱酬集》，
對南嶽進行了空前細緻的描繪。朱熹與張栻分別後，與弟子在東歸途
中，詩興不減，一路上與弟子范伯崇、林擇之聯吟不絕，28 天行程
之中，共作詩 200 多首，後集爲《東歸亂稿》。這個時期，是朱熹詩
歌創作的一個高峰。

　　1168 年，《程氏遺書》編成，這是朱子輯錄程顥、程頤著述及
二人與其學生「所見聞答」之書。二程之世距朱子的時代已有百年
之久，他的言論著述已經有不少爲後人隨意附會竄改。朱子認爲，
理學開山祖的心傳之要已受到歪曲，「失之毫釐，則其謬將有不可勝

〔註10〕　（宋）眞德秀：《西山讀書記》卷三十一，影印文淵閣四庫全書本。
〔註11〕　《朱子語類》卷一〇四。

言者」，所以振興理學必從正其根本開始。二程是理學的創始人，朱子由儒、道、佛雜糅而歸於儒之後，首先整理二程的遺文、遺訓，其用心良苦與轉變之堅可見一斑。

　　1169 年，朱熹之母去世，朱熹在墓側建寒泉精舍守喪，寒泉精舍成爲其著書立說和接納士子的重要場所。1172 年，朱熹完成《資治通鑒綱目》、《西銘解義》等著作，來年又完成《太極圖說解》、《通書解》，編撰《伊洛淵源錄》，朱熹通過編撰《淵源錄》譜續了「北宋五子」周敦頤、邵雍、張載、程顥、程頤的道統，將周敦頤定位爲理學開山。1175 年，朱熹與呂祖謙共同編輯《近思錄》，此後二人攜手北遊，與陸九淵、陸九齡二人講論於鵝湖寺。1177 年，朱熹完成《論孟集注》及《論孟或問》，完成《詩集傳》並作序，不久完成《周易本義》。按束景南先生所述，此乃朱子生平學問的第一次總結〔註 12〕，初步完成了其理學體系的建構。

　　1178 年，尚書省下箚朱熹「知南康軍」，朱熹再三辭免，未能獲准，來年到任，修復白鹿洞書院，制定白鹿洞書院學規。1181 年朱熹南康任滿，改除提舉浙東常平茶鹽公事，途徑臨安向孝宗面奏七箚，在浙東六劾唐仲友未果，最後棄官歸隱。1182 年朱熹與陳亮展開王霸義利之辨〔註 13〕，這一場爭辯是宋學演變過程中浙東事功派的功利之學和程朱心性理學之間矛盾公開化的表現，是牟宗三認爲的「中國文化發展中義理開創的十大諍辯之一」，來年朱熹與陸氏兄弟就「無極」「皇極」及《易學》圖書象數等問題展開激烈論戰，朱陸之爭不僅使雙方的觀點進一步明確，而且各自在認真考慮對方批評的基礎上豐富、發展了自己的思想，對當時及後世儒家學術文化的發展產生了重大影響。1189 年朱熹序定《大學章句》、《中庸章句》，正式建立了其四書學體系，此爲朱子生平學問的第二次總結，其理學思想

〔註 12〕　參見束景南：《朱熹研究》，北京：人民出版社 2008 年，第 96 頁。
〔註 13〕　陳亮（1143～1194），字同甫，浙江永康人，學者稱龍川先生。他提倡事功之學，注重功利，是浙東事功學派的開創者。

體系已經完全成熟。

1189 年，孝宗內禪，光宗即位。1190 年，朱子到漳州任，以「正經界」革弊政，刻印《書》、《詩》、《易》、《春秋》「四經」及《大學》、《中庸》、《論語》、《孟子》「四子書」。1193 年朱熹在潭州任安撫使，1194 年，朱熹主持修復嶽麓書院。

1194 年 7 月，趙汝愚和韓侂冑擁立趙擴爲帝，是爲寧宗。趙汝愚出身皇族，韓侂冑是外戚。趙汝愚爲相，收攬名士，意欲有所作爲。朱熹是當時著名學者，由趙汝愚推薦，被寧宗召入經筵，任命爲煥章閣待制兼侍講。然外戚韓侂冑與趙汝愚不和，圖謀排斥趙汝愚，對宋寧宗說朱熹迂闊不可用。四十餘日後，寧宗認爲朱熹「事事欲與聞」，接受韓侂冑的意見，最終內批朱熹出朝，趙汝愚和中書舍人陳傅良等力爭不能得。這樣朱熹一生中入朝供職充當「帝王師」的生涯僅僅四十餘天便宣告結束。朱熹爲帝王師，乃朱熹生涯中仕途的頂點，也是他一生的轉折點，帝王師生涯結束後，一直到去世前，朱熹進入了人生最艱難的時期。

1196 年，韓侂冑當政，凡和他意見不合的都被稱爲「道學」之人，後又斥道學爲「僞學」，多十二月，朱熹以「僞學」之魁落職罷祠，其弟子蔡元定編管道州〔註14〕。1197 年，韓侂冑等人將趙汝愚、朱熹一派及其同情者定爲「逆黨」，開列「僞學逆黨」黨籍，凡五十九人，包括周必大、陳傅良、葉適、彭龜年、章穎、項安世等。名列黨籍者受到程度不等的處罰，凡與他們有關係的人，也都不許擔任官職或參加科舉考試。朱熹在理學成爲禁區之時，轉向文學研究，校勘《韓文考異》，整理、注釋《楚辭》。1198 年，朱熹命蔡沈作《書集傳》。1199 年朱熹以朝奉大夫致仕，開始以野服見客，宋寧宗慶元六

〔註14〕 蔡元定（1135～1198），福建建陽人，字季通，學者稱西山先生。幼從其父蔡發學，少年時苦讀自勵，常吞薺菜度日。長慕朱熹之名，前往從學，朱熹視之爲講友，親密無間。蔡元定精通易學圖書象數和方家陰陽術數。朱熹的許多著作，蔡元定參加修改、校訂和編寫，被視爲「朱學干城。」

年即 1200 年，朱熹帶著「僞學逆黨」之名病逝於福建建陽，葬於建陽塘石里大林谷，四方道學之士不顧朝廷限制前往送葬。

朱熹去世四百多年後，清康熙帝在《御纂朱子全書・序言》中稱朱熹「集大成而緒千百年絕傳之學，開愚蒙而立億萬世一定之規」。朱熹在生死之際的遭遇與其在明清之際所受到的褒揚相比，可謂天壤之別。檢點朱熹生前身後事，沉重多於輕鬆。他幼年失父，中年喪偶，晚年喪子，生活貧困，死時還背負罵名，陸游詩說朱熹「聞說平生輔漢卿，武夷山下啜殘羹」，道盡了朱熹艱難貧病的生活現狀與孜孜矻矻、匡時救世的憂患意識。朱子憂時傷世，抱負遠大，滿腹經綸，強烈希望將他的理論付諸實踐，一生中最大的機遇要算入朝擔任寧宗的侍講官，但也僅僅做了 46 天。46 天的侍講官生涯道出了朱熹的道學性格確實無法見容於當時的官場政治。朱熹對自身的性格特點亦有清晰的認知，他曾對自我進行總結云：「熹自幼愚昧，本無宦情。既長，稍知爲學，因得側聞先生君子之教，於是幡然始復，誤有濟時及物之心，然亦竟以氣質偏滯，狂簡妄發，不能俯仰取容於世。」〔註 15〕「氣質偏滯，狂簡妄發」與爲官之道的根本牴觸，注定朱熹無法實現由「內聖」而「外王」的政治理想。朱熹在審時度勢與審己度人之後，將一生的大部分精力用於修身養性、著書立說，余英時將其歸類爲重於「內聖」型的理學家〔註 16〕，以區別於韓元吉等「外王」型的理學家，是切合實際的。朱熹對於時勢的應對態度頗似曾經「累累如喪家之犬」的孔子，同樣，朱熹在當世及後世的巨大影響也與被稱爲「素王」的孔子有異曲同工之處，錢穆認爲，孔子與朱子「皆在中國學術史及中國文化史上發出莫大聲光，留下莫大影響。曠觀全史，恐無第三人堪與倫比。」〔註 17〕今人對於朱熹的評價極高，朱漢民等人認爲：「朱熹一生，以興

〔註 15〕 《朱熹集》卷二五，《與龔參政書》。
〔註 16〕 余英時：《朱熹的歷史世界》，北京：三聯書店 2004 年，第 405 頁。
〔註 17〕 錢穆：《朱子新學案》，成都：巴蜀書社 1986 年，第 1 頁。

起斯文、繼承道統自任，艱苦求索，致廣大，盡精微，綜羅百代，
建立了繁富精密的思想學術體系，將儒學的發展推上了一個新的高
峰，影響此後中國思想學術的發展達六七百年之久。可以說，朱熹
是中國封建社會後期學問最廣博、影響最深遠的學者。」〔註18〕

　　朱熹在後世的殊榮備至與朱熹學說的內在生命力密切相關。朱
熹學說回應了社會現實中出現的倫常破壞、道德淪喪、理想失落與
精神迷惑諸種情況，擔當了重整綱常、規範道德和重建精神家園的
學術責任，凸顯了儒學新的生命智慧和思想活力。朱熹在詩學方面
的建樹，植根於他的社會理想與理學根基，是儒家詩教在南宋時期
呈現出理學內蘊的新詩學形態。回溯朱熹的生平，並對其理學著述
過程作簡單的回顧，是期待讀者在品評朱熹詩學時，不要迴避朱熹
理學宗師的思想家基質，朱熹詩學的特異性，在於朱熹將詩學進行
了理學化的延伸，這種延伸自朱熹接受理學中人的理學薰陶與詩學
薰陶開始，貫穿了朱熹的一生。

二、朱熹詩歌創作

　　朱熹是理學家，是教育家，是古文家，也是詩人。在朱熹理學未
成之前的乾道六年即 1170 年，朱熹四十一歲，工部侍郎胡銓以詩人
之名向朝廷推薦朱熹，朱熹推辭不赴。這說明朱熹在四十歲之前詩人
聲名遠播，得到時人的重視。朱熹早年在父親朱松和老師劉子翬指導
下研習作詩，在日常交遊中經常與同道中人黃銖、張栻、林用中、呂
祖謙等人相與吟詩，所吟之作或述懷言志、憂國憂民，或憑弔懷古、
遊覽山水，或詠物寓意、唱和贈答，或詠史哀挽、表達哲理。朱熹幾
十年吟唱不絕，創作題材廣泛，今人將朱熹詩歌分為「述懷言志詩、
出入佛道詩、憂國憂民詩、山水遊覽詩、憑弔懷古詩、即景遣興詩、
田園鄉間詩、詠物寓意詩、唱和贈答詩、題詠題畫詩、哀挽詩、詠史

〔註18〕　朱漢民、蕭永明：《曠世大儒──朱熹》，石家莊：河北人民出版社
　　　　2001 年，第 95 頁。

詩、哲理詩」計十三種類型〔註19〕。辛棄疾在《遊武夷作棹歌呈晦翁十首》詩中以「山中有客帝王師，日日吟詩坐釣磯」，說明朱熹作詩的勤奮。當然，「日日吟詩」對於朱熹來說，有誇大之嫌，但朱熹在著書立說之餘，以詩釋懷，還是切合朱熹詩歌創作實際的。在朱熹長達50多年的詩歌創作生涯中，他為我們留下了1200多首詩作，其中《觀書有感》、《齋居感興》、《武夷棹歌》等得到了時人及後世詩人的廣泛認同。

　　朱熹的詩歌創作有幾個重要階段，郭齊按作者思想發展歷程，認為其創作可劃分為前後兩期，「以三十五歲左右為大致界限」〔註20〕。海外學者申美子研習朱熹詩歌時將朱熹的詩與朱熹的思想相聯繫〔註21〕，以朱熹30歲之前為朱熹詩歌創作的早期階段，以30到50歲期間為朱熹詩歌創作的中期階段，50歲之後的詩作則為朱熹晚年詩歌創作階段。胡迎建根據朱熹的活動範圍及為官、研學情況將其詩歌創作分為「前後兩期、四個階段」〔註22〕，其前後兩期以朱熹49歲「知南康軍」為界，其中19至27歲為第一階段，這是朱熹通過科舉考試後任同安主簿期間，往來於福建泉州、南安等各州縣之間，所寫之詩歌表達了青年朱熹迷惘和孤獨的心境。27至49為第二階段，這期間朱熹以著書立說、研習理學為主，在38歲前後與張栻等人在訪學問道期間留戀山水，寫下了諸多遊記、述理之詩。49至53歲為第三階段，這是朱熹忙於政事、研習理學較少而詩文創作頗豐的階段。53歲至去世為第四階段，朱熹時隱時仕，開始在武夷山下構築武夷精舍，並寫下了大量關於武夷山水的詩歌。上述劃分自有其道理，筆者較為贊同申美子和胡迎建的三階段或四階段劃分法。現筆者根據朱熹不同時期的詩歌風格及其理學思想成熟情

〔註19〕　胡迎建：《朱熹詩詞研究》，廣州：中山大學出版社2011年。
〔註20〕　郭齊：《論朱熹詩》，四川大學學報，2000年第2期。
〔註21〕　申美子：《朱熹詩中的思想研究》，臺北：文史哲出版社1988年。
〔註22〕　胡迎建：《朱熹詩詞研究》，廣州：中山大學出版社2011年，第5頁。

況，將朱熹詩歌創作分爲如下三個階段。一爲朱熹青年時期，大約在 27 歲之前，這一時期朱熹學問處於無所不學、問學李侗的雜學時期，儒、佛、禪三者兼備，在詩學實踐也處於摹古、模仿階段，這一時期的詩歌作品除《遠游》及《擬古八首》外，朱熹將日常所作自編爲《牧齋淨稿》，《牧齋淨稿》包含了朱熹創作的從紹興二十一年（1151 年）到紹興二十五年（1155 年）的詩歌。第二時期爲朱熹問學李侗「逃禪歸儒」之後，理學日漸精研和成熟階段，大約在 27 歲到 49 歲之間，詩歌實踐處於「變古」時期，這一時期朱熹詩作已頗見理學詩的道學氣象，與前輩理學家程顥、邵雍的詩歌風格較爲一致，這一時期的主要詩歌作品，有《南嶽酬唱集》及《東歸亂稿》兩部詩集，後人稱頌的《齋居感興》組詩也創作於這一時期。第三時期從朱熹 50 歲到去世這一段時間，朱熹理學思想已經成熟，詩歌創作風格穩定，山水詩、述理詩、感懷詩都邁入成熟之境，作詩時「詩性」與「理性」渾然天成。這一時期的詩歌作品主要爲《武夷棹歌》等山水詩、感懷詩。

（一）朱子青年時期詩作

今朱熹存詩最早之作當爲創作於紹興十八年的《遠游》：

> 舉坐且停酒，聽我歌遠游。遠游何所至？咫尺視九州。
> 九州何茫茫，環海以爲疆。上有孤鳳翔，下有神駒驤。
> 孰能不憚遠，爲我游其方。爲子奉尊酒，擊鋏歌慨慷。
> 送子臨大路，寒日爲無光。悲風來遠壑，執手空徊徨。
> 問子何所之，行矣戒關梁。世路百險艱，出門始憂傷。
> 東征憂暘谷，西遊畏羊腸。南轅犯瘴毒，北駕風裂裳。
> 願子馳堅車，躡險摧其剛。戔戔既不支，瑣瑣誰能當。
> 朝登南極道，暮宿臨太行。睥睨即萬里，超忽凌八荒。
> 無爲蹩躠者，終日守空堂。

朱熹筆下的《遠遊》，深得風騷之致，然命意與屈原「悲時俗之迫阨兮，願輕舉而遠遊」的遠遊之感截然不同。屈原在《遠遊》中反覆

吟詠自己「心愁淒而增悲」的悲涼心境，表明自己遠遊的「情非得已」和「走投無路」，從而只能在上天入地中尋求一個理想的世界。朱熹所作《遠遊》，抒寫了一個有志青年邀遊四方、俯視萬里，勢必超越一切艱難險阻的心理狀態，表現出「無堅不摧、無險不闖」的勇猛剛毅情懷。「咫尺視九州」、「睥睨即萬里」，道出了青年朱熹的萬丈豪情、慷慨激昂，正如黃珅所說，這首詩「嚴詞慷慨、音節響亮、抒寫自如、氣度不凡」〔註23〕，朱熹文集中的開篇之作，就將朱熹遠大的抱負、開闊的胸襟、剛強的毅力與戰勝困難的勇氣等人格力量充分地展示了出來。《遠遊》詩作之後的《擬古八首》，可以清晰地看出朱熹早期詩作學習《古詩十九首》的痕迹，無論是詩中語言還是抒發的情感，都與古詩氣韻相通，如「夫君滄海至，贈我一篋珠。誰言君行近，南北萬里餘。結作同心花，綴在紅羅襦。雙垂合歡帶，麗服眷微軀。爲君一起舞，君情定何如！」這首詩化用女子口吻，抒寫丈夫遠方歸來的歡悅，憂情中包含甜美，古藻中具有沖淡，表明這時候的朱熹，情感豐富，轉益多師，既能寫出性情豪邁的詩作，也能寫出委婉多情的篇章。

朱熹在青年時期，傾慕佛道，相關詩作往往出語不凡，語言和氣骨都也有仙風道骨之態，如《題霜傑集》：

> 先生人物魏晉間，題詩便欲傾天慳。
> 向來天地識眉宇，今日天譴窺波瀾。
> 平生尚友陶彭澤，未肯輕爲折腰客。
> 胸中合處不作難，霜下風姿自奇特。
> 小儒閱閱金匱書，不滯周南滯海隅。
> 枌榆連陰一見晚，何當挽袖凌空虛。

這首詩爲朱熹最早的七古詩篇，作於紹興二十年，這年朱熹21歲。朱熹在紹興十八年登王佐榜進士第五甲，兩年後經銓試後授左迪功郎、泉州同安縣主簿。在登進士榜之後、爲官之前的紹興二十年，

〔註23〕 黃珅：《朱熹詩文選譯》，南京：鳳凰出版社2011年，第1頁。

朱熹回到祖籍婺源展墓，與內弟程洵論詩，見到父親的朋友董穎，《霜傑集》為董穎的詩集。董穎，字仲達，江西德興人，宣和年間進士，曾任學正，是較早賞識朱熹的江西苦吟詩人，「共歎韋齋老，有子筆扛鼎」〔註24〕，是他對朱熹的評價。朱熹題詩向董穎致敬，表明他對董穎人品風度與詩作的仰慕。由朱熹題詩可以見出，朱熹這時對「魏晉風度」、道家「淩空蹈虛」情懷與陶淵明的人格風範極為讚賞，詩句「向來天地識眉宇，今日天譴窺波瀾」，造句不俗，境界迭出。「霜下風姿」的讚譽既道出了董穎的魏晉風度，也暗含了朱熹對道僧的嚮往。

《牧齋淨稿》收入朱熹從紹興二十一年到紹興二十五年的詩作，總量在 150 首左右。這些詩歌作品，作於朱熹候官期間和同安任上，既有山水詩、詠物詩，也有述懷詩、佛禪詩，詩作題材豐富，表現了濃重的思鄉之愁和身為小吏找不到出路的寂寞悵惘之情。這些作品，以五古居多，模仿「古詩十九首」的痕迹較重，構思立意方面與「古詩十九首」的那種彷徨徘徊、幽思滿腹也頗為相似，如作於紹興二十一年（1151 年）的《古意》即是如此：

> 兔絲附樸樕，佳木生高岡。弱蔓失所依，佳木徒蒼蒼。
> 兩美不同根，高下永相望。相望無窮期，相思諒徒為。
> 同車在夢想，忽覺淚沾衣。不恨歲月邁，但惜芳華姿。
> 嚴霜萎百草，坐恐及茲時。盛年無再至，已矣不復疑。

這首詩以兔絲與佳木之間的對比，寫出「弱蔓的兔絲」對「蒼蒼的佳木」的感懷，寫兔絲「望而思，思而夢，夢而覺，覺而淚，又憾，又惜，又恐，又疑」〔註25〕的複雜形態，將兔絲的幻想癡情與頃刻萬狀的內心世界表達得委婉曲折，意蘊悠長。

《牧齋淨稿》中的詩作創作於朱熹的青年時期，這時候的朱熹

〔註24〕 （清）王懋竑：《朱子年譜》，北京：中華書局 2006 年，第 8 頁。
〔註25〕 （清）洪力行：《朱子可聞詩集》卷一，轉引自郭齊《朱熹詩詞編年
　　　　笺注》，成都：巴蜀書社 2004 年，第 25 頁。

「無所不學」，如創作於紹興二十二年的《齋居聞磬》，提到了道教經典《玉書》：「幽林滴露稀，花月流空爽。獨士守寒棲，高齋絕群想。此時鄰磬發，聲合前山響。起對《玉書》文，誰知道機長？」這首詩，抒寫一個在高處獨居的士人，在靜寂的月夜幽林，聽到鄰人的磬響，斷絕了一切私心雜念，起身閱讀道教經典，道心潛滋暗長。整首詩於無語中寄託幽情，言辭簡約，意境深遠，頗有「採菊東籬下，悠然見南山」的脫俗情懷。

（二）朱子中青年階段詩作

朱熹問學李侗之後，學問路徑有所改變，他原先對佛道的興趣沖淡，漸漸轉到儒學上來。27歲同安任滿之後，朱熹開始以全部精力精研儒學，理學中人的著作對朱熹影響甚大，由此朱熹的詩學旨趣也發生變化。這種改變以紹興二十九年朱熹校訂《謝上蔡語錄》為根本標誌，這一年朱熹三十歲，朱熹的「逃禪歸儒」也在校訂這部著作後變得更為徹底。「逃禪歸儒」之後，朱熹認為作詩曠廢時日，花費功夫作詩妨礙研求大道，即使偶有所作，也要求「平淡自攝」、「真味發溢」，他說：「作詩間以數句適懷亦不妨。但不用多作，蓋便是陷溺爾。當其不應事時，平淡自攝，豈不勝如思量詩句？至如真味發溢，又卻與尋常好吟者不同。」〔註26〕由於強調「平淡自攝」，朱熹的一些小詩往往寓巧妙的哲理於平常的風景之中，讓人不知不覺地沉浸於詩作中呈現出來的意境之中。《觀書有感》就是如此。《觀書有感》作於乾道二年，朱熹三十七歲，詩中寫道：

> 半畝方塘一鑒開，天光雲影共徘徊。
> 問渠那得清如許，為有源頭活水來。
> 昨夜江邊春水生，蒙衝巨艦一毛輕。
> 向來枉費推移力，此日中流自在行。

這兩首詩實際是朱熹對《中庸》「已發未發」問題的領悟，從「半畝

〔註26〕《朱子語類》卷一百四十。

方塘」，延至「源頭活水」，所描繪的景中之理，實際是「觀書」有感，比喻學問要有源頭活水，才能永不枯竭，充滿活力。在《觀書有感》第二首中，朱熹以「蒙衝巨艦」的「中流自行」，說明江水枯竭之時，就是用再大的力氣也不能推動戰船，而一旦春水入江，江水上漲，巨大的戰船也能如毛浮水上，輕快航行，朱熹通過這樣的比喻，表達了自己在長期探索之後，疑難問題豁然開朗的喜悅之情。這兩首詩取境簡潔巧妙，有理趣而無理障，意蘊深厚綿長，融理於寫景之中，確實深具「平淡自攝」之趣。

乾道三年，朱熹與張栻同遊南嶽衡山，在這期間，受山水之感、詩友起興，朱熹詩興大發，作詩數十首，後編為《南嶽酬唱集》，朱熹為之作後記，自云「自嶽宮至檇州凡百有八十里，其間山川林野，風煙景物，視向來所見，無非詩者」〔註27〕。從紹興末年到乾道年間的朱熹詩作，與青年時期詩作相比，氣韻深沉，境界闊大，氣骨剛健，模古之痕迹漸漸消失，與他自認為作詩應該「變古為上」的要求相吻合。以《拜張魏公墓下》為例：

衡山何巍巍，湘水亦湯湯。我公獨何往？劍履在此堂。
念昔中興初，尊隳倒冠裳。公時首建義，自此扶三綱。
精忠貫宸極，孤憤摩穹蒼。元戎二十萬，一旦先啟行。
西征奠梁益，南轅無江湘。士心既豫附，國威亦張皇。
縞素哭新宮，哀聲連萬方。點虜聞譎魄，經營久彷徨。
玉帛驟往來，士馬且伏藏。公謀適不用，拱手遷南荒。
白首復來歸，髮短丹心長。拳拳冀感格，汲汲勤修攘。
天命竟難諶，人事亦靡常。悠然謝臺鼎，騎龍白雲鄉。
坐令此空山，名與日月彰。千秋定軍壘，岢嶪遙相望。
賤子來歲陰，烈風振高崗。下馬九頓首，撫膺淚淋浪。
山頹今幾年，志士日慘傷。中原尚腥膻，人類幾豺狼！
公還浩無期，嗣德燁有光。恭惟宋社稷，永永垂無疆！

〔註27〕 《南嶽遊山後記》，見郭齊 尹波點校：《朱熹集》，成都：四川教育出版社 1996 年，第 4028 頁。

朱熹所拜的張魏公，乃張栻之父張浚，張浚在宋高宗時期任宰相，力主抗金，重用韓世忠、岳飛等名將，由於秦檜主和議，張浚被貶官在外近二十年。至宋孝宗即位，張浚再次入朝，被封為魏國公，後又被主和派排擠。張浚葬在衡山腳下，朱熹與張栻同遊南嶽，自然要拜祭張浚。在這首詩中，朱熹從「衡山何巍巍，湘水亦湯湯」之雄渾風景寫起，追憶了張浚的豐功偉業，對張浚的憂國情懷、丹心之摯、聲名之彰進行了濃墨重彩的描繪。整首詩融敘事、議論、抒情於一起，措辭或悲壯慷慨，或沉鬱蒼涼，詩境氣象宏大，意蘊深厚悠長，氣骨高古，具有很強的藝術感染力。

在朱熹長期的祠祿生涯中，朱熹以學問精進為第一要務，在精研學問之外的齋居生活中，朱熹閱讀前人詩詞以遣興放鬆，《齋居感興》二十首作於乾道末年，是朱熹閱讀陳子昂《感遇》詩有感而所作。在作《齋居感興》時作者自警云：「余讀陳子昂《感遇》詩，愛其詞旨幽邃，音節豪宕，非當世詞人所及。如丹砂空青，金膏水碧，雖近乏世用，而實物外難得自然之奇寶。欲效其體作十數篇，顧以思致平凡，筆力萎弱，竟不能就。然亦恨其不精於理，而自託於仙佛之間以為高也。齋居無事，偶書所見，得二十篇。雖不能探索微妙，追迹前言，然皆切於日用之實，故言亦近而易知。」〔註28〕由這段文字可知，朱熹在這一階段所作之詩，既受前人感發，深明前人之詩之優劣，其所作之詩，既欲學陳子昂的「詞旨幽邃，音節豪宕」，又欲「精於理」、「切於日用之實」。現舉其中一首為例：

> 東京失其御，刑臣弄天綱。西園植奸穢，五族沈忠良。
> 青青千里草，乘時起陸梁。當塗轉凶悖，炎精遂無光。
> 桓桓左將軍，仗鉞西南疆。伏龍一奮躍，鳳雛亦飛翔。
> 祀漢配彼天，出師驚四方。天意竟莫回，王圖不偏昌。
> 晉史自帝戚，後賢盍更張？世無魯連子，千載徒悲傷！

〔註28〕《齋居感興》，見郭齊《朱熹詩詞編年箋注》，成都：巴蜀書社2000年，第370頁。

由朱熹的這首感興詩，可見看出四十多歲的朱熹詩作，已重在述理，而非抒情。朱熹早年所作，或幽思彷徨、一唱三歎，或俾倪天下，獨步成章。而《齋居感興》二十首，縱橫古今，俯視萬里，詩境開闊，寄託遙深，哲理深邃。這裡列舉的一首詩，從東漢王朝的沒落開始，寫道了群雄征戰，奸雄當道，義士遇害，後賢更張，融歷史人物與戰火風雲於一爐，時空跨度很大，詩人在懷古傷今中譴責董卓、曹操，讚揚劉備、諸葛亮，表明了朱子的正統思想。朱熹的《齋居感興》組詩，得到了南宋時人的高度評價，如王柏認為：「凡篇中所述，皆道之大原，事之大義，前人累千萬言而不能彷彿者，今以五言約之，此又詩之最精者，真所謂自然之奇寶歟。」〔註29〕王柏對朱熹《齋居感興》的高度評價，主要立足于「道之大原」與「事之大義」的理學角度，這說明朱子在四十歲左右，理學思想體系已初步建立，所寫理學詩也以辨明義理、辨分毫釐為主，理學詩是朱熹這一時期詩作的主要形態。今人認為，朱子受陳子昂《感遇》詩引發的《齋居感興》組詩，與陳子昂詩歌相比，不及陳詩的「慷慨悲愴」與「寄興無端」〔註30〕，其藝術性不及陳子昂的《感遇》詩，這種評價從詩歌的文學性與審美性著眼，是比較中肯的。在朱熹壯年與中年時期，朱熹的主要精力在於整理與闡釋《論語》、《孟子》、《大學》、《中庸》及五經著作，所思所想悉歸義理大道，詩作受這一時期的學術影響，「理趣」與「理性」特徵較為濃鬱。

（三）朱子晚年階段詩作

朱熹五十歲之後，由於屢辭召命不許，啟程任職「知南康軍」。淳熙九年（1182年），朱熹離任浙東常平茶鹽公事一職後，多次辭免朝廷任命回到福建，在九曲溪五曲之大隱屏峰下建武夷精舍，一心講

〔註29〕 （宋）王柏：《朱子詩選跋》，見《朱熹詩詞編年箋注》「附錄」，成都：巴蜀書社2000年，第937頁。

〔註30〕 黃珅：《朱熹詩文選譯》，南京：鳳凰出版社2011年，第28頁。

學著書。五十四歲那年，朱熹又開始祠祿之職，主管台州崇道觀，後
又分別差管華州雲臺觀、南京鴻慶宮、西京嵩山崇福宮等宮舍。由於
朱熹一生大部分時間卜居鄉間，與山水峰林為伍，深得山水之樂，
寫下了大量的山水田園之詩。孔子云：「仁者樂山，智者樂水」，儒家
所認為的最高樂境即所謂的「曾點之樂」：「暮春者，春服既成，冠者
五六人，童子六七人，浴乎沂，風乎舞雩，詠而歸。」從山水中涵養
性情、格物窮理、比德修身是理學家們所要求的理學功夫，也是宋代
理學家們的共同追求。朱熹對山水的摯愛使得他遊必賦詩，他說：
「舉凡江山景物之奇，陰晴朝暮之變，幽深傑異，千狀萬態，則雖所
謂三百篇猶有所不能形容其彷彿，此固不得而記云。」〔註31〕正是因
為「不堪景物撩人甚，倒盡詩囊未許慳」〔註32〕，朱熹作了大量山水
組詩，往往一寫就是六首、八首，多則十首、二十首，如《百丈山六
詠》、《山北紀行十二章》、《奉同張敬夫城南二十詠》、《雲谷二十六
詠》等等。淳熙十年、十一年之後，是朱熹卜居武夷山時期，這一
時期描繪武夷勝景的詩作很多，如《行視武夷精舍作》、《武夷精舍
雜詠》、《出山道中口占》等。《武夷棹歌》寫於武夷精舍落成之時，
這年朱熹五十五歲。

> 武夷山上有仙靈，山下寒流曲曲清。
> 欲識個中奇絕處，棹歌閒聽兩三聲。
> 一曲溪邊上釣船，幔亭峰影蘸晴川。
> 虹橋一斷無消息，萬壑千岩鎖翠煙。
> 二曲亭亭玉女峰，插花臨水為誰容？
> 道人不復陽臺夢，興入前山翠幾重。
> 三曲君看架壑船，不知停棹幾何年？
> 桑田海水今如許，泡沫風燈敢自憐。

〔註31〕　《朱文公文集自序》，見錢仲聯主編《歷代別集序跋涉綜錄·漢宋卷》，
　　　　　南京：江蘇教育出版社 2005 年，第 478 頁。
〔註32〕　《次秀野極目亭韻》，見郭齊《朱熹詩詞編年箋注》，成都：巴蜀書社
　　　　　2000 年，第 307 頁。

四曲東西兩石岩，岩花垂露碧監參。
金雞叫罷無人見，月滿空山水滿潭。
五曲山高雲氣深，長時煙雨暗平林。
林間有客無人識，欸乃聲中萬古心。
六曲蒼屏繞碧灣，茆茨終日掩柴關。
客來倚棹岩花落，猿鳥不驚春意閒。
七曲移舟上碧灘，隱屏仙掌更回看。
卻憐昨夜峰頭雨，添得飛泉幾道寒。
八曲風煙勢欲開，鼓樓岩下水縈迴。
莫言此地無佳景，自是遊人不上來。
九曲將窮眼豁然，桑麻雨露見平川。
漁郎更覓桃源路，除是人間別有天。

《武夷棹歌》以民間漁歌的民歌體形式寫出了武夷山水的各種勝景，其中第一首為總起，後九曲分別歌詠武夷九景，詩作從「上釣船」開始，抒寫了武夷山的幔亭峰影、玉女峰、架壑船、石岩、雲煙、碧灘、平川等景色，「九曲」之詩，依照遊覽路線，溯流而上，既循序漸進，又有迴環之趣，各自獨立，又相映成趣。「二曲亭亭玉女峰，插花臨水為誰容？」以女子之態寫出了玉女峰的神態。「金雞叫罷無人見，月滿空山水滿潭」，寫出了常人難見之景，充滿空寂出塵之感。「林間有客無人識，欸乃聲中萬古心」，寫出了山中雲煙的寂寞，也道出了自然的萬古長存，頗有身世之感和曠古永恆的歷史感懷意味。讀《武夷棹歌》，從「莫言此地無佳景，自是遊人不上來」，品味詩中輕鬆自在的筆調，意味深長的美景，可見朱熹深以山水之趣、造化天工為樂。今人認為，《武夷棹歌》「清新流麗，如翠木扶疏，清流潺緩，與其所詠的山水相稱。更難得的是詩中有畫，筆端含情，故歷來賡和不絕，至今猶負盛譽。」〔註33〕武夷山的碧水青山，加上久負盛名的《武夷棹歌》，使得美景雅詩，相得益彰。

〔註33〕 黃坤：《朱熹詩文選譯》，南京：鳳凰出版社2011年，第99頁。

　　翻檢朱熹詩集，朱熹六十歲以後詩作相對較少。在朱熹六十歲到七十歲期間，有兩位皇帝先後即位，一爲宋光宗，二爲宋寧宗。朱熹對新皇即位，開始總是充滿期待。宋光宗紹熙三年（1192年），朱熹六十三歲，寫了《壬子三月二十七日聞迅雷有感》：「誰將神斧破頑陰？地裂山開鬼失林。我願君王法天造，早施雄斷答群心。」這首詩表達了朱熹希望君王能像迅雷一樣，效法天造，有所作爲，表達了他憂國憂民的情懷。晚年的朱熹在擔任「帝王師」四十六天之後被政敵韓侂胄排擠出朝。朱熹出朝之後，回到福建，後又遭遇黨禍，落職罷祠，在多事之秋，朱熹作詩自嘲：「我是溪山舊主人，歸來魚鳥便相親。一杯與尔同生死，萬事從渠更故新。」由晚年之詩，可見朱熹作詩心境，已迥然不同於早年優游山水之時。此詩以「溪山舊主」自嘲，表明歸來後與「魚鳥相親」的喜悅，看似灑脫，實有隱忍之意。慶元四年，朱熹以「墨梅」入詩，託物言志，表明自己隱忍隨俗之意：「夢裏清江醉墨香，蕊寒枝瘦凜冰霜。如今白黑渾休問，且作人間時世裝。」這首詩以墨梅來借題發揮，對黨禁中是非顛倒的世道表示憤慨，「如今白黑渾休問」，是對世道昏暗的憤激之語，《朱子可聞詩集》認爲朱熹這首詩「微文刺譏，含蓄無盡」〔註34〕，道出了朱熹這首詩作的藝術特點。在一生精研的道學被斥爲「僞學」之時，朱熹心境的蒼涼可見一斑。「蒼顏已非十年前，把鏡回看一悵然。履薄臨深諒無幾，且將餘日付殘編。」這首詩作於慶元六年，朱熹去世前十日。詩中「蒼顏回看」、「履薄臨深」之語道出了晚年朱熹憂愁困苦、貧病交加的狀態，也表明了他將餘日交付殘編的學者心態。

　　朱熹一生作詩不輟，詩成了他自述心跡、有感而發、與同道交流、表白觀點的重要媒介。詩情、學術，糾纏了朱熹一生，這注定朱熹的詩歌，伴隨在朱熹精進理學的進程中。朱熹的詩作 1200 多

〔註34〕　參見郭齊《朱熹詩詞編年箋注》，成都：巴蜀書社 2000 年，第 824 頁。

首，記載了朱熹五十多年的生活經歷和人生感悟。山川景物、詩情義理，悉在其詩歌中有所反映，今人對於朱熹詩歌的閱讀、理解和傳播，均在起始階段，朱熹詩歌與朱熹詩學亟需人們更多的關注。

朱熹豐富而持久的創作實踐，使得他深得詩家三昧。他後來詩理交融的詩學理論，也是建構在豐富的創作實踐基礎上的，在切近朱子詩學理論的研究進程中，我們首先關注朱熹的詩歌創作，有助於我們全面把握和理解其詩學主張。

第二節　理學詩派與理學詩學溯源

朱熹作爲宋代理學的集大成者，其彙聚、提煉和再創造之功，可謂前無古人，後無來者。但不管朱熹如何振斯文於宋世，其詩學與理學根基並非空穴來風。中國學術自古以來，就重視「述而不作」。其實「述而不作」不過是謙虛的說法。「述而不作」的眞正含義，重在繼承，在繼承中發揚。這一點和西方學術強調「吾愛吾師，吾更愛眞理」的超越精神確實有很大的不同。在中國文化背景中，梳理與理解朱熹帶有理學特質的詩歌理論，不能不提及影響於他的前賢，追蹤理學詩派的淵源。朱熹是在繼承和發揚理學詩派的基礎上，逐漸創造性地闡釋了理學詩派的詩學主張，形成了自己的理學詩學理論。

本文所設定的詩學概念，主要從詩學的狹義意義而言。廣義的詩學意義是從西方引進的，即亞里士多德在《詩學》中所說的，包括一切文藝理論在內的「詩學」。狹義的詩學即有關詩歌的相關理論，就中國傳統學術而言，主要指詩經學以及跟詩歌實踐和詩歌研究密切相關的詩歌學理論。中國最早的詩學主張首先起源於對《詩經》的評價與研究，後發展到對一般詩歌創作、詩歌鑒賞等詩學問題的探討。「撇開專指《詩經》研究的用法不論，『詩學』意味著與詩歌有關的所有學問……這個『學』字不僅包括歷來人們對詩歌本

身及其創作方法的認識，還應包括古今人對詩歌史的認識及對認識過程的反思。」〔註35〕因此，單就狹義的詩學意義而言，詩學也是一個很廣的範圍。「在『形上』層面，它包括對於詩的性質、功用等的認識與觀念；在『形下』層面，又包括關於詩的具體做法、格律、聲調、對偶而言。」〔註36〕就朱熹的詩學研究而言，他主要關注「形上」層面的詩學觀念即詩歌原理、詩歌史與詩學史。作爲理學思想的集大成者，朱熹詩學的主導傾向首先來自於對前代理學家詩學思想的合理吸收。北宋理學家周敦頤、邵雍、張載、程顥、程頤、楊時等人都或多或少留下了一些理學詩及相關詩論，理學詩派、理學詩學也正從這些理學家開始起步。關注理學詩派，梳理理學詩學，是探源朱子理學詩學的前奏和序曲，沒有這個前奏和序曲，就切斷了朱子理學詩學的根基。

一、理學詩派溯源

　　理學詩派，即理學家詩歌流派。追蹤「理學詩派」，或者「道學詩派」名詞的形成，首先應該從《四庫全書總目》提要尋根溯源，四庫館臣爲金履祥《濂洛風雅》作提要云：

> 是編乃至元丙申履祥館於韓良端家齊芳書舍所刻。原本選錄周子、程子以至王柏、王侃等四十八人之詩，而冠以《濂洛詩派圖》，但以師友淵源爲統紀……自眞德秀《文章正宗》出，始別爲談理之詩。……自金履祥是編出，而道學之詩與詩人之詩，千秋楚越矣。〔註37〕

由上可知，「理學詩派」從「談理之詩」與「濂洛詩派」淵源而來。「談

〔註35〕　蔣寅：《中國詩學的思路與實踐》，桂林：廣西師範大學出版社 2001 年，第 2 頁。
〔註36〕　蕭華榮：《中國詩學思想史》，上海：華東師範大學出版社 1996 年，第 2 頁。
〔註37〕　（清）永瑢等：《四庫全書總目》卷一九一《濂洛風雅》提要，北京：中華書局 1965 年，第 1737 頁。

理之詩」出自眞德秀《文章正宗》。眞德秀（1178～1235），福建浦城人，南宋慶元五年（1199 年）進士，是朱熹的再傳弟子，也是朱熹後學中較有影響的人物，清人全祖望謂「西山之望，直繼晦翁」〔註38〕，就是說眞得秀的學問路數，直接繼承了朱熹。

眞德秀編選的《文章正宗》是一部詩文選，其選編原則是「欲學者識其源流之正，……以明義理、切世用爲主，其體本乎古，其指進乎經者，……否則辭雖多亦不錄。」（《文章正宗・綱目》。金履祥繼眞德秀之後作《濂洛詩派圖》，其目的和先前的呂本中一樣，呂本中有《江西詩派宗派圖》。金履祥也願「濂洛詩派」名滿天下，故有《濂洛詩派圖》。

所以，金履祥《濂洛風雅》爲「濂洛詩派」的直接源頭。在此基礎上，四庫館臣多次述及「濂洛」，並說明其以理爲詩的詩學特徵。《古文雅正》提要中云，「眞德秀《文章正宗》、金履祥《濂洛風雅》，其持論一準於理」。〔註39〕《橫塘集》提要亦云：「詩本性情，義存比興，固不必定爲濂洛風雅之派而後謂之正人。」〔註40〕《環谷集》提要認爲汪克寬「其學以朱子爲宗，故其文皆持論謹嚴，敷詞明達，無支離迂怪之習，詩僅存十餘首，雖亦濂洛風雅之派，而其中七言古詩數首造語新警。」〔註41〕上述提要中，「濂洛風雅之派」反覆出現，述其思想淵源則皆出於朱子。四庫館臣曾經遺憾地發出「以濂洛之理責李杜，李杜不能爭，天下亦不敢代爲李杜爭」〔註42〕的感歎。那麼，「濂洛詩派」到底指哪些人，他們到底作了多少詩作？其在中國詩史上佔據什麼樣的地位？

〔註38〕（清）黃宗羲、全祖望：《宋元儒學案序錄》，《宋元學案》卷首第 15頁。

〔註39〕《四庫全書總目》卷一九○《古文雅正》提要，第 1732 頁。

〔註40〕《四庫全書總目》卷一五六《橫塘集》提要，第 1345 頁。

〔註41〕《四庫全書總目》卷一六八《環谷集》提要，第 1460 頁。

〔註42〕《四庫全書總目》卷一九一《濂洛風雅》提要，第 1737 頁。

「濂洛詩派」之「濂」即濂溪──周敦頤，「洛」即洛陽──程顥程頤。「濂洛」其實泛指「濂、洛、關、閩」等不同地域的理學家。周敦頤號濂溪，故有人稱其學問為濂學；二程居於洛陽，故被稱為「洛學」；張載居於關中，被稱為「關學」；朱熹居於福建，其學又被稱為「閩學」。濂洛詩派，即理學家詩派。宋代理學為主流，理學家們在窮研人事天理之時，從眼前景、身邊事出發，創作了大量隱藏著理學內核的詩作。今人許總在前人研究基礎上對理學家詩作數量進行了初步統計，充分肯定其在詩史意義上的存在價值。在他的著作《唐宋詩體派論》中，對理學家作詩情況統計如下：

> 邵雍存詩一千五百八十三首，楊時存詩二百二十九首，朱熹存詩一千三百一十八首，魏了翁存詩七百一十一首，金履祥本人亦存詩八十三首：數量較少的周敦頤存詩二十九首，張載存詩十六首，程顥存詩六十七首，陸九淵存詩二十三首，真德秀存詩九十五首，即連自稱「不作詩」的程頤也存詩三首。這些理學家的詩歌雖然數量多少不等，成就互有差異，然而卻不僅有大體相同的特點，而且共同構成宋詩史乃至整個詩史上的一個獨特的存在。〔註43〕

除《濂洛風雅》為「濂洛詩派」命名之外，另有不同時代詩評家從詩體、詩評方面來評價與總結理學詩派的特色。由於詩評家們的詩學主張不同，人們對理學詩派之詩評價有正有負，個中玄機，頗值得今人反思。

南宋末年，嚴羽著《滄浪詩話》，將理學家之詩定位為「邵康節體」〔註44〕，認為「詩而至此，可謂一厄」。嚴羽強調「詩有別材，非關書也；詩有別趣，非關理也」，對詩歌的禪味、妙悟與空靈意境注目更多，多強調詩歌的文學特點。自然，對詩歌文學特質的更多關

〔註43〕　許總：《理學文藝史綱》，南京：江蘇教育出版社 2001 年，第 105 頁。

〔註44〕　郭紹虞：《滄浪詩話校釋》，北京：人民文學出版社 1961 年，第 59 頁。

注，使得嚴羽無法認同理學家詩歌對「理路」的推崇。而幾乎與嚴羽同時代的方回，其思想受理學浸淫較深，在他的著作《桐江續集》中，高度評價了朱熹的詩：「道學宗師於書無所不通，於文無所不能，詩其餘事；而高古清勁，盡掃諸子，又有一朱文公。」〔註45〕理學詩派的詩歌，從南宋開始，經常處於爭論之中，其爭論焦點，便在於人們對其詩中「理」認識的不同，認同其理，被稱之「理趣」；否定其理的，被稱為「理障」。

理學詩派的詩歌特點，在元初就基本達成了共識。袁桷認為南宋「乾淳間，諸老以道德性命為宗，其發為聲詩，不過若釋氏輩條達明朗，而眉山江西之宗亦絕。」〔註46〕袁桷對乾淳詩風轉向於道德性命表示遺憾。清人王士禎亦說：「昔人論詩曰：『不涉理路，不落言詮。』宋人惟程（顥）、邵（雍）、朱（熹）諸子為詩好說理。在詩家謂之旁門」〔註47〕。田雯亦認為宋詩自南渡後，人們「競趨道學，遂以村究語入四聲，去風人之旨實遠。況程、邵以下，誠齋一出，腐俗已甚。」〔註48〕以上諸家，對理學詩的評價不高，並且都把理學詩作為文學詩的對立面加以批評。

20世紀之後，陳延傑先生在《宋詩之派別》中認為：「理學詩倡自邵雍，而周敦頤、張載、程顥相繼而作，亦宋詩之一厄也。」〔註49〕梁昆先生在《宋詩派別論》中確切地稱整個詩派為理學詩派，認為「宋理學家亦獨有其理學詩體，雖非詩學正統，然自有其習尚，未可便盡芟而不述也。若追溯理學詩體起始，固亦當推周邵二程諸公

〔註45〕 （元）方回：《桐江續集》卷三十二《送羅壽可詩序》，文淵閣四庫全書本。
〔註46〕 （元）袁桷：《清容居士集》卷四十八《書湯西樓詩後》，文淵閣四庫全書。
〔註47〕 （清）王士禎：《師友詩傳續錄》，載丁福保：《清詩話》，上海：上海古籍出版社1978年，第152頁。
〔註48〕 田雯：《古歡堂集》卷十六《雜著‧論詩》，文淵閣四庫全書本。
〔註49〕 陳延傑：《宋詩之派別》，《中國文學研究》上冊，北京：商務印書館1927年。

焉。」〔註50〕梁昆對理學詩體的評價較之清人中庸了許多，但梁昆之「理學詩派」著墨篇幅極小，而呂肖奐《宋詩體派論》、許總《唐宋詩體派論》均列「理學詩派」為重要一章〔註51〕，應為繼梁昆之後對「理學詩派」著力較多的著作。在《宋詩體派論》中，呂肖奐將理學詩派分為廣義和狹義兩種：

> 狹義的理學詩派是指金履祥所說的濂洛風雅——濂洛一系理學正統學派的詩，主要是《濂洛風雅》中所收錄的四十八家大部分人（呂本中、曾幾、趙蕃等詩人除外），按照《宋史》中的《道學傳》可以稱之為道學詩派；廣義的理學詩派則應包括宋初的理學三先生以及其他的理學學派、南宋的陸九淵心學學派、葉適浙東事功學派、林光朝莆學等正統理學學派的詩人，按照《宋史》的《儒學傳》和陳寅恪的《金明館叢稿二編·馮友蘭中國哲學史下冊審查報告》之說可以稱之為新儒學詩派。〔註52〕

由此可見，以理學詩派為獨立一體的說法，從「濂洛風雅」之說後，得到了較為廣泛的認同。這種詩歌風格的提倡，最早從「宋初三先生」孫復、石介、胡瑗開始，至遲也到南宋末年葉適、林光朝等非正統理學學派止，前後延續了近二三百年。理學詩派的詩歌和宋代詩歌的理趣追求，在內涵上息息相通，並較之文人詩中的理趣有過之而無不及。

理學詩派的詩歌重在詩歌的哲學意味，可謂哲理詩的典範。由於表達哲理的內在動力，諸多理學詩言「景」、言「理」，少言或不言「情」，情趣淡然但理趣盎然。如程顥的《春日偶成》：「雲淡風輕近午天，傍花隨柳過前川。時人不識余心樂，將謂偷閒學少年。」這首詩描寫春天郊遊的心情以及春天的景象，用樸素的手法把柔和

〔註50〕 梁昆：《宋詩派別論》，臺北：臺灣東升出版社1980年，第127頁。
〔註51〕 許總：《唐宋詩體派論》，南昌：江西人民出版社2008年。
〔註52〕 呂肖奐：《宋詩體派論》，成都：四川民族出版社2002年，第270頁。

明麗的春光同作者自得其樂的心情融爲一體。全詩體現了理學家平
淡自然的內心世界，不急不躁和水到渠成的修養功夫，也表現了一
種閒適恬靜的意境。程顥的另一首《秋日》更是將這種理學趣味與
恬淡的詩歌意境推到極致：「閒來無事不從容，睡覺東窗日已紅。萬
物靜觀皆自得，四時佳興與人同。道通天地有形外，思入風雲變態
中。富貴不淫貧賤樂，男兒到此是豪雄。」朱熹一些理學詩也頗爲
人稱道，如「半畝方塘一鑒開，天光雲影共徘徊。問渠那得清如許？
爲有源頭活水來。」「勝日尋芳泗水邊，無邊光景一時新。等閒識得
東風面，萬紫千紅總是春。」這兩首詩都以景入，書寫理學家觀書
悟道的喜悅心情。這樣的理學詩，較少後世學者批評的「理障」，將
理學旨趣深藏在景物描寫之中，毫不影響讀者對於詩歌所表現的盎
然春意的愉悅感受，爲宋詩增添了不少風光意趣。

　　由此可見，理學詩的美學趣味，不在汪洋恣肆、沉鬱頓挫，也不
在感人至深或震撼人心，而在通過詩句的起承轉合與意味深長，體現
出自然、人生、宇宙之中別有洞天的哲理。像上述程顥、朱熹這樣優
秀的理學詩，在理學詩的整體數目中並不多，因而整體看來，理學詩
的創作成就不如詩人之詩。但是由於宋代理學對文學強大的滲透和
影響作用，理趣，成爲宋詩最重要的特點之一，理學詩的卓然獨立，
使得理學詩派得到了後人的關注和研究的興趣。

二、理學詩學溯源

　　理學詩學之稱，並非筆者無中生有之獨創。以理學或道學作爲一
個限定詞冠於某一文藝觀念之前早有學者爲之，潘立勇有《朱子理學
美學》一書，明確提出「理學美學」〔註53〕，鄧瑩輝亦有《兩宋理學

〔註53〕　潘立勇從理學體系中的美學因素和理學美學的特徵對理學美學概念
　　　　　的成立進行了論證，參見《朱子理學美學》，北京：東方出版社 1999
　　　　　年，第21～40頁。

美學與文學研究》一書，再次運用了「理學美學」一詞〔註54〕。在當代學術語境中，以「理學」或「道學」冠於「詩派」、「文派」、「美學」或者「詩學」之前，已漸漸爲學界所接受，或曰形成了共識。理學，是儒家哲學在宋代發展的新形態，「理學詩學」之稱，從儒家詩學觀念延伸而來，不過因「理學」中有一「學」字，合稱「理學詩學」，有點拗口。以「理學詩學」表達「理學詩派」的詩學理論，和理學美學、理學詩派一樣，是可以接受和理解的。

　　理學詩學與理學詩派相輔相成，今人認爲，「理學詩派有明確而完整的詩歌理論體系」〔註55〕，不過說法各有差異，有曰「道學家詩論」，有曰「理學詩論」。郭紹虞在其《中國文學批評史》中專列一節「道學家之詩論」，認爲道學家詩論特點有三：「不重在作詩，而重在知詩或論詩。其於作詩，亦不重雕琢，而重在自然。其於知詩論詩，又不重在做法，不泥於體制，而重在原理根本的探索。」〔註56〕石明慶在其《理學文化與南宋詩學》中用到了「南宋理學詩論」這個詞，它既涉及到理學家的詩學思想，也泛指各位理學家的詩學論述。理學詩、理學詩派、理學詩論都是理學與詩歌相結合的產物。

　　追蹤理學詩派的詩歌理論，追蹤朱熹從理學源流中汲取的詩學智慧，我們應從「北宋五子」追根求源。朱熹生於南宋初年，南宋學統源自北宋而來，北宋著名的理學大家，人們一般稱之爲北宋五子。北宋五子即周敦頤、邵雍、程顥、程頤與張載。北宋五子的詩文創作理念與其理學思想一樣，是朱熹理學詩學重要的學問源頭。

〔註54〕　鄧瑩輝從理學美學的立論前提和理學美學的特質進行解剖，認爲理學美學是一種哲學美學、倫理美學和境界美學，參見《兩宋理學美學與文學研究》，武漢：華中師範大學出版社2007年，第19～34頁。

〔註55〕　呂肖奐：《宋詩體派論》，成都：四川民族出版社2002年，第270頁。

〔註56〕　郭紹虞：《中國文學批評史》，天津：百花文藝出版社1999年，第371頁。

（一）周敦頤的「文以載道」觀

北宋五子當中，朱熹以周敦頤爲理學的開山祖。朱熹既奠定了周敦頤理學大家的地位，亦尊崇並吸收了周敦頤的詩學思想。周敦頤（1017～1073年），字茂叔，宋道州營道（今河北昌黎人），官至知南康軍，晚年於廬山築室名濂溪書堂，學者稱「濂溪先生」。周敦頤的《愛蓮說》入選當代初中語文教材，其中「出淤泥而不染」是形容高潔品格最具代表性的名句。周敦頤在《通書》中特立《文辭》一節，提出了他著名的「文以載道」說：

> 文所以載道也，輪轅飾而人弗庸，徒飾也，況虛車乎？
> 文辭，藝也；道德，實也。篤其實而藝者書之，美則愛，愛則傳焉。賢者得以學而至之是爲教。故曰，言之無文，行之不遠。然不賢者，雖父兄臨之，師保勉之，不學也，強之不從也。不知務道德而第以文辭爲能者，藝焉而已。
> 噫，弊也久矣！〔註57〕

這裡，周敦頤把「文」比喻爲車輪上的裝飾，車或車輪比爲「道」。如果人不用車，裝飾僅僅是裝飾。在文道關係中，周敦頤認爲，文辭是技能，道德是實質，那些「不知務道德而以文辭爲能」的人，所掌握的不過是雕蟲小技。周敦頤肯定文辭可以飾言的作用，但也批評空洞乏味的「徒飾」。在周的另一篇文章《陋》中，周敦頤再次提及文與聖人之道的關係：「聖人之道，入乎耳，存乎心，蘊之爲德行，行之爲事業；彼以文辭而已者，陋矣！」〔註58〕編撰《周元工集》的周沈珂認爲，周敦頤「欲人眞知道德之重而不溺於文辭」〔註59〕，可謂知音之評。周敦頤要求將文辭和聖人之道聯繫，不能以文辭爲能，其重道輕文之意非常明顯。從這個角度考查其《愛蓮說》，可以讓讀者體會到，周敦頤之愛蓮，不在蓮之味，蓮之色，蓮之形，

〔註57〕 （宋）周敦頤：《周子通書·文辭》，載蔣述卓等：《宋代文藝理論集成》，北京：中國社會科學出版社2000年，第157頁。

〔註58〕 （宋）周敦頤：《周元公集》卷一，文淵閣四庫全書本。

〔註59〕 同上。

而主要在其「出污泥而不染」之格。換個角度也可以說，蓮爲「文」，而其格則爲「道」，文以載道，《愛蓮說》倒是個絕好的例證。

（二）邵雍的「志情感物」觀

北宋理學家中，邵雍是和周敦頤同時代的人，也是創作理學詩最多的一個。邵雍（公元 1011～1077 年）字堯夫，號安樂先生，諡康節，先世河北范陽人。邵雍生活於宋仁宗、英宗以及神宗初年，晚年定居洛陽，自號「伊川翁」，曾從李之才受象數之學，對張載、二程都有影響。邵雍以學識、操守受人敬重，不肯出仕，以躬耕自給，著有《皇極經世書》和詩集《伊川擊壤集》。後人評《伊川擊壤集》曰：「佛語衍爲寒山詩，儒語衍爲《擊壤集》」〔註60〕，《伊川擊壤集》存詩一千五百八十三首，邵雍也以此成爲北宋存詩最多的理學家。

邵雍的詩學思想主要見於其詩集自序中，主要有兩個方面，一是他的志情觀，一是他的感物觀。《伊川擊壤集》序云：

> 伊川翁曰：子夏謂「詩者，志之所之也。在心爲志，發言爲詩。情動於中而形於言，聲成其文而謂之音」。是知懷其時則謂之志，感其物則謂之情，發其志則謂之言，揚其情則謂之聲，言成章則謂之詩，聲成文則謂之音。然後聞其詩，聽其音，則人之志情可知之矣。……〔註61〕

邵雍以孔子及其弟子對詩的解釋爲準則，認爲「聞其詩，聽其音，則人之志情可知」，首倡「志情」統一說。在中國詩歌發展史中，對詩歌本質的認識經歷了「詩言志」和「詩緣情」兩個階段。邵雍的「志情說」兼容了二者，體現出了「思想」與「情感」的結合與統一。

在詩歌創作過程中，詩人懷時感物，志情兼具，詩歌也是詩人「情志」的反映。在宋詩之前，魏晉詩歌、唐詩較爲突出地體現了

〔註60〕　（清）永瑢等：《四庫全書總目》卷一五三《擊壤集》提要，北京：中華書局 1965 年，第 1322 頁。

〔註61〕　（宋）邵雍：《伊川擊壤集自序》，載蔣述卓等：《宋代文藝理論集成》，北京：中國社會科學出版社 2000 年，第 152 頁。

詩歌抒情性的一面，李白、杜甫、李商隱或豪放、或沉鬱或感傷的詩情感染了後世無數的讀者。宋詩雖接唐詩而來，但由於宋人理性重於感性，詩歌的理趣特徵在漸漸加強，詩歌的哲學智慧越來越顯。因此邵雍這樣的理學家，認可詩歌「情志」一統，但在情與志孰先孰後、孰主孰次問題上，他們有自己的見解。例如，詩歌中的情，有思鄉之情，離別之情，懷才不遇之情，感時傷物之情，愛而不得之情，這些情感凝而爲詩，往往動人心魄。但在理學家眼裏，這些個人感到深沉凝重、引而不發的情感，不過是「情累」。詩人溺於「情累」，自然忘掉了「大義」。邵雍評價近世詩人，「窮戚則職於怨憝，榮達則專於淫泆……殊不以天下大義爲言者。故詩大率溺於情好也」〔註62〕。「忘大義而溺於情好」，是邵雍對同時代詩人的批評，邵雍的批評體現了理學家的「重義輕情」的詩學傾向。所以邵雍既強調情志統一，又反對情重於志的個人休戚之感。

邵雍反對詩人表達個人窮戚之感，與一般詩家的詩學觀念有很大的差異。一般來說，詩人感時傷事，抒發個人不得志之情懷，往往深情婉轉，容易引起讀者的共鳴。在探索如何寫好詩、好詩寫什麼這些問題上，曾有司馬遷之「發憤著書」說，韓愈「不平則鳴」說。正是由於個人遭遇了不幸，內心受到了壓抑，人生不盡如人意，詩人才會有感而發，發而爲詩，爲歌。韓愈亦曾說，「歡愉之辭難工，而窮苦之言易好」〔註63〕，歐陽修在《梅聖俞詩集序》中說認爲「蓋愈窮則愈工。然則非詩之能窮人，殆窮者而後工也」〔註64〕。「不平則鳴說」、「詩窮而後工」說，得到過很多人的共鳴，這種對詩歌內在創作動因的探討，在今天仍有很廣泛的認同。邵雍反其道而

〔註62〕　（宋）邵雍：《伊川擊壤集自序》，載蔣述卓等：《宋代文藝理論集成》，北京：中國社會科學出版社2000年，第152頁。

〔註63〕　（唐）韓愈：《荊潭唱和詩序》，《韓昌黎文集校注》，馬其昶校注，上海：上海古籍出版社1986年，第262頁。

〔註64〕　（宋）歐陽修：《梅聖俞詩集序》，《歐陽修全集》卷四十三，李逸安點校，北京：中華書局2001年，第612頁。

行之，提出「詩以垂訓」、忘掉情累，而以「性」制「情」，以「理」抑「情」等等。對性理的強調，使得邵雍詩論迥異於前世與同時的詩論家。

邵雍由理出發的感物與觀物態度也與一般詩人不同，這也是邵雍對理學詩學的開創性要素之一。

感物與文藝的關係最早見之於《禮記》。《禮記》中的《樂記》對樂之產生有較爲完整的描繪，認爲音樂就是人心感物而生的產物。「樂者，音之所由生也，其本在人心之感於物也。是故其哀心感者，其聲噍以殺；其樂心感者，其聲嘽以緩；其喜心感者，其聲發以散；其怒心感者，其聲粗以厲；其敬心感者，其聲直以廉；其愛心感者，其聲和以柔。六者，非性也，感於物而後動，是故先王愼所以感之者。故禮以道其志，樂以和其聲，政以一其行，刑以防其奸。禮樂刑政，其極一也，所以同民心而出治道也。」《樂記》認爲，音樂產生於人心對外物的反應，人的喜怒哀樂都是外物觸發後，最終形成了與心情相對應的聲音。

「感物說」，將外物與人心、外物與文藝聯接了起來。後世文藝批評家也多次從「感物」角度對文學的奧秘進行探索。陸機《文賦》和劉勰《文心雕龍》曾經對詩人的觀物態度作過總結，陸機認爲詩人感物是「遵四時以歎逝，瞻萬物而思紛；悲落葉于勁秋，喜柔條於芳春；心懍懍以懷霜，志眇眇而臨雲」，陸機筆下「四時」即春夏秋冬，萬物即樹木花草、雨雪風霜等。陸機認爲，詩人由自然景觀與時令氣候出發，生出種種興亡悲喜之情。

陸機的「感物」，主要涉及自然景觀，沒有涉及社會生活，劉勰在此基礎上有了進一步的發展。劉勰在《文心雕龍》中提出：「登山則情滿於山，觀海則意溢於海」，「流連萬象之際，沉吟視聽之區」，「文變染乎世情，而興廢繫於時序」，劉勰既注重山海、萬象對詩人心境的觸發，也注重「視聽」、「世情」、「時序」等社會現實之「物」對人心的影響，不管是自然之物，還是社會之物，詩人寫詩均是觸

景生情，感物而發，觸興而作。這種感物態度以抒發詩人的情感為主，是感物、抒情和審美的有機統一。

從《樂記》中的感物，到陸機、劉勰的感時和世情，感物的內容已經十分豐富。邵雍對人心和外物的關係也極為關注，在邵雍筆下，感物即觀物。在他的著作《皇極經世書》中，有《觀物篇》、《觀物內篇》與《觀物外篇》，其中《觀物內篇》是最能反映邵雍思想內涵及特點的篇目，他的觀物態度也決定了他的詩風和他對詩歌的看法。

在《觀物內篇》中，邵雍詳細地推究了人為萬物之靈的原因，概述了天地之本與體用關係。他說：「人之所以能靈於萬物者，謂其目能收萬物之色，耳能收萬物之聲，鼻能收萬物之氣，口能收萬物之味。聲色氣味者，萬物之體也。目耳口鼻者，萬人之用也……道為天地之本，天地為萬物之本。以天地觀萬物，則萬物為萬物，以道觀天地，則天地亦為萬物。」邵雍認為，人觀萬物，除非體用交融，否則容易以「用」為「本」。只有以道觀物，才能不發生偏差。邵雍從窮理悟道的目的出發，認為觀物也要由物及道，觸發道機，映證道理。邵雍從哲理層面反覆、深入地詮釋觀物，是要求人們要「以物觀物」，不要「以我觀物」。無論在其哲學著作《皇極經世書》中，還是日常詩作當中，邵雍對觀物傾注了大量心血。

從邵雍的哲學論著和詩歌作品中可以看出，邵雍提倡以物觀物、靜觀萬物，即使寫詩作文，也應超越於個人情感，不要受情的限制和牽連，不要受情感的浸淫和感染，因為詩人的吟詠情性，不過是一個由物到心的自然結果，所謂「因閒觀時，因靜照物，因時起志，因物寓言，因志發詠，因言成詩，因詠成聲，因詩成音。是故哀而未嘗傷，樂而未嘗淫。雖曰吟詠情性，曾何累於性情哉？」〔註65〕他排除詩人主觀感情的表達，不以個人的喜怒哀樂為累。

既要做詩，又要不受情感的影響，怎麼來做詩？邵雍在此基礎上

〔註65〕　（宋）邵雍：《伊川擊壤集自序》，載蔣述卓等：《宋代文藝理論集成》，北京：中國社會科學出版社 2000 年，第 152 頁。

提出了自己的詩學方法：隨心適性，自然而然。所以他說，「句會飄然得，詩因偶而成」〔註66〕，「平生無苦吟，書翰不求深。行筆因調性，成詩爲寫心」〔註67〕，邵雍的這些提法，無形中突出了靈感在寫詩中的作用，也反對了刻意求工的苦吟和殫精竭慮的構思。從這個角度理解邵雍，就可以知道邵雍爲什麼作了那麼多的理學詩了。與「兩句三年得，一吟雙淚流」，「語不驚人死不休」的作詩要求相比，邵雍作詩是自然狀態下心觀萬物的結果。由於不重視情感的自我呈現，也不重視詩歌語言的錘鍊，邵雍的詩少了情景交融的意境，也少了感人至深的情感。邵雍的這種詩歌走向與文人詩的要求相距甚遠，也與江西詩派提倡的求工、用典等詩學傾向有別，後人認爲邵雍作詩，「以論理爲本，以修詞爲末，而詩格於是乎大變」〔註68〕，評價是相對客觀的。

　　邵雍詩及其獨特的詩學傾向使得他與其他詩人區別了開來，儼然一獨特詩體，這也是嚴羽稱其詩爲「邵康節體」的原因，後世理學詩正是沿著邵雍理學詩的道路延伸開去。理學詩的「理障」之批評也經二程、邵雍，被後人反覆批評。明人胡應麟說：「禪家戒事理二障，余戲謂宋人詩，病政坐此。蘇、黃好用事，而爲事使，事障也；程、邵好談理，而爲理縛，理障也。」〔註69〕

　　朱熹後來對詩的界定吸收了邵雍的思想，強調志情之高下，否認一意求工的構思、揣摩。「熹聞詩者志之所之，在心爲志，發言爲詩。然則詩者豈復有工拙哉，亦視其志之所向者高下如何耳……故詩有工拙之論，而葩藻之詞勝，言志之功隱矣。」〔註70〕從作詩不必計較工

〔註66〕　（宋）邵雍：《擊壤集》卷四《閒吟》，文淵閣四庫全書本。

〔註67〕　（宋）邵雍：《擊壤集》卷十七《無苦吟》，文淵閣四庫全書本。

〔註68〕　（清）永瑢等：《四庫全書總目》卷一五三《擊壤集》提要，北京：中華書局 1965 年，第 1322 頁。

〔註69〕　（明）胡應麟：《詩藪·内編》卷二，上海：上海古籍出版社 1979年，第 39 頁。

〔註70〕　《答楊宋卿》，《晦庵先生朱文公文集》卷三十九，《朱子全書》（第22 冊），第 1728 頁。

拙方面，比較兩者的詩學觀念，可以看出朱熹與邵雍詩論的一致性。

（三）張載的「文無定體」與「文勢文氣」說

張載作爲北宋五子之一，也是朱熹思想的重要先驅。張載（1020～1077 年），字子厚，世稱橫渠先生，著作有《正蒙》、《經學理窟》、《易說》，後被編入《張子全書》中。張載著名的四句名言——「爲天地立心，爲生民立命，爲往聖繼絕學，爲萬世開太平」，被馮友蘭稱爲「橫渠四句」，它充分表現了理學大家的儒者情懷，顯現出卓著而高尚的器識和品格。張載論文，不脫理學家身份，強調載道義理，認爲文無定體，文氣皆由地氣而生。

關於文章是否要有定體的說法，早在《尙書》中就有「辭貴體要」一說。魏晉時期，曹丕、陸機等人對文各有體的特徵進行了探索。曹丕在《典論・論文》中說：「奏議宜雅，書論宜理，銘誄尙實，詩賦欲麗。此四科不同，故能之者偏也；唯通才能備其體。」曹丕列舉了「奏議」「書論」「銘誄」「詩賦」四類，認爲此乃文之「四科」，唯有通才才能文備眾體。曹丕根據不同文體的特點進行了概括和總結，初步提出文體特點與風格問題。陸機在《文賦》中對此也有進一步闡發，他說：「詩緣情而綺靡，賦體物而瀏亮。碑披文以相質，誄纏綿而悽愴。銘博約而溫潤，箴頓挫而清壯。頌優游以彬蔚，論精微而朗暢。奏平徹以閒雅，說煒曄而譎誑。」文各有體的說法，就這樣在創作與理論的共同發展下漸漸成爲共識。

雖說文有定體的說法，在魏晉時期就比較風行，文人創作也力圖依體行事，但這種從文體風格、特點出發的體論觀，無疑與理學家的文體觀有很大距離。張載從儒家經典通常意義上的文以載道觀念出發，認爲「文無定體」。他說：

> 聖人文章無定體，《詩》、《書》、《易》、《禮》、《春秋》，只隨義理如此而言。李翱有言：「觀《詩》則不知有《書》，觀《書》則不知有《詩》」，亦近之。古之能知《詩》者惟孟子，爲以意逆志也。夫《詩》之志平易，不必爲艱險求

之：今以艱險求《詩》，則已喪其本心，何由見詩人之旨！

　　……道要平曠中求其是，虛中求出實，而又轉（博）之以文，則彌堅轉誠。不由得無由行得誠。

　　……凡觀書，不可以相類泥其義；不爾，則字字相梗。當觀其文勢上下之意，如充實之謂美，與詩言之美，輕重不同。〔註71〕

張載認爲文無定體，隨義理而言，要求用本心來見詩人之旨、以意逆志，並要求讀者觀文勢之上下，平中求道，虛中求實。

　　張載在論文時，既說文無定體，又強調上下文之文勢和不同地理環境培育的人文氣質。這與他的氣論哲學觀息息相關。張載認爲虛空即氣，充實宇宙的實體是氣。由於氣的聚散變化，形成了世間各種事物和現象。張載的氣論思想，和其他理學家以「理」爲世間本源的思想相比，強調物質先於精神，帶有樸素唯物論的特徵。這種樸素的唯物論，使得張載在論述各地人情不同與詩歌氣質不同時，也顯得更爲客觀實在。例如，在分析《詩經》中鄭衛之音特點時，他說：

　　鄭衛之音，自古以爲邪淫之樂，何也？蓋鄭衛之地濱大河，沙地，土不厚，其間人自然氣輕浮，其地土苦，不費耕耨，物亦能生，故其人偷脫怠惰，馳慢頹靡。其人情如此，其聲音同之，故聞其樂，使人如此懈慢。其地平下，其間人自然意氣柔弱怠惰。其土足以生，「古所謂息土之民不才」者此也。若四夷則皆據高山溪谷，故其氣剛勁，其四夷常勝中國者，此也。〔註72〕

張載從人所生長的環境角度，來看人情不同與音樂特點之異，實際是說，文藝各各有別的根源，在於生成文藝的土壤不一樣。張載從氣論思想推論出地理環境決定人文素質的觀點，與後世法國文藝理論家丹納

〔註71〕　（宋）張載：《張洪渠集》，見蔣述卓等編著：《宋代文藝理論集成》，北京：中國社會科學出版社2000年，第187頁。

〔註72〕　（宋）張載：《張洪渠集》，見蔣述卓等編著：《宋代文藝理論集成》，北京：中國社會科學出版社2000年，第187頁。

的「種族、時代、環境」三要素說非常相似。在今天，丹納的藝術哲學理論，已經漸漸成爲學界共識，但瞭解張載這種文藝觀的人卻不多。

張載詩作和其他理學家詩作相比，數量不多。在他爲數不多的詩作當中，以抒情詠懷詠物爲主，其詩心詩理，也以理趣爲勝。如其《芭蕉》云：「芭蕉心盡展新枝，新卷新心暗已隨。願學新心養新德，旋隨新葉起新知。」詩歌以芭蕉意象，類比人之心德。認爲人應該像芭蕉去舊葉長新枝一樣，不斷地培育新心新德。誠如學者所言，「作爲理學詩人，張載同樣也是以詩歌表達思理情懷，通過詩的藝術形式表現對自然萬物規律及社會人生現象的感受和體悟。」〔註73〕

（四）二程的「理本文末」論

二程是中國北宋思想家、教育家程顥（1032～1085）、程頤（1033～1107）的並稱。二人爲嫡親兄弟，河南洛陽人。程顥字伯淳，又稱明道先生。程頤字正叔，又稱伊川先生。二人都曾就學於周敦頤，並同爲宋明理學的奠基者，世稱二程。二程對朱熹的影響較其他北宋理學家相比，重要性自不必言。朱熹曾評價程顥《春日偶成》詩，說：「看他胸中直是好，與曾點底事一般」〔註74〕，並深贊程顥，「明道先生善言詩，他又不曾章解句釋，但優游玩味，吟哦上下，便使人有得處。」〔註75〕

在金履祥編撰的《濂洛風雅》中，程顥存詩 67 首，程頤存詩只有 3 首，詩作多少自然也說明了二程對於詩歌的不同態度。二程之中，程頤反對文學較爲激烈。他說：「古之學者一，今之學者三，異端不與焉。一曰文章之學，二曰訓詁之學，三曰儒者之學。欲趨道，捨儒者之學不可。」〔註76〕程頤提倡「理本文末」，認爲「作文害道」。

〔註73〕 許總：《理學文藝史綱》，南京：江蘇教育出版社2001年，第122頁。
〔註74〕 《伊洛淵源錄》卷三，《朱子全書》（第12冊），第957頁。
〔註75〕 同上。
〔註76〕 （宋）程顥、程頤：《二程集‧河南程氏遺書卷十八》，北京：中華書局1981年，第187頁。

他說：「理者，實也，本也。文者，華也，末也。」〔註77〕「有本必
有末，有實必有文，天下萬事，無不然者。無本不立，無文不行。」
〔註78〕程頤認爲，一個道德高尚的人，在遵循「天理」和「仁道」上
行有餘力，自然文采煥然。在此基礎上，他道出極端的「作文害道」
論。弟子曾問程頤，「作文害道否？」程頤回答說：

> 「害也。凡爲文不專意則不工，若專意則志局於此，又
> 安能與天地同其大也？《書》曰：『玩物喪志』，爲文亦玩物
> 也。呂與叔有詩云：『學如元凱方成癖，文似相如始類俳，
> 獨立孔門無一事，只輸顏氏得心齋。』此詩甚好。古之學者
> 惟務養情性，其他則不學。今爲文者專務章句，悅人耳目。
> 既務悅人，非俳優而何？」曰：「古者學爲文否？」曰：「人
> 見六經，便以爲聖人亦作文，不知聖人亦抒發胸中所蘊，自
> 成文耳。所謂有德者必有言也。」曰：「游、夏稱文學，何
> 也？」曰：「游、夏亦何嘗秉筆爲詞章也。且如『關乎天文
> 以察時變，關乎人文以化成天下』，此豈詞章之文也。」

或問：「詩可學否？」曰：「既學時須是用功方合詩人格，既用功，甚
妨事。古人詩云：『吟成五個字，用破一生心。』又謂『可惜一生心，
用在五字上』。」此言甚當。先生嘗說：「王子眞曾寄藥來，某無以答
他。某素不作詩，亦非是禁止不作，但不欲爲此閒言語。」〔註79〕

　　程頤的這種說法和古希臘柏拉圖指責詩人「逢迎人性中低劣的
部分」可謂如出一轍，指責爲文者「悅人耳目」像俳優一樣妨礙了
「道」。在程頤的思想中，道重於文。針對時人對杜甫的推崇，他們
提出批評：「且如今言能詩無如杜甫，如云：『穿花蛺蝶深深見，點
水蜻蜓款款飛。』如此閒言語，道出做甚？某所以不嘗作詩。」〔註
80〕在理學家排文風氣影響下，大詩人陸游也一再警告自己說：「文

〔註77〕　《二程集・河南程氏粹言卷一》，第 1177 頁。
〔註78〕　《二程集・周易程氏傳卷三》，第 908 頁。
〔註79〕　《二程集・河南程氏遺書卷十八》，第 239 頁。
〔註80〕　《二程集・河南程氏遺書卷十八》，第 239 頁。

辭終與道相妨」〔註81〕，「文詞害道第一事」。〔註82〕朱熹對詩文最排斥的時候曾經說過：「頃以多言害道，絕不作詩。」〔註83〕但最終，朱熹還是修正了一般道學鄙視文辭和詩文的態度，提出「文道合一」之論。朱東潤先生針對朱熹對二程文學觀的修正時說：「大抵道學家之不屑措意文辭如此，至朱子而略異。」〔註84〕

（五）楊時的「溫柔敦厚」說

朱熹對前賢理學家思想的清理和吸收還包括二程弟子的詩學思想。二程弟子最著者楊時（1044～1130），字中立，學者稱為龜山先生，南劍將樂（屬今福建）（一作延年）人。楊時先受學於程顥，後學於程頤。南宋高宗時，官至龍圖閣直學士，致仕之後，優游林泉，以讀書講學為事，東南學者，推楊時為「程學正宗」。後人認為，朱熹、張栻的學部，皆出楊時。楊時的詩學思想見於《送吳子正序》：

> 予竊怪唐虞之世，六籍未具，士於斯時，非有誦記提筆綴文，然後為學也，而其蘊道懷德，優入聖賢之域者，何多耶？……積至於唐，文集之備，蓋十百前古，元和之間，韓柳輩出，咸以古文名天下，然其論著不詭於聖人蓋寡矣。自漢迄唐千餘載，而士之名能文者，無過是數人，及考其所至，卒未有能倡明道學，窺聖人閫奧，如古人者。然則，古之時六藝未具，不害其善學；後世文籍雖多，無益於得也。〔註85〕

〔註81〕 （宋）陸游：《劍南詩稿》卷三十三，《陸遊集》第 2 冊，北京：中華書局 1976 年，第 873 頁。

〔註82〕 《劍南詩稿》卷五十五，《陸遊集》第 3 冊，第 1342 頁。

〔註83〕 《朱熹集》（第 1 冊），郭齊、尹波點校，成都：四川教育出版社 1996 年，第 85 頁。

〔註84〕 朱東潤：《中國文學批評史大綱》，上海：上海古籍出版社 2001 年，第 172 頁。

〔註85〕 （宋）楊時：《龜山集》卷二十五《送吳子正序》，文淵閣四庫全書本。

楊時認爲韓柳等一般文士尚未能倡明道學，後世文籍無益於得等等，
對一般文士提出了較爲苛刻的批評，和周敦頤、二程的不屑措意文辭
如出一轍。楊時也提出了他理想的詩教：

> 作詩不知風雅之意，可以不作。詩尚諷諫，言之者無
> 罪，聞之者足戒，乃爲有補。若諫而涉於譭謗，聞者怒之，
> 何補有之？觀東坡詩，只是譏誚朝廷，殊無溫柔敦厚之
> 氣，以此人故得而罪之。若伯淳詩，則聞之者自然感動矣。

〔註86〕

楊時提倡，詩要溫柔敦厚，不要譏誚朝廷，涉於毀謗。楊時的詩學觀
念與其理學思想，通過其弟子蕭顗、羅從彥影響到朱熹父朱松。朱松
早年從楊時弟子蕭顗、羅從彥遊，又與朱熹後來問學的羅從彥弟子李
侗爲同門友。朱熹通過對身邊師友的學習，接觸到楊時的學說，爲他
後來建構以理學爲詩學根基的詩學觀打下了基礎。

　　北宋五子及其後學，是朱熹修習詩歌和理學時最直接的當代學
習對象。前賢理學家們的詩學情趣與理學思想，或者通過朱熹的自
覺學習，或者通過師長直接點化，或者通過間接薰染，漸漸內化爲
朱熹個人的詩學觀念和詩學方法，形成了他以理學思想爲根基的哲
理化詩學體系。今人認爲，「理學家的詩歌理論至少在南宋中葉已經
完全形成了。眞德秀《文章正宗》『皆以文公之言爲準』（《文章正宗·
綱目》）編選詩文，將朱熹的理論變成實踐，理學詩人從此有了詩文
正宗。」〔註87〕

第三節　南宋詩壇的理學風尚

　　朱熹的詩學觀念除了來自於前代理學家的薰陶，也和當時的文
壇風尚不無關聯。《文心雕龍·時序》云：「文變染乎世情，興廢寄

〔註86〕　（宋）楊時：《龜山集》卷十《語錄》，文淵閣四庫全書本。
〔註87〕　呂肖奐：《宋詩體派論》，成都：四川民族出版社 2002 年，第 269
　　　　　頁。

乎時序」，特定的時代和世情，決定了一個時期的文學創作和文學
觀念，後世之「一代又一代之文學」，正是人們在劉勰文學觀基礎
上的進一步發展。朱熹作爲具有深厚涵養的詩人與理學家，既受時
代風潮的影響，又超越於一般的理學家詩人。因此，朱熹的詩學觀
念在詩壇風尙的侵染中發生變化。對於南宋詩壇而言，一方面理學
家染指詩歌，形成了帶有理學特色的詩學觀，另一方面重理尙道的
理學特質又與詩歌的適情縱性存在牴牾，這注定理學家的詩歌與詩
學迥異於詩家正統，朱熹正是在對當時詩壇風尙的接受、批判與疏
離中建立了他自身的理學詩學觀。

一、江西詩派的理學旨趣

朱熹所生活的南宋前期是江西詩派的一統天下。「江西詩派，風
行宋世，黃庭堅其始祖也。然庭堅時有詩派之實，尙無詩派之名；詩
派之名，起於南宋呂居仁作江西詩社宗派圖。」〔註88〕江西詩派在南
宋詩壇立腳，與當時的社會思潮與文藝傾向密切相關。在南宋理學大
興之時，江西詩派能產生較大的影響，正說明江西詩派在某種程度上
與理學的契合。正如郭紹虞所說：「江西詩人之論詩，沒有不重在自
得，也沒有不重在自然的。自然與自得，本是江西詩人與道學家論詩
之共同之點。」〔註89〕郭紹虞從詩學傾向上指出江西詩派與理學的某
種一致性，那麼，這種一致性的時代基礎和社會基礎是什麼呢？

南北宋之際以及南宋前期，國勢衰落，民族矛盾、階級矛盾極
端尖銳。由於金軍南侵造成的嚴重社會破壞和南宋統治階級對下層
民眾的剝削壓迫，形成了民族矛盾和階級矛盾錯綜交織的複雜局
面。1130 年，鍾相領導的農民起義爆發，鍾相向群眾宣傳均貧富的
思想：「法分貴賤貧富，非善法也。我行法，當等貴賤，均貧富。」

〔註88〕 梁昆：《宋詩派別論》，臺北：臺灣東升出版社 1980 年，第 63 頁。
〔註89〕 郭紹虞：《中國文學批評史》下卷，天津：百花文藝出版社 1999 年，
　　　　第 51 頁。

〔註90〕鍾相的均貧富思想吸引了下層民眾，下層民眾積極參加起義軍，起義軍擴至 40 萬人，戰爭的破壞性也越來越大，導致更多的百姓流離失所，戰火彌漫的地區，「無問郡縣與村落，極目灰燼，所至殘破，十室九空。詢其所以，皆緣金人未到，而潰散之兵先之；金人既去，而襲逐之師繼至。官兵盜賊，劫掠一同，城市鄉村，搜索殆遍。盜賊既退，瘡痍未蘇，官吏不務安集，而更加剝削；兵將所過縱暴，而唯事誅求。嗷嗷之聲，比比皆是。」〔註91〕「靖康之變」、農民起義等內憂外患，給廣大民眾帶來生存的痛楚和朝不保夕的心理憂患。這種生存危機和生死憂患，必然會在文人心態中留下烙印，他們也必然會從前人描寫類似狀態的詩作中尋找到某種知音之感。這種狀態下，杜甫詩歌成為江西詩派的學習對象，就不奇怪了。宋人以杜甫為宗師的心理機制背後，是「靖康之變」與「安史之亂」某種歷史的相似性。

　　江西詩派詩人呂本中、曾幾、洪芻、洪炎、江端友等人都寫過反映現實、憂國憂民的詩歌，其他一些並非江西詩派的詩人陳與義以及理學家詩人劉子翬等人，也有學習杜甫、黃庭堅的痕迹，這說明當時江西派的尊杜，適應了當時的歷史趨勢和士人心態。江西詩派詩人與理學家在尊杜學杜、表達家國之思和關注現實的詩學基礎是內在相通的。

　　從江西詩派與理學思想之間的關係來看，江西詩派的始祖黃庭堅，同蘇門其他弟子秦觀、張耒、晁氏兄弟不同，他與理學家的關係比較近。我們梳理《宋元學案》可知，黃庭堅名字分別列入《蜀學略》、《范呂諸儒學案》、《華陽學案》裏，但黃庭堅評傳則出現在《范呂諸儒學案》中，列其為李常弟子。李常乃黃庭堅之舅，「有樂正子之好善」〔註92〕，是個與理學思想比較接近的人。後人評價黃庭堅認為，

〔註90〕　（宋）李心傳：《建炎以來繫年要錄》卷三十一，文淵閣四庫全書本。
〔註91〕　（宋）李心傳：《建炎以來繫年要錄》卷四十一，文淵閣四庫全書本。
〔註92〕　（清）黃宗羲、全祖望：《宋元學案》卷十九，《黃宗羲全集》（第 4 冊），杭州：浙江古籍出版社 2005 年，第 13 頁。

「先生雖稱蘇門學士，然考其行，實本之李公擇」〔註93〕。黃庭堅同時又是理學家范祖禹的學生，故列入《華陽學案》中。無論家學還是師承，江西詩派的代表人物黃庭堅都與理學中人心氣相通，這使得以他為首的江西詩派，重視主觀修養和性情的陶冶，提倡詩人應該具備儒家情懷與超脫流俗、獨具個性的氣質。詩人只有人格修養「不俗」，才能寫出「出塵拔俗」、「脫胎換骨」之詩。

黃庭堅的理學情趣與其對人格修養的重視，在他的許多作品中都有體現。在《濂溪詞序》中，黃讚揚周敦頤「人品甚高，如光風霽月」。在《書舊詩與洪龜父跋其後》中黃庭堅讚揚並勉勵其外甥洪朋，「龜父筆力可扛鼎，它日不無文章垂世。要須盡心於克己，不見人物臧否，全用輝光以照人物本心」。在《跋元聖庚清水岩記》又說：「古之人正心誠意，而遊於萬仞之表，故六經我之陳迹也，山林冠冕又何擇焉」，黃庭堅所說的修身養性、正心誠意與理學家所說的修養功夫幾無差異。這些都表明，作為江西詩派始祖的黃庭堅，其內在思想與理學是息息相通的。這也自然地反映在他的詩學觀念上：

> 詩者，人之性情也。非強諫諍於朝廷，怨忿詬於道，怨鄰罵坐之為也。其人忠信篤敬，抱道而居，與時乖違，遇物而喜，同床而不察，並世而不聞，情之所不能堪，因發於呻吟調笑之聲，胸次釋然，而聞者亦有所勸勉，比律而可歌，列干羽而可舞，是詩之美也。其發為訕謗侵淩，引頸以承戈，披襟而受矢，以快一朝之忿者，人皆以為詩之禍，是失詩之旨，非詩之過也。〔註94〕

黃庭堅提出了詩本性情、溫柔敦厚的詩學觀點，這顯然與其師蘇軾所倡有所不同，不僅如此，他還在《答洪駒父書》中明確批評蘇軾，

〔註93〕 《宋元學案》卷十九，《黃宗羲全集》（第4冊），第35頁。
〔註94〕 （宋）黃庭堅：《書王知載〈朐山雜詠〉後》，《山谷集》卷二十六，文淵閣四庫全書本。

「東坡文章妙天下，其短處在好罵，慎勿襲其軌也。」江西詩派另一詩人陳師道也在《後山詩話》中批評蘇軾，認爲「蘇詩始學劉禹錫，故多怨刺，不可不慎也。」黃庭堅等人對蘇軾的批評，表明理學從北宋以來，漸漸爲世人、詩人所接受，這樣的詩壇風尚，自然會薰染到南宋初年漸漸成長起來的朱熹。

由於黃庭堅本身在思想傾向上與理學保持著內在的相通，朱熹總體上也對黃庭堅的人品持讚賞態度，認爲黃「孝友行、瑰瑋文、篤敬人也。觀其贊周茂叔『光風霽月』，非殺有學問，不能見此四字；非殺有功夫，亦不能說出此四字」〔註95〕黃庭堅在《與李幾仲帖》提及讀書之法，有感而發地說，「不審諸經、諸史，何者最熟。大率學者喜博，而常病不精。泛濫百書，不若精於一也。有餘力，然後及諸書，則涉獵諸篇亦得其精。蓋以我觀書，則處處得益；以書博我，則釋卷而茫然」，朱熹對此十分讚賞，並「深喜之，以爲有補於學者」〔註96〕。也許得由家庭之薰陶，也許是機緣巧合，黃庭堅之孫後來從學於朱熹。

江西詩派其他詩人之中也有理學家或與理學家密切交往者，如呂本中、曾幾本身就是理學家，陳師道是曾鞏的門人，與呂希哲有交情，與理學家鄒浩是朋友。徐俯是楊時的學生，謝逸、汪革、饒德操均爲呂希哲父子門人，上饒二泉趙蕃、韓淲是公認的江西詩派繼承者，其中趙蕃十五歲問學朱熹，韓淲則爲劉清之的弟子，方回亦爲尊崇理學之人。因此，無論從產生背景、思想傾向還是後世評價來看，江西詩派均與理學達成了某種契合，今人認爲，「江西詩派的精神內核是宋明理學」〔註97〕，這是頗有道理的。

江西詩派在南宋的興盛與理學的發展密切相關，但江西詩派與

〔註95〕 （清）黃宗羲、全祖望：《宋元學案》卷十九，《黃宗羲全集》（第4冊），杭州：浙江古籍出版社 2005 年，第 36 頁。

〔註96〕 《朱子語類》卷十。

〔註97〕 周建華：《江西詩派的精神內核是宋明理學》，南昌大學學報，2003年第 2 期。

理學之間的聯繫是比較鬆散的。正由於此，朱熹既認可江西詩學，又不無批評：「如近時人學山谷詩，然又不學山谷好底，只學得那山谷不好處……後山雅健強似山谷，然氣力不似山谷較大，但卻無山谷許多輕浮底意思。」〔註98〕「山谷詩精絕，知他是用多少工夫，今人乍作如何及得。可謂巧好無餘，自成一家矣。但只是古詩較自在，山谷則刻意爲之。又曰：山谷詩忒巧了」〔註99〕朱熹承認黃庭堅詩的氣力、精絕，反對其輕浮和巧作。由朱熹對黃庭堅的詩學批評可以看出，朱熹詩學既是在江西詩派與理學密切關係上的繼承，也是從理學角度對江西詩派的批評中而逐漸建構起來的。

二、中興詩人對理學的侵染

南宋孝宗朝被稱爲中興時期，其「中興四大詩人」之中的楊萬里、陸游、尤袤、范成大作爲江西詩派第三期之人物，亦與理學密切相關。中興四大詩人雖與江西詩派具有一定的繼承性，然其對諸家遺緒，「擴大而融化之，變通而神明之，自成其體格，成績超異」〔註100〕，已超越江西詩派卓然而成南宋四大家，其中陸游成爲南宋最偉大的詩人，楊萬里獨創「誠齋體」詩歌。朱熹與這四大詩人以及辛棄疾等均有淵源，朱熹對他們的作品非常熟悉，甚至經常和弟子談論他們的詩作。

中興四大詩人主要功績在於，他們突破北宋末年以來江西詩派重視形式技巧的束縛，進行了詩風變革。這種詩風變革，主要在於增進詩歌的現實內容，強化了愛國情懷，詩歌內容方面的沉痛慷慨之聲，淡化了江西詩派所提倡的形式方面的要求。這種詩風轉變，與四大詩人所生活的南宋紹興、乾道年間的現實背景不無關聯。南宋曾經簽訂過兩次喪權辱國的「和議」，一爲「紹興和議」，一爲「隆

〔註98〕　《朱子語類》卷一百四十。

〔註99〕　《清邃閣論詩》，載吳文治：《宋詩話全編》，南京：江蘇古籍出版社1998年，第6114頁。

〔註100〕　梁昆：《宋詩派別論》，臺北：東升出版社1980年，第92頁。

興和議」，均在四大詩人及朱熹生活年間。社會時勢的巨大變化，使得許多詩人走出藝術象牙塔，唱出了沉痛慷慨的悲歌，彙成了南宋詩壇的愛國主義洪流。無論是陳與義、呂本中、曾幾、劉子翬、王庭珪等南渡詩人，還是尤袤、楊萬里、范成大、陸游這「中興四大詩人」，都逐步突破了江西詩派重視形式技巧的傾向，轉而寫出諸多愛國主義詩篇，改變了江西詩派的詩風。尤其是尤、楊、范、陸這四大詩人，可以說是繼北宋歐、王、蘇、黃之後又一個宋詩發展的高峰，四人之中楊萬里變革詩風的功績最大，陸游說：「我不如誠齋，此評天下同……，人言誠齋詩，浩然與俱東。」〔註101〕楊萬里廣泛地向前輩學習，但又絕不為前輩所固，這種不肯傍人籬下、隨人腳跟的開拓精神，使得他在詩歌史上獨樹一幟，建立了自己的詩派。

　　楊萬里與理學關係密切，清代學者認為他是「以學人而入詩派」〔註102〕的詩人，他著有《誠齋易傳》和《楊子庸言》等理學著作，其《誠齋易傳》以「史事證詩學」，並與《程子易傳》合刻為《程楊易傳》，在宋代就大享其名。楊萬里曾師事當時的理學名家胡銓、張浚、王庭珪、劉安世、劉廷直等人，並與張栻、朱熹、林光朝等人講學論道，其持身立節、講學論道無不與理學家薰染有關。楊萬里理學思想注重經世致用，雖講天理性命、正心誠意，也不忘現實、憂國憂民，其名被列入《宋元學案》之《武夷學案》和《趙張諸儒學案》，楊萬里的理學思想對其詩學觀念產生深刻的影響，考察其詩學轉變過程可以發現其「誠齋體」的形成與理學之間的微妙關係。作為一個理學修養較深的詩人，其闊大襟懷、思維方式及觀物態度，通過創作活動滲透到他的詩歌作品之中，他許多描寫自然的詩歌，就是抱著「別眼看天工」的方式來進行創作的。這些詩歌既有自然

〔註101〕　（宋）陸游：《劍南詩稿》卷五十三，《陸遊集》第 3 冊，北京：中華書局 1976 年，第 1292 頁。

〔註102〕　（清）全祖望：《鮚埼亭集》卷十三《寶瓶集序》，四部叢刊初編本。

之趣，也融天然之理，將情、趣、理三者有機結合起來，如：「泉眼無聲惜細流，樹陰照水愛晴柔。小荷才露尖尖角，早有蜻蜓立上頭。」這首短詩通過一個泉眼、一道細流、一池樹陰、幾支小小的荷葉、一隻小小的蜻蜓，構成一幅生動的小池風物圖，表現了大自然中萬物之間親密和諧的關係，在自然之理之外，對「小荷才露尖尖角」的巧妙表述，又包含了讚揚嶄露頭角的新人之意。

陸游作為南宋最重要的詩人也深受理學侵染，其詩初私淑呂本中，繼師事曾幾，「某自童子時，讀公詩文，願學焉。稍長，未能遠遊，而公捐館舍。晚見曾文清公，文公謂某，君之詩淵源殆自紫薇。」〔註103〕呂本中、曾幾均為南宋初年的理學家及江西詩派的重要詩人。陸游通過師事理學家接受了理學思想的薰陶，形成其詩學思想的理學特色，他在給辛棄疾的信中這樣寫道：

> 君子之有文也，如日月之明，金石之聲，江海之濤瀾，虎豹之炳蔚，必有是實，乃有是文。夫心之所養，發而為言，言之所發，比而成文。人之邪正，至觀其文，則盡矣決矣，不可復隱矣。〔註104〕

受理學思想侵染的陸游，在詩學傾向上與理學家提倡的詩道較為一致，強調詩文也應以載道為主，認為「詩豈易言哉？一書之不見，一物之不識，一理之不窮，皆有憾焉。」〔註105〕「夫文章，小技耳，然與至道同一關捩。惟天下有道者，乃能盡文章之妙。」〔註106〕這種思想與程頤等人強調的以道為本、以文為末及朱熹提出的格物致知等文學主張非常相似，這說明在理學宗尚的南宋社會，詩人要離開理學文化背景的影響幾乎是不可能的。

〔註103〕 （宋）陸游：《渭南文集》卷十四《呂居仁集序》，《陸遊集》（第5冊），北京：中華書局1976年，第2102頁。

〔註104〕 《渭南文集》卷十三《上辛給事書》，《陸遊集》（第5冊），北京：中華書局1976年，第2087頁。

〔註105〕 《渭南文集》卷三十九《何君墓表》，《陸遊集》（第5冊），北京：中華書局1976年，第2376頁。

〔註106〕 《渭南文集》卷十三《上執政書》，《陸遊集》（第5冊），北京：中華書局1976年，第2085頁。

　　由上可見，在朱熹所生活的時代，南宋詩壇上無論是江西詩派
的詩人，還是超越江西詩派的其他詩人，都有與理學家交遊或學習
的經歷，都或多或少深受理學思想的影響，形成了南宋詩歌尚理的
傾向。在四大詩人之中，楊萬里體現了「學者之詩」和「詩人之詩」
的結合，陸游雖以「詩人之詩」爲主，但表現出對理學家的傾慕。
朱熹與楊萬里在理學思想上的相通及其對陸游「放翁之詩，讀之爽
然，近代唯見此人爲有詩人風致」的誇讚，暗含了對其他「近世詩
人」的批評，朱熹正是在接受、選擇和疏離當時詩風的過程中，在
時代風潮的薰染中，漸漸形成了自己的詩歌風格和詩學傾向。

第四節　朱子理學詩學的師友淵源

　　除了前代理學詩學的深厚積累及當時的詩壇風尚對朱熹進行由
外而內的薰染之外，朱熹直接接受理學教育和詩學啓蒙還是從家學、
師教及身邊道友與文友開始。這種直接教育以十四歲爲界，十四歲之
前主要接受其「以儒名家」的家學薰陶，十四歲之後主要得益於師友
的滋養。時代、環境、天賦及爲學多方、轉益多師的刻苦攻讀，使朱
熹會成理學詩學成爲可能。

一、朱松的詩學和經學啓蒙

　　朱熹出生在兵荒馬亂之際，生存於動蕩不安的政局之中，但時世
艱難並沒有影響到朱熹接受正當的教育，朱熹理學和詩學的根基都在
幼年時代即已開始，朱子家學對朱熹治學有莫大之影響，無論是父系
朱家還是母系祝家，均爲朱熹的成長提供了以儒名家的典範，而父親
朱松的一意垂教與安排，則爲朱熹走上曠世大儒之路打下了堅實的蒙
學基礎。

　　朱熹祖父朱森少年時曾專心科舉，但沒有做官。成年之後以先
訓告誡子孫要以忠孝和友爲本，據朱熹父親朱松爲祖父所寫行狀
云：

公少務學科舉……且曰：「吾家業儒，積德五世，後
當有顯者，當勉勵謹飭，以無墜先世之業。」……胸中沖
澹，視世之榮利泊然，若不足以干其心者……或勸事生業，
曰：「外物浮云爾，無庸有爲也。使子賢，雖不榮，於我
足。」……其篤於道義而鄙外浮榮，蓋天資云。晚讀內典，
深解義諦，時時爲歌時，怳然有超世之志氣。〔註107〕

朱森「篤於道義而鄙外浮榮」的儒者風範毫無疑問直接影響了朱熹之
父朱松，並通過朱松影響了朱熹。而朱熹之母祝氏，爲徽州歙縣祝確
之女，祝家良好的家風也滋養了朱熹之母。朱熹文集卷九十四《孺人
祝氏族壙誌》云：「先妣孺人祝氏，徽州歙縣人。其先爲州大姓。父
諱確，始業儒，有高行……孺人性仁厚端淑……逮事舅姑孝謹篤至，
有人所難能者……」。不難斷言，朱熹祖父與外祖父家對其父母的薰
染都謹按儒家標準，父母的言傳身教，對朱熹立身行事起到了巨大的
示範作用。

朱熹乃朱松第三子，由於兩個哥哥在盡室飢寒中逝去，朱松把所
有希望都寄託在朱熹身上，朱松對朱熹的教育往往既嚴格，又精心。
在朱松所生活的時代，科舉考試中詩賦和經義並行，而經義所涉及內
容主要以四書五經爲主。以詩賦爲主的進士科考試採用詩、賦、論相
結合的形式，表現出詩賦重策論的傾向。由此，朱松對朱熹的教育既
重以理學爲根基的經義部分，也不廢詩賦。朱松自身也是遊走在聖賢
之道與詩文薰染中的「雙棲」學子。從朱熹爲朱松所寫行狀，我們可
以瞭解到朱松的素養興趣。

公生有俊才，自爲兒童時，出語已驚人。少長，游學
校，爲舉子文，即清新灑落，無當時陳腐卑弱之氣。及去
場屋，始放意爲詩文。其詩初亦不事雕飾，而天然秀發，
格力閒暇，超然有出塵之趣。遠近傳誦，至聞京師，一時
前輩以詩鳴者，往往未識其面而已交口譽之。其文汪洋放

〔註107〕束景南：《朱熹年譜長編》，上海：華東師範大學出版社2001年，
第4頁。

肆，不見涯涘，如川之方至而奔騰靡踏，渾浩流轉，頃刻
萬變，不可名狀，人亦少能及之。然公未嘗以是而自喜，
一日喟然顧而歎曰：「是則昌矣，如去道愈遠何？」則又發
憤折節，益取六經諸史百氏之書伏而讀之，以求天下國家
興亡理亂之變……即又得浦城蕭公顯子莊、劍浦羅公從彥
仲素而與之遊，則聞龜山楊氏所傳河洛之學，獨得古先聖
賢不傳之遺意，於是益自刻屬，痛刮浮華，以趨本實。日
誦《大學》、《中庸》之書，以用力於致知誠意之地。〔註108〕

這裡記述的是朱松早年的詩文成就及朱松求道問學的歷程。從時間
上來看，朱松早年專心辭章之學，放意詩文，中年留意史論注重經
世致用，晚年才專為義理之學。其實梳理朱熹的個人成長道路，我
們也可以看到他類於其父的進學歷程。在詩學觀念上，朱松也有自
己的見解。這種從六經起步的詩學觀，也在朱熹的學詩歷程中有所
體現。在《上趙漕書》中，朱松提出了自己的詩學觀念：

「蓋嘗以為學詩者，必深賾六經，以濬其源；歷觀古
今，以益其波；玩物化之無極，以窮其變；窺古今之步趨，
以律其度……嘗歎夫自詩人以來，莫盛於唐，讀其詩者，
皆粲然可喜，而考其平生，鮮有軌於大道而饜足人意
者。……至漢蘇、李，渾然天成，去古未遠。魏晉以降，
迨及江左，雖已不復古人製作之本意，然清新富麗，亦各
名家，而皆蕭然有拔俗之韻，至今讀之，使人有世表意。
唐李杜出，而古今詩人皆廢。自是而後，賤儒小生，膏吻
鼓舌，決章裂句，青黃相配，組繡錯出……吾聞之夫子曰：
『《詩》三百篇，一言以蔽之，曰：思無邪。』嗟夫，聖人
之意其可思而知也。」〔註109〕

〔註108〕 《皇考吏部朱公行狀》，《晦庵先生朱文公文集》卷九十七，《朱子
全書》（第25冊），第4506頁。

〔註109〕 （宋）朱松：《韋齋集》卷九《上趙漕書》，載蔣述卓等：《宋代文
藝理論集成》，北京：中國社會科學出版社2000年，第654～655
頁。

朱松認爲，學詩應溯源六經，知古今詩之發展變化，從變化中掌握規律，美學上朱松推崇渾然天成、蕭散雅正的風格。在詩的內容上，朱松認爲詩人應該「軌於大道」，體察「聖人之意」。朱松這種「文章行義爲學者師」〔註110〕的品格，受到了朱熹後學黃榦的推崇。正因爲得益於父教與家學的感召，朱熹十三歲時詩文已出類拔萃，朱熹家鄉婺源的前輩詩人俞仲猷、董穎讀到朱熹的詩讚歎不止，董穎在詩中贊道：「共歎韋齋老，有子筆抗鼎。」〔註111〕朱熹從朱松的詩學觀點上體會出詩歌的一般本質和作詩的基本規範，並在此基礎上超越了朱松的詩學成就。

朱熹的文學根基得益家學的潛移默化，其儒學根基也離不開朱松的悉心言教。朱松的儒學思想源自二程洛學，他曾師從龜山楊時的高足羅從彥，朱松對朱熹的四書五經教育貫穿了程顥 —— 楊時 —— 羅從彥一脈。紹興七年（1137）開始，朱熹在浦城寓舍中開始接受正規的儒家六經訓蒙教育，儒家的忠孝節義等聖訓賢傳在朱熹的心里根深蒂固。紹興八年（1138）朱熹開始讀《孟子》，就立下了做聖人的大志。他後來回憶說：「孔子曰：『仁遠乎哉，我欲仁，斯仁至矣。』這個全要人去做。孟子所謂奕秋，只是爭這些子，一個進前要做，一個不把當事。某八九歲時讀《孟子》到此，未嘗不慨然奮發，以爲學當如此做工夫！當初便有這個意思如此，只是未知得那甚是如何著，是如何做工夫。自後更不肯休，一向要去做工夫。」〔註112〕在四書之中，《中庸》是思孟學派的聖經，楊時的道南一脈也以《中庸》爲宗，朱松對朱熹的四書學教育也以《中庸》爲本，注重思孟學派的內心道德修養。朱松的這種以《中庸》、《孟子》爲要的家庭理學訓蒙，爲朱熹此後接續「武夷三先生」胡憲、劉勉之、

〔註110〕 （宋）黃榦：《朱子行狀》，《朱子全書》（第27冊），第534頁。
〔註111〕 （宋）王懋竑：《朱熹年譜》卷一，北京：中華書局1998年，第8頁。
〔註112〕 《朱子語類》卷一百二十一。

劉子翬和師事延平李侗打下了堅實的基礎。除了接受四書學方面的基本薰陶之外，朱松也重視五經教育，五經之中朱松最重《春秋》。朱松《春秋》的「尊王攘夷」和「君臣父子大倫大法」，是理學家反對異族入侵和整頓敗壞綱常而解決「積弱」外患、「積貧」內憂的思想武器。他通過《春秋》，將忠孝節義和抗金愛國思想灌輸給了年幼的朱熹。

朱松去世前最關心朱熹的教育，其疾病時留下遺言：「籍溪胡原仲、白水劉致中、屏山劉彥沖，此三人者，吾友也。其學皆有淵源，吾所敬畏。吾即死，汝往父事之，而唯其言之聽，則吾死不恨矣。」〔註113〕從朱熹的個人成長來看，父親朱松英年早逝，自是人生之不幸。但從朱熹後來的學問成長來看，朱熹並沒有因為父親去世而失去求學問道的機會，朱松的獨到眼光和悉心安排，保證了朱熹還能在寄人籬下之時，依然能夠在學問之途上孜孜以求。

二、劉子翬的詩學施教

朱松去世之後，朱熹師從「武夷三先生」胡憲、劉勉之、劉子翬受學，三先生中劉勉之與劉子翬均在朱熹受學不久後去世，朱熹受學胡憲最久。但在詩學薰陶方面，朱熹主要受教於劉子翬，劉子翬是時正收徒授舉業，由於劉子翬是道學家中最具有詩人習氣的人，故他也是對朱熹詩學產生重要影響的師長之一。

劉子翬（1101～1147 年）字彥沖，自號病翁，福建崇安人，有《屏山全集》。紹興十三年朱松去世，朱熹從建州城南的環溪精舍搬遷到崇安五夫里，居住在劉子羽為其母子建築的紫陽樓，開始在劉子翬的屏山書塾中受教，直到紹興十七年劉子翬病故。朱熹追隨劉子翬五年，「朝夕於之側」而「頓首受教」。在劉子翬開設的屏山書塾中，朱熹受到了正規的儒家學說教育。當時，程文和詩詞是舉子業的基本

〔註113〕　《屏山劉公墓表》，《晦庵先生朱文公文集》卷九十。《朱子全書》（第 24 冊），第 4167～4168 頁。

功，劉子翬選用司馬光的《溫公集》、陳了翁的《了齋集》等作為練習程文的範本，規定諸生們要認眞誦讀學習。朱熹後來回憶說：「溫公省試，作《民受天地之中以後論》，……某舊時這般文字，及《了齋集》之類，盡用仔細看過。其有論此等去處，書拈出看。少年被病翁監著，他不許人看，要人讀。其有議論好處，被他監讀，煞吃工夫！」〔註114〕從這段文字看來，劉子翬對朱熹教育非常嚴格，朱熹被「監讀」而漸漸感知到《了齋集》之類著作的議論好處。「煞吃功夫」的學習，對朱熹學問的成長自然是有好處的。

劉子翬在當時人看來，其主要身份是一位具有理學傾向的詩人。劉子翬的古詩成得到四庫館臣的認同，認為他「古詩風格高秀，不襲陳因。惟七言近體，宗派頗雜江西。蓋子翬嘗與呂本中游，故格律時復似之也。」〔註115〕劉子翬古詩寫得好，七言詩有「江西詩派」的痕迹，與理學家呂本中也有交遊。在錢鍾書的《宋詩選注》中，劉子翬也有詩作被選中，錢鍾書先生稱劉子翬是「詩人裏的一位道學家，並非只在道學家裏充詩人。他沾染『講義語錄』的習氣最少，就是講心理學倫理學的時候，也能夠用鮮明的比喻，使抽象的東西有了形象。極口鄙棄道學家作詩的人也不得不說：『皋比若道多陳腐，請誦屏山集裏詩。』」〔註116〕在朱熹所尊敬和問學的師長裏，劉子翬是最不因尊崇道學而鄙棄詩文的人。朱熹的文學興趣和文學觀點受劉子翬的影響很深，朱熹在《書屏山先生文集後》中說：「先生文辭之偉，固足以驚一世之耳目，然其精微之學，靜退之風，形於筆墨，有足以發蒙蔽而銷鄙吝之萌者，尤覽者所宜盡心也。」〔註117〕在學詩理路上，劉子翬多以五言古詩向朱熹施教，引導朱熹在朱松所開闢的

〔註114〕 《朱子語類》卷一百三十。

〔註115〕 （清）永瑢等：《四庫全書總目》卷一五七《屏山集》提要，北京：中華書局1965年，第1355頁。

〔註116〕 錢鍾書：《宋詩選注》，北京：人民文學出版社2001年，第153頁。

〔註117〕 《書屏山先生文集後》，《晦庵先生朱文公文集》卷八十一，《朱子全書》（第24冊），第3825頁。

詩路上繼續邁進，遠學漢魏，中法陶（淵明）杜（甫）柳（宗元）韋（應物），近取簡齋（陳與義），兼采多師，融會貫通。劉子翬雖跟曾幾、呂本中、韓駒等人唱和，而並不學江西詩派，風格明朗豪爽。朱熹的詩作，一開始就同劉子翬一樣，走著與江西詩派相反的創作道路。朱熹在《跋病翁先生詩》中說：

> 此病翁先生少時所作《聞箏》詩也。規模意態全是學《文選》、《樂府》諸篇，不雜近世俗體，故其氣韻高古，而音節華暢，一時輩少能及之。逮其晚歲，筆力老健，出入眾作，自成一家，則已稍變此體矣。然余嘗以爲天下萬事皆有一定之法，學之者須循序而漸進。如學詩，則當以此等爲法，庶幾不失古人本分體制。〔註118〕

朱熹認爲劉子翬正是從《文選》、《樂府》等古詩入手，詩作氣韻高古，後來能夠成就變化自成一家，是在遵循「古人本分體制」上的更高境界。朱熹認爲，今人學詩應吸取病翁先生的學詩之法，不要拘泥於「近世俗體」。朱熹早年另有與表弟程洵論詩之語，也以劉子翬對他的詩學教育轉教程洵：

> 作詩須從陶柳門庭中來，乃佳耳。蓋不如是，不足以發蕭散沖澹之趣，不免於塵埃局促，無由到古人佳處也。如《選》詩及韋蘇州詩，亦不可以不熟讀。然更須熟觀《語》、《孟》等書，以探其本。〔註119〕

在劉子翬的詩學感召之下，朱熹結合自身寫作實踐總結出一條「循法」和「變古」辯證統一的詩學思想。朱熹以爲，在學詩和寫詩之中，變古爲上，守古爲次，變而失其正爲下。他提出的守漢魏之古，是要求那些變古功力未到、變反而失其正的初學者，應穩妥學詩警惕江西詩派變古失正、陷溺邪路的做法。朱熹主張學詩當以六經爲本，

〔註118〕　《跋病翁先生詩》，《晦庵先生朱文公文集》卷八十四，《朱子全書》（第24冊），第3968頁。

〔註119〕　（宋）朱熹、李幼武：《宋名臣言行錄》外集卷十二，文淵閣四庫全書本。

第二章 秘響旁通：經學闡釋向詩學思想的延伸

　　當朱熹問學李侗而逃禪歸儒之後，朱熹首先通過對儒家經典的整理和前代理學著作的學習進一步提高自己的儒學根基。朱熹的理學建構從治經開始，由經學而理學，經學方法對形成朱熹理學詩學至關重要。經學一詞首先出現在漢代，《漢書・兒寬傳》云：「（兒寬）見上，語經學，上從之。」《漢書・儒林傳序》也有「於是諸儒始得修其經學，講習大射鄉飲之禮」的相關論述，最早被確立爲「經」的儒家著作是六部，即《詩》、《書》、《禮》、《樂》、《易》、《春秋》，稱爲「六經」。隨著時代的發展，經學文本不斷增多，到宋代最終形成《十三經》〔註1〕，這十三經分別是《詩》、《書》、《周禮》、《儀禮》、《禮記》、《易》、《左傳》、《公羊傳》、《穀梁傳》、《論語》、《孟子》、《孝經》、《爾雅》。經學，即詮釋、研究儒家經典的學問。對於朱熹而言，理學與經學是一個整體，他的理學思想是通過對儒家經典的訓釋、闡發而建立起來的。朱熹在治經過程中對經典本身所蘊藏的詩學思想加以考量、挖掘和辨析，從而使他的經學思想無形中通過注疏向詩學滲透，朱熹在治經過程中建構起來的理學體系包含了理學詩學的相關內容。

〔註1〕　周予同：《中國經學史講義》，《周予同經學史論著選集》增訂版，朱維錚編，上海：上海人民出版社 1983 年，第 853 頁。

第一節　古代經學與詩學的關係

經學是中國歷代王朝的正統學術，作爲意識形態化的儒家思想，對中國詩學觀念影響深遠。在整個中國古代詩學與經學的關係之中，經學對於詩論話語的意義生成及其走向，整體上居於支配性地位。詩論的發展雖然受制於自身的發展特質，但由於歷代經學對於詩學的強大規約，儒家詩學打出原道、徵聖、宗經的口號，把詩論的闡發建構於經學的經典文本之上。經學文本強大的闡釋空間，爲不同的闡釋者從不同的角度發掘不同意義產生了可能，闡釋者既可以挖掘出儒家經典所固有的思想，也可生發出離經叛道充滿批判精神的新說，歷代詩學建構者正是從經典的多維性角度建立了古代詩學與經學的聯繫。

一、「依經立義」的詩學傳統

由儒學發展史可知，經學幾乎貫穿了整個中國古代史，無怪乎馮友蘭將中國學術史概括爲「子學」和「經學」，「自孔子至淮南子爲子學時代，自董仲舒至康有爲則經學時代也。」〔註2〕正是由於經學在古代王朝的強大生命力，「依經立義」也成儒家詩學傳統的立言依據。經學通過建構與其政治哲學一脈相承的詩學理論，爲統治階級的文化政策提供依據，主動規範詩歌的發展。這樣儒家經典本身所包孕的詩學思想理所當然地呈現爲一種經學話語，也自然而然地成爲後世詩學思想的源頭。這些詩學觀點憑藉其經學載體所擁有的話語霸權，在歷代作家的創作中得到貫徹和實踐。因此，在中國文化史上，中國文學史與中國經學史就其活動主體而言，相當一部分是重疊的。

「依經立義」的詩學傳統在先秦時期即有端倪。荀子論文最強調「道」：「聖人也者，道之管也。天下之道管是矣，百王之道一是

〔註2〕　馮友蘭：《中國哲學史》，上海：華東師範大學出版社 2000 年，第485 頁。

矣，故《詩》、《書》、《禮》、《樂》之歸是矣。」〔註3〕荀子認爲聖人是維繫道的根本，一切經典經由聖人闡發而生，這爲後世文學批評傾向中的原道、徵聖之說奠定了基礎。劉勰《文心雕龍》首列三篇分別論述《原道》、《徵聖》、《宗經》，於《原道》篇提出「道沿聖以垂文，聖因文而明道」，於《宗經》則論「論說辭序，則《易》統其首；詔策章奏，則《書》發其源；賦頌歌讚，則《詩》立其本；銘誄箴祝，則《禮》總其端；記傳盟檄（從唐寫本），則《春秋》爲根」，將後世各體之文的源頭追溯到《五經》，最終形成了「道」、「聖」、「文」三位一體的文論話語體系。稍後顏之推亦認爲：「夫文章者，原出《五經》；詔命策檄，生於《書》者也；序述論議，生於《易》者也；歌詠賦頌，生於《詩》者也：祭祀哀誄，生於《禮》者也；奏議箴銘，生於《春秋》者也。」〔註4〕發端於唐朝中後期由韓愈、柳宗元領導的「古文運動」，標榜「文以載道」、「文以明道」，既是文學史上的一次文學革新運動，也是一場重要的儒學復興運動。柳宗元在《答韋中立論師道書》中云：「本之《書》以求其質，本之《詩》以求其恆，本之《禮》以求其宜，本之《春秋》以求其斷，本之《易》以求其動，此吾所以取道之原也。」〔註5〕這種理路一直延續到晚清，劉熙載在《藝概》中仍然堅持：「六經，文之範圍也。聖人之旨，於經觀其大備。」〔註6〕縱觀這種詩學與經學的關聯，正如楊乃喬所說：「當儒家詩學主體把語言的家園建構在經學的經典文本上時，這也標誌著儒家詩學對經學的學術宗教地位的獲取。在這個意義上，儒家詩學生成與追求永恆的語言家園就是經學的經典文本，而經學的經典文本也就是儒家詩學生存和追求永恆的語言家園。可以說，儒家詩學的

〔註3〕　《荀子·儒效》。《荀子集解》，王先謙集解，北京：中華書局 1988年，第 133 頁。
〔註4〕　（北齊）顏之推：《文章》，《顏氏家訓集解》，王利器集解，上海：上海古籍出版社 1980 年，第 221 頁。
〔註5〕　（唐）柳宗元：《柳宗元集》，北京：中華書局 1979 年，第 873 頁。
〔註6〕　（清）劉熙載：《藝概·文概》，《劉熙載文集》，南京：江蘇古籍出版社 2001 年，第 55 頁。

整個價值體系、全部範疇、最高批評原則及在價值論上設定的最高文學範本，均肇源於《六經》或《十三經》，並且，也正是在經學的經典文本中承傳下去的。」〔註7〕經書成了文論家依經立義和進行文學創作必須遵循的指導思想和一切根基。現代新儒學大家徐復觀曾將「五經」形象地比作中國文化史上的「大蓄水池」，「既爲眾流所歸，亦爲眾流所出。中國文化的『基型』、『基線』，是由『五經』所奠定的⋯⋯中國文學，是以這種文化的基型、基線爲背景而逐漸發展的。」〔註8〕經典文本成爲文學創作的最高典範，而文學通過對經學權勢話語的嫁接和攀附，獲得了某種經學意義上的學術宗教地位。

將經學作爲文章之根基和文學之根本的主張在歷代經學家那裡自不待言，就是在以文學爲途的詩人眼裏亦是如此。白居易作爲有唐最重要的三大詩人之一，亦要求詩歌要有爲而作：「文章合爲時而著，歌詩合爲事而作」，他既承認詩「根情」，亦認爲詩和聖人、六經密切相關。在《與元九書》白居易云：「人之文，《六經》首之。何者？聖人感人心而天下和平。感人心者莫先乎情，莫始乎言，莫切乎聲，莫深乎義。」白居易之詩論所要求於詩歌的是要求詩應主於風雅教化，他對於自身創作所得意的在「諷喻詩」，所謂「自拾遺來，凡所識所感，關於美刺興比者，又自武德訖元和，因事立題，題爲《新樂府》者，共一百五十首」，對於其《長恨歌》及其雜律詩，則謂「時之所重，僕之所輕。」其對詩歌所要求的風雅興寄與陳子昂的詩學觀相似。唐初陳子昂提出，「文章道弊五百年矣，漢、魏風骨，晉宋莫傳⋯⋯齊梁間詩，采麗競繁，而興寄都絕」，〔註9〕離開了六經之教化和古風的淳正端莊，詩人就「竊思古人，常恐逶迤頹靡，風雅不作，以耿耿也」。韓愈發起古文運動、歐陽修進行詩文

〔註7〕 楊乃喬：《悖立與整合——東方儒道詩學與西方詩學的本體論、語言論比較》，北京：文化藝術出版社 1998 年，第 15 頁。

〔註8〕 徐復觀：《文之樞紐》，見李維武編：《徐復觀文集》（二），武漢：湖北人民出版社 2002 年，第 463 頁。

〔註9〕 （唐）陳子昂：《修竹篇並序》，《陳子昂集》卷一，徐鵬校，北京：中華書局 1960 年，第 15 頁。

革新，其根本宗旨，都是強調詩文應以道爲本，以有益教化爲目標。

　　儘管古代詩學和經學之間有著這種或彼此共生或此消彼長的複雜關係，但是反經學和要求文學獨立的詩學話語也一直伴隨著古代詩學的發展過程。李贄的「童心說」、袁宏道的「性靈說」、馮夢龍的「情教說」，都是從根本上來批判儒家詩教。但在經學依然具有無上權威的時代，反經和革新依然要借助於返「經」和復「古」而生發，倡導「情教」說的馮夢龍要「以情反理」，依然是借助「六經」來對傳統進行反撥，經學與文學的內在勾連可說是「剪不斷，理還亂」：

> 　　六經皆以情教也。《易》尊夫婦，《詩》首《關雎》，《書》序嬪虞之文，《禮》謹聘奔之別，《春秋》於姬姜之際詳然言之，豈非以情始於男女？凡民之所必開者，聖人因而導之，俾勿作於涼，於是流注於君臣、父子、兄弟、朋友之間，而汪然有餘乎！異端之學，欲人鰥曠，以求清淨，其究不至於無君父不止，情之功效亦可知己。〔註10〕

馮夢龍以六經爲經典依據從經學內部向經學所倡導的詩學原則進行攻擊，說明經學的意義界限非常廣泛，詩學建構者既可以從經典中推論出「發乎情，止乎禮義」的正統詩學觀，也可以推論出「六經皆以情教」和「發乎情」的充滿批判精神的新型詩學觀。古代詩學和經學詮釋之間這種同源互動的關係，說明文論話語要改變這種以復古爲革新的發展模式，最終依賴的是文學自身地位的獲取而不是對經學的依附。經學與詩學的這種天然聯繫一直到 1905 年廢除科舉，經學徹底從教育體制、政治教化中漸行漸遠之後才被割斷。

二、朱熹經學研究

　　在經學依然具有生存空間的宋代，要求宋代文人徹底擺脫經學的桎梏，提出符合現代意義的詩學觀念實在是強人所難，知人論世

〔註10〕　（明）馮夢龍：《情史序》，載《情史》卷首，署名「詹詹外史」，《馮夢龍全集》（第 7 冊），南京：江蘇古籍出版社 1993 年。

和知世明人應互相結合。朱熹作為宋代文人的傑出代表,其「致廣大,盡精微,綜羅百代」的學識涵養,為他融注當時的理學家詩學提供了可能。一般來說,研究宋人詩學尤其是理學詩派的詩學觀念,不能不提及宋代的疑經之風,朱熹在詩學上所取得的巨大成就與其疑經思想密切相關。懷疑思想是人類思想中充滿發現和創造精神的思想之一,它是始終伴隨人類文明與進步的一種普遍現象,既能揭示出被懷疑學說的內在矛盾,又能在揭示之中自出機杼發現思想的新生點,朱熹詩學思想之革新也與宋人善於懷疑經典熱衷重新闡釋經典有密切關係。

在中國文化史上,宋代的疑經之風最強烈,生命力最強。所謂疑經,表面是對儒家經典著作權的懷疑,實際是對神化儒家權威的某種否定和批判,它不僅表現了尊重理性、反對思想束縛的精神,而且開創了學術研究中的歷史主義方法。正如周予同先生說:「蓋宋代哲學之產生,實始於疑經;疑經之極,於是自抒其心得而形成一種哲學。」〔註11〕宋代的疑經之風之強烈在宋代司馬光那裡早有明證,他在《論風俗箚子》裏說:「新進後生,口傳耳剽;讀《易》未識卦爻,已謂《十翼》非孔子之言;讀《禮》未識篇數,已謂《周官》為戰國之書;讀《詩》未盡《周南》、《召南》,已謂毛、鄭為章句之學;讀《春秋》未知十二公,已謂《三傳》可束之高閣」〔註12〕,當時的疑經之烈由此可見一斑。關於宋代疑經情況,學者楊新勳進行過全面的考察,總結出三個特點:一是參與人數多,約有 165 位疑經者,其中以歐陽修、劉敞、李覯、王安石、司馬光、張載、程顥、程頤、蘇軾、蘇轍、晁說之、鄭樵、胡宏、王質、呂祖謙、朱熹、楊簡、蔡沈、王柏、金履祥等為代表;二是涉及範圍廣,自《周易》至《孟子》、《爾雅》十三

〔註11〕 周予同:《朱熹》,《周予同經學史論著選集》增訂版,朱維錚編,上海:上海人民出版社 1983 年,第 117 頁。

〔註12〕 (宋)司馬光:《論風俗箚子》,《司馬溫公文集》卷四十五,四部叢刊本。

經幾乎都有不同程度的懷疑和改動；三是影響廣泛，舉凡經學、史學、文學、文獻學等都染上了新色彩，其中對經學影響尤其巨大，宋代疑經與宋學的形成關係十分密切〔註13〕。朱熹在這樣的疑經大潮中也深受影響，但朱熹疑經自有其迥異於時人的獨特之處，周予同認為他是將「疑」和「不疑」進行辯證對待的「歸納派」，不同於陸九淵等人的「演繹派」和陳亮、葉適等人的「批評派」〔註14〕。楊新勛對朱熹的疑經情況作了全面的考證和概括，茲引如下：

> 朱熹的疑經言論見存於《晦庵集》、《朱子語類》、《詩集傳》、《詩序辨說》、《儀禮經傳通解》、《四書集注》等著作中，白壽彝有《朱熹辨偽書語》。他懷疑的主要有《詩經》、《尚書》、《周禮》、《禮記》、《左傳》、《公羊傳》、《穀梁傳》、《孝經》等，沒有懷疑《周易》、《儀禮》、《孟子》和《論語》，而且對宋人懷疑《周易》、《孟子》的言論進行了批駁，對王安石以來輕視《儀禮》的風氣也做了駁斥。總的看來，疑經與反對疑經都是朱熹治經的體現，二者不但並行不悖，而且相輔相成、緊密結合在一起。他們和朱熹的其他經學言論共同構成了朱熹的經學。〔註15〕

這種對朱熹疑經情況所作的概括是基本符合實際的。但筆者認為，上述所謂「沒有懷疑《周易》、《儀禮》、《孟子》和《論語》」只是朱熹就不懷疑原典文本而言，事實上朱熹對後人注解是相當不滿的，以《易》為例：「近世學者頗喜說《易》……，其專於文義者，既支離散漫而無所根著；其涉於象數者，又皆牽合附會，而或以為出於聖人心思智慮之所為也。」〔註16〕朱熹曾經說過：「《書》中可疑諸

〔註13〕　楊新勛：《宋代疑經研究》引言，北京：中華書局2007年。

〔註14〕　周予同：《漢學與宋學》，《周予同經學史論著選集》增訂版，朱維錚編，上海人民出版社1983年，第827頁。

〔註15〕　楊新勛：《宋代疑經研究》，北京：中華書局2007年，第183頁。

〔註16〕　《易學啓蒙序》，《晦庵先生朱文公文集》卷七十六，《朱子全書》（第24冊），第3668頁。

篇，若一齊不信，恐倒了六經。」〔註17〕事實上，朱熹對所有經典
都進行過懷疑和辯證。但朱熹這種廣泛的疑經和重新注經與他的尊
經崇聖思想並不矛盾，他的疑經是針對現存經籍文本對原始經典的
注解而言，他的疑經是爲了正本清源，並依託於元典儒經來建構他
的新經學體系 —— 理學體系：「經之於理，亦猶傳之於經。傳，所
以解經也，既通其經，則傳亦可無；經，所以明理也，若曉得理，
則經雖無，亦可。」〔註18〕朱熹及其前賢對「理」的強調也正是經
學逐漸發展爲理學的基本路徑，而這一過程實際是建立在對漢唐儒
經學方法的否定和解構之上的，他自得地說：

> 熹竊謂生於今世而讀古人之書，所以能別其眞僞者，
> 一則以其義理之所當否而知之，二則以其左驗之異同而質
> 之。未有捨此兩途而能直以臆度懸斷之者也。〔註19〕

由此我們可以看出，朱熹之治經法與漢儒之不同處，首以義理而裁
判，次以異同而求證，這確實是在思想上異於漢唐儒生之處。漢唐儒
生治學以經史考證爲主，範圍則從校訂經書到博涉史籍、諸子，從闡
釋經義延伸至考究歷史、地理、天文、曆法、音律、典章制度等，主
張「實事求是」、「無徵不信」。朱熹雖然倡義理而不廢辨僞與考據。
這其實也正是朱熹之治經與疑經的理學特質之處。

　　朱熹一生的學術活動主要在於治經和注疏，他所從事的注釋文
本有《周易本義》、《易學啓蒙》、《詩集傳》、《儀禮經傳通解》、《四
書章句集注》、《論孟精義》、《太極圖說解》、《通書注》、《西銘解》、
《陰符經注》、《楚辭集注》。在這些注釋著作中，以儒家經典《四
書》、《詩經》、《周易》、《儀禮》爲主，晚年主要涉及《楚辭集注》
和《陰符經注》，這當然是慶元黨禁之後，朱熹學問轉變的一個不得
已而爲之的選擇。誠如束景南所說：「理學成了禁區，他可以研究樸

〔註17〕　《朱子語類》卷七十九。
〔註18〕　《朱子語類》卷一百三。
〔註19〕　《答袁機仲》，《晦庵先生朱文公文集》卷三十八，四部叢刊初編本。

學；道學成了禁果，他可以研究文學；四書學成了禁圈，他可以研究五經學；周程學成了禁臠，他可以研究異端學——恰正是這種促成了他在晚年最後一個更閃光的學問著述高峰，反而成就了他不僅是一代儒宗、而且是一代文宗的文化地位。」〔註20〕朱熹能夠在詩學中取得巨大成就，跟他自身「綜羅百代」的學術素養和經學注疏中所積累的學術經驗及詩歌創作密切相關。

朱熹的經學研究主要是四書五經及孝經研究，其中以四書為主，關於四書學與詩學之間的關係下文有專述，此不贅。朱熹對五經的貢獻與四書不相上下。周予同先生曾經依學派之盛衰分合，把經學分為十期〔註21〕，他認為要彰明朱熹在經學史上的地位，就是要考察朱熹在經學發展之十期中所處之關鍵，其結論是，「朱熹之在經學史，為第八時期之中心人物，亦即所謂經學的宋學中之重鎮也。」〔註22〕確實，朱熹除了重鎮之作《四書章句集注》而外，其五經學研究也給世人留下了豐碩成果：在易學上有《周易本義》和《易學啟蒙》；在詩學上有《詩集解》與《詩集傳》；在書學上，朱熹自身未留下著作，但弟子蔡沈的《書集傳》多係師說；禮學上則有《儀禮經傳通解》；春秋學上沒有著作，但留下了一些精闢的言論，「為治《春秋》者去一障蔽，亦自有相當之價值」。〔註23〕本節重在發掘朱熹五經研究中與詩學相關部分，即《易》、《書》、《春秋》、《禮》和詩學研究的關聯，這種關聯主要在於治經方法與詩學研究方法的會通上。

五經之中以《易》為首，被尊為「群經之首」。它提出了比較系統的天人之學的基本框架和思維模式，包含比較豐富的辯證思想，具

〔註20〕 束景南：《朱熹研究》，北京：人民出版社 2008 年，第 303 頁。

〔註21〕 《周予同經學史論著選集》增訂版，朱維錚編，上海：上海人民出版社 1983 年，第 150 頁。

〔註22〕 周予同：《朱熹》，《周予同經學史論著選集》朱維錚編，上海：上海人民出版社 1983 年，第 164 頁。

〔註23〕 周予同：《朱熹》，《周予同經學史論著選集》增訂版，朱維錚編，上海：上海人民出版社 1983 年，第 150 頁。

有很大的伸縮性與包容性，便於從中發展各種學說。范仲淹著有《易義》，提出比較系統的辯證學說，歐陽修著有《易童子問》，闡明修人事以合天道的學說。胡瑗著有《周易口義》，開有宋一代「說易以義理之宗」〔註24〕的習尚，成爲程頤易學思想的直接來源。朱熹認爲時人對《易》的理解有誤，故作《周易本義》。關於周易和詩學的關係，今人多有研究，陳良運著有《〈周易〉與中國文學》探討周易和中國文學之間的關係〔註25〕，認爲「《周易》不但其自身充滿文學趣味，而且還有很多重要文學美學觀念由此發生，那些文學美學觀念又是形成中國古代文學藝術理論的重要基礎，對先秦兩漢以來的文學藝術創作與文學藝術理論批評的發展都有重大的影響。」〔註26〕劉綱紀特著《〈周易〉美學》，認爲「《周易》顯然不是一部講美與文藝問題的書……，但《周易》對中國美學所產生的深遠而廣泛的影響，就先秦古籍而論，決不在《老子》、《論語》、《莊子》諸書之下。」〔註27〕張乾元著有《象外之意》專門探討易學的意象特徵與藝術境界之間的關係。劉勰在《文心雕龍》中說，「人文之元，肇自太極，幽贊神明，《易》象惟先。」李建中對此發揮說，「幽贊神明之易象及元氣渾一之太極，既爲人文之元，也是中國文化的詩性之源」〔註28〕。確實，中國詩學中能與西方「典型」範疇相抗舉的「意境」論，亦起步於《周易》之「意象」說，說《周易》爲中國文化的詩性之源並不爲過。就朱熹的易學研究而言，其涉及詩學研究者主要是間接意義上的，但仍給我們以有益啓示。朱熹首先對《易》的形上特質進行界定：

〔註24〕 （清）永瑢等：《四庫全書總目》卷一《周易口義》提要，北京：中華書局 1965 年，第 5 頁。

〔註25〕 傅旋琮爲《周易與中國文學》作序，高度評價這部著作，認爲「這部《周易與中國文學》確是繼劉勰之後，第二部全面探討《周易》文學思想的書。」

〔註26〕 陳良運：《周易與中國文學》引言，南昌：百花洲文藝出版社 1999 年。

〔註27〕 劉綱紀：《〈周易〉美學》緒論，武漢：武漢大學出版社 2006 年。

〔註28〕 李建中：《〈周易〉與中國文論的詩性之源》，江海學刊，2006 年第 1 期。

　　　　《漢書》：「《易》本隱以之顯，《春秋》推見至隱。《易》
　　　與《春秋》，天人之道也。」《易》以形而上者，說出在那
　　　形而下者上；《春秋》以形而下者，說到那形而上者去。
　　〔註29〕

這是對《易》與《春秋》判若兩分的界定。如錢穆所言，朱子認定，
《春秋》是一部史學書，而《易》則是一部哲學書。《春秋》重在記
事，《易》則說理。「朱子意，《易》本爲卜筮書，其義理即寓於卜筮
而見。卜筮之判吉凶則本於象。讀《易》者貴能先因其辭而明其本旨，
然後可以推說。」〔註30〕因象而見義，既是易之說明義理的方式，也
是文學的方式，《易》中本身就包含了早期文學「立象以盡意」的意
象說源頭：

　　　　子曰：「書不盡言，言不盡意。然則聖人之意，其不可
　　　見乎？」子曰：「聖人立象以盡意，設卦以盡情僞，繫辭以
　　　盡其言，變而通之以盡利，鼓之舞之以盡神。」（《周易·繫
　　　辭上》）

朱熹注云：「言之所傳者淺，象之所示者深，觀奇偶二畫，包含變化，
無有窮盡，則可見矣。」〔註31〕朱熹認爲，如果要理解言之所傳和象
之所示，需要從體用一原與理之通處去理解，即理與象具：

　　　　「至微者，理也；至著者，象也。體用一原，顯微無
　　　間。『觀會通以行其典體』，則辭無所不備。」此是一個理，
　　　一個象，一個辭。然欲理會理與象，又須辭上理會。辭上
　　　所載，皆「觀會通以行其典禮」之事。凡於事物須就其聚
　　　處理會，尋得一個通路行去。若不尋得一個通路，只驀地
　　　行去，則必有礙。〔註32〕

朱熹反對從辭上看，要求從象、辭與理的會通處看。如果不能求通，
自當闕如，不可穿鑿：「《易》於《六經》，最爲難讀，穿穴太深，附

〔註29〕　《朱子語類》卷六十七。
〔註30〕　錢穆：《朱子新學案》，成都：巴蜀書社 1986 年，第 1223 頁。
〔註31〕　《周易本義》，《朱子全書》（第 1 冊），第 134 頁。
〔註32〕　《朱子語類》卷六十七。

會太巧，恐轉失本指。……然所未通處極多，未有可下手處，只得闕其所不知，庶幾不至大差繆耳。」〔註33〕朱熹堅持《易》爲一卜筮書，反對離開象和辭而專求理。他將這種《易》學研究之法與《詩經》是否該「去序言詩」相聯，反對言《詩》不當去小序，「如有人問《易》不當爲卜筮書，《詩》不當去小序，不當韻……皆在所不答。」〔註34〕朱子研究《易》、《詩》之法爲錢穆贊：「朱子治經則重在求本旨。如言詩，則曰此男女淫奔之詩也。言易，則曰此卜筮之書也。」〔註35〕由此可知，朱熹《周易本義》之研究方法與其《詩集傳》之研究方法，從強調本義處注解原典是會通的。

朱熹之尙書學研究也從疑經、辨僞求其本旨爲最終目的，「朱子治易，定經文本爲卜筮作。治詩，破棄大小序以爲不可信……，其於書，則辨伏孔兩家所傳相異。此一抉發，可與其治詩治易鼎足而三。」〔註36〕這主要指朱熹對《古文尙書》的懷疑，實出於治詩治易的治經經驗與方法而言。朱熹以其獨到的眼光和其治經一求本旨的治經路數，發現了《古文尙書》令人懷疑處，他抓住《尙書》的語言風格進行辯難：

> 漢儒以伏生之《書》爲今文，而謂安國之《書》爲古文，以今考之，則今文多艱澀，而古文反平易。或者以爲今文自伏生女子口授鼂錯時失之，則先秦古書所引之文皆已如此。或者以爲記錄之實語難正，而潤色之雅詞易好，則暗誦者不應偏得所難，而考文者反專得其所易，是皆有不可知者。至諸序之文，或頗與經不合，如《康誥》、《酒誥》、《梓材》之類，而安國之序，又絕不類西京文字，亦皆可疑。〔註37〕

〔註33〕 《答方賓王》，《晦庵先生朱文公文集》卷五十六，《朱子全書》（第23冊），第2663頁。
〔註34〕 《朱子語類》卷十六。
〔註35〕 錢穆：《朱子新學案》，成都：巴蜀書社1986年，第1244頁。
〔註36〕 錢穆：《朱子新學案》，成都：巴蜀書社1986年，第1287頁。
〔註37〕 《書臨漳所刊四經後》，《晦庵先生朱文公文集》卷八十二，《朱子全書》（第24冊），第3888～3889頁。

　　《書序》恐不是孔安國做。漢文粗枝大葉，今《書序》
細膩，只似六朝時文字。……《尚書》孔安國傳，此恐是
魏晉間人所作，託安國爲名，與毛公《詩傳》大段不同。
今觀《序》文亦不類漢文章。漢時文字粗，魏晉間文字細。
如《孔叢子》亦然，皆是那一時人所爲。〔註38〕

從不同時代的不同語言風格著眼，朱熹疑《古文尚書》爲魏晉人所作，
可謂精微深到，他的這一結論對明清《尚書》學術史產生重要影響，
清代閻若璩作《尚書古文疏證》確證《古文尚書》爲僞書，朱熹之卓
絕眼光由此可見。

　　朱熹於五經之中，《易》、《詩》皆有著作，《尚書》則晚年交付
蔡沈，對於《春秋》，則要求學者不要輕涉，所以《春秋》、《尚書》
朱熹都沒有下大精力，但對於五經中的禮經，朱熹尤爲看重。禮經
通常指三禮，即《周禮》、《儀禮》、《禮記》。《周禮》本名《周官》，
是古文經的要籍，《儀禮》本稱《禮經》，爲今文經的要籍，《禮記》
則爲漢儒所編論禮的文字。朱熹重視禮學，但並沒有站在今文經、
古文經的立場。他懷疑《古文尚書》，並不否定古文經《周禮》：「《周
官》一書，固爲禮之綱領。至其儀法度數，則《儀禮》乃其本經，
而《禮記‧郊特性》、《冠義》等篇，乃其說耳……故臣頃在山林，
嘗與一二學者考訂其說，欲以《儀禮》爲經，而取《禮記》及諸經
史雜書所載有及於禮者，皆以附於本經之下，具列注疏諸儒之說。」
〔註39〕朱熹研究禮學，目的在於通經致用，爲現實生活提供切實可
行的禮儀制度。他並沒有要求一切順從古禮，而要求禮當具有實用
性與可行性，「古者有相禮者，所以導孝子爲之。若欲孝子一一盡依
古禮，必躬必親，則必無哀戚之情矣。況只依今世俗之禮，亦未爲
失，但使哀戚之情盡耳……使聖賢者作，必不盡如古禮，必裁酌從

〔註38〕　《朱子語類》卷七十八。
〔註39〕　《乞修三禮箚子》，《晦庵先生朱文公文集》卷十四，《朱子全書》（第
　　　　　20冊），第687～688頁。

今之宜而爲之也。」〔註40〕由此可知，朱熹晚年殫精竭慮作《儀禮經傳通解》，實爲他對禮學及其實用之禮的重視。

總之，朱熹之治經無不以疑經辨僞求其本旨和通經致用爲要，他批評當時學者說，「今學者不會看文章，多是先立私意，自主張己說。只借聖人語言起頭，便自把己意接說上去。」〔註41〕他在治經中對本義的追尋也延伸到他的詩學研究之中。正是這種「道問學」的格物致知精神，使得他能在詩學研究上也取得了與其經學研究如出一轍的成就。

第二節　經學闡釋與詩學方法的會通

就古代學術而言，朱熹的詩經學研究是經學研究範圍，由於本文是在現代學術視野下研究朱熹詩學，故將朱熹的詩經學研究理解爲朱熹詩學研究，以區別於朱熹的其他經學研究。朱熹治經有一套自我總結出來的方法，如果不瞭解朱熹研究經學的特點，就很難全面深入地瞭解朱熹的整個學術思想及其組成部分。如錢穆對朱熹學術所進行的總結而言，「理學決非僅是一套純思辨之學，更貴在能有以證成此一套思辨之方法與工夫。故理學家既有一套本體論，尤必有一套方法論與工夫論。」〔註42〕他的經學方法與詩學方法是本體論、工夫論和方法論的統一。朱熹對經典與詩歌的理解都不是短時間的一蹴而就，而是依靠天賦、恒心及合理方法的探索與積澱，從而超越了前人。在朱熹的理學世界裏，詩並不游離於理學之外，而是與理學合而爲一，朱熹的理學詩學得益於經學方法與詩學研究的交融和統一。由於朱熹的經典解釋法本身就是一門精深的學問〔註43〕，這裡不作詳細探討。本

〔註40〕　《朱子語類》卷八十九。
〔註41〕　《朱子語類》卷一百一十七。
〔註42〕　錢穆：《朱子新學案》，成都：巴蜀書社1986年，第35頁。
〔註43〕　關於朱熹闡釋學方面的最新研究成果，可參看周光慶指導的華中師範大學2007屆曹海東的博士論文《朱熹經典解釋學研究》和潘德榮指導的華東師範大學2007屆尉利工博士論文《朱子經典詮釋思想研究》。

文現從朱熹經學闡釋與詩學方法的會通角度，探討其理學詩學的方法論基礎。

一、「理一分殊」：治經與治詩本體論上的統一

　　朱熹對二程等人提出的「理一分殊」有著獨特的體會與理解，並在此基礎上會通經學與詩學。「理一分殊」最早見於程頤對張載《西銘》的論說。張載在《西銘》中提出「民，吾同胞；物，吾與也。」楊時認爲《西銘》的這種觀點「恐其流遂至于謙愛」，即與墨子的「兼愛」學說相混淆。程頤針對楊時的疑問寫信說：

> 《西銘》之爲書，推理以存義，擴前聖所未發，與孟子性善養氣之論同功。豈墨子之比哉？《西銘》明理一而分殊，墨子則二本而無分。分殊之蔽，私勝而失仁；無分之罪，兼愛而無義。分立而推理一，以止私勝之流，仁之方也。〔註44〕

「理一分殊」與佛家「月映萬川」有著一定的相似性。一理攝萬理如一月散爲江湖河海之萬月；萬理歸於一理，如散在江湖河海之萬月其本仍是天上的一月。程頤也說過：「隨事觀理，而天下之理得」。〔註45〕李侗認爲「理不患不一，所難者分殊耳，此其要也」，〔註46〕並教導朱熹從默坐澄心打通一理與萬物之理的隔離，朱熹正是遵循著程頤、李侗等人的思路體會出「物物各具此理，而物物各異其用，然莫非一理之流行」〔註47〕的道理。受學李侗及四十一歲體會出「涵養須用敬，進學則在致知」後，朱熹基本形成了一生不變的理學傾向，這些理學思路自然進入了朱熹的詩學研究之中。

〔註44〕　《二程集・河南程氏文集卷九》，北京：中華書局 1981 年，第 609 頁。

〔註45〕　《二程集・河南程氏遺書卷二十五》，北京：中華書局 1981 年，第 316 頁。

〔註46〕　（清）李清馥：《文靖李延平先生侗學派》，《閩中理學淵源考》卷五，文淵閣四庫全書本。

〔註47〕　《朱子語類》卷十八。

　　出於「理一分殊」提供的哲學依據，萬物萬事各具其理並且同出於天理，則治經與治詩皆為窮理，理學家與理學家所欣賞的詩人，在經與詩的本體論追求上通過理統一了起來。朱熹明確提出「致吾之知在即物而窮其理。」朱熹從「理一分殊」要求「格物致知」，而要格物致知則要求與自然萬物建立感悟關係，這樣，理學家與具有理學傾向的詩人，都在與自然的結緣中尋找理的本質。鳶飛魚躍，目擊道存，這也是孔子所說的「吾與點也」之意，邵伯溫《易學辨惑》記載，邵雍曾在春天率領程頤等人同遊天門街頭看花，程頤說：「平生未嘗看花」，邵雍說：「物物皆有至理，吾儕看花，異於常人，自可以觀造化之妙。」「觀造化之妙」，是周敦頤之窗前草不除、程顥觀草、觀魚以見造化生意與活潑生機的意蘊所在。道非山水草木蟲魚，而山水草木蟲魚則皆可以見道。「一草一木，皆天地和平之氣」，〔註48〕「事事物物，皆有至理。如一草一木，一禽一獸，皆有理。」〔註49〕朱熹與草木自然建立了親密的關係，門生吳壽昌記載：

　　　　先生每觀一水一石，一草一木，稍清陰處，竟日目不瞬。飲酒不過兩三行，又移一處。大醉，則趺坐高拱。經史子集之餘，雖記錄雜記，舉輒成誦。微醺，則吟哦古文，氣調清壯。某所聞見，則先生每愛誦屈原《楚騷》、孔明《出師表》、淵明《歸去來》並詩、并杜子美數詩而已。〔註50〕

這說明對於以理學來安生立命的朱熹來說，對自然萬物別具深心。羅大經《鶴林玉露》亦記載：「朱文公每經行處，聞有佳山水，雖迂途數十里，必往遊焉……登臨竟日，未嘗厭倦」，羅大經對此解釋說：「大抵登山臨水足以觸發道機，開豁心志，為益不少。」〔註51〕與朱熹為好友的張栻也有此癖好：「平生山水癖，妙處只自知」，〔註52〕

〔註48〕　《朱子語類》卷四。
〔註49〕　《朱子語類》卷十五。
〔註50〕　《朱子語類》卷一百七。
〔註51〕　（宋）羅大經：《鶴林玉露》卷三，文淵閣四庫全書本。
〔註52〕　（宋）張栻：《南軒集》卷三，文淵閣四庫全書本。

朱熹與張栻曾在大雪中同登南嶽，唱和詩作達一百四十多首。不僅如此，他們對描寫自然的傑出詩人也極為讚賞，陶淵明書寫了大量田園詩，其面對自然所生發的「此中有真意，欲辨已忘言」的意趣，深得理學家們的親睞。朱熹在《出山道中口占》中寫道：「川原紅綠一時新，暮雨朝晴更可人。書冊埋頭無了日，不如拋卻去尋春。」〔註 53〕大凡學道有得的理學家都從自然之中得到深刻的啟發，這一點與忘情山水的詩人對自然的情感既有區別之處也有一致性。

　　「理一分殊」通過日用觀理和隨事觀理的理學體認，與詩人將「美是生活」所進行的詩學體認，在觀照自然和觀照萬物的角度統一起來，即將講學明理與詩亦明理統一起來。朱熹說：「主乎學問以明理，則自然發為好文章，詩亦然。」正是從理一分殊、詩與理並行不悖的角度出發，他認可了詩：「閒隙之時，感事觸物，又有不能無言者，則亦未免以詩發之。」〔註 54〕由於《詩》本為五經之一，所以朱熹之注釋《詩經》、寫作詩歌既是對孔子所讚賞的曾點之樂境界的體悟，也是通過注釋和學習詩理來上達天理。「理一分殊」，為朱熹實踐治經與治詩的統一提供了本體論依據。

二、「道問學」與「尊德性」：治經與治詩工夫論上的互通

　　「道問學」與「尊德性」既是道德修養工夫，也是由此延伸開來的為學工夫，後人從鵝湖之會朱陸異同出發，將陸氏功夫概括為「尊德性」，朱氏工夫概括為「道問學」，雖然有論者認為朱熹是「尊德性」與「道問學」並舉，但將「道問學」作為其首要工夫論還算客觀。兩詞出自《中庸》：「故君子尊德性而道問學，致廣大而盡精微，極高明而道中庸。」「道問學」即通過「博學、審問、慎思、明辨、篤行」

〔註 53〕　《晦庵集》卷九，文淵閣四庫全書本。
〔註 54〕　《東歸亂稿序》，《晦庵先生朱文公文集》卷七十五，《朱子全書》（第24 冊），第 3627 頁。

來學習經典、格物致知;「尊德性」是遵循和發揮人固有的本性、善性和悟性,「尊德性」和「道問學」都是爲了最終實現中庸的境界,兩者既是道德修養的方式,也是認識事物和事理的方法,一般來說,尊德性偏重於發明本心和強調頓悟,而道問學往往強調學習和漸悟即循序而漸進。孔子說過「吾嘗終日不食,終夜不寢,以思,無益,不如學也。」荀子也說「終日而思也,不如須臾之所學也。」朱熹繼承了孔子、荀子對爲學的強調,與陸九淵所說的「古人教人,不過存心,養心,求放心」〔註55〕不同,要求學者泛觀博覽,而後歸之約:「大凡學者,無有逕截一路可以教他了得;須是博洽、歷涉多,方通」〔註56〕。朱熹這樣教導人,自己也這樣實踐。門生記載:

> 先生每得未見書,必窮日夜讀之。嘗云:「向時得《徽宗實錄》,連夜看,看得眼睛都疼。」一日,得《韓南澗集》,一夜與文蔚同看,倦時令文蔚讀聽,至五更盡(倦)〔卷〕。
> 〔註57〕

「每得未見書」、「窮日夜而讀」、「連夜看」、「至五更」都說明朱熹對讀書窮理的重視。正是出於對「道問學」的強調,朱子留下了關於讀書法方面的大量心得,黃宗羲評價朱陸治學方法時說,「先生(按:指陸九淵)之學,以尊德性爲宗,謂:『先立乎其大,而後天之所與我者,不爲小者所奪。夫苟本體不明,而徒致用功於外索,是無源之水也』。同時紫陽(朱熹別稱)之學,則以道問學爲主,謂:『格物窮理,乃吾人入聖之階梯。夫苟信心自是,而惟以事於覃思,是師心自用也』。」〔註58〕

〔註55〕 (宋)陸九淵:《與舒西美》,《陸九淵集》卷五,北京:中華書局1980年,第64頁。

〔註56〕 《朱子語類》卷八。

〔註57〕 《朱子語類》卷一百四。

〔註58〕 (清)黃宗羲、全祖望:《宋元學案》卷五十八,《黃宗羲全集》(第5冊),杭州:浙江古籍出版社2005年,第278頁。下涉《宋元學案》處,均同此版本。

從治學方法的功夫論出發，「尊德性」和「道問學」皆與朱熹治經、治詩密切相關。朱熹的經學與詩學闡釋均強調在日積月累的基礎上求得「豁然開朗」的境界，即從「道問學」開始，結合「尊德性」，將操存涵養與格物窮理、漸悟與頓悟結合起來：

> 砥初見，先生問：「曾做甚工夫？」對以近看《大學章句》，但未知下手處。曰：「且須先操存涵養，然後看文字，方始有浹洽處。若只於文字上尋索，不就自家心裏下工夫，如何貫通？」〔註59〕

> 然嘗謂人之為學，若從平實地上循序加功，則其目前雖未見日計之益，而積累功夫，漸見端緒，自然不假用意裝點，不待用力支撐，而聖賢之心、義理之實必皆有以見其確然而不可易者。〔註60〕

這正是他將道德修養功夫推廣到治學功夫論上的體現，這種對功夫論的強調屢屢見其讀書法之中。以《讀大學法》為例：

> 嘗欲作一說教人，只將《大學》一日去讀一遍，……日日如是讀，月來日去自見，所謂溫故而知新，須是知新，日日看得新方得，卻不是道理解新，但自家這個意思長長地新。

> 讀書不可貪多，當且以《大學》為先，逐段熟讀精思，須令了了分明，方可改讀後段，看第二段，卻思量前段，令文意連屬音燭。卻不妨。

> 問：「《大學》稍通，方要讀《論語》？」曰：「且未可，《大學》稍通，正好著心精讀，前日讀時見得前，未見得後面，見得後未見得前面，今識得大綱體統，正好熟看。讀此書功深則用博，昔尹和靖見伊川半年，方得《大學》、《西銘》看，今人半年要讀多少書，某且要人讀此是如何，緣此書卻不多，而規模周備，凡讀書，初一項須著十分工

〔註59〕 《朱子語類》卷一百一十九。
〔註60〕 《答陳君舉》，《晦庵先生朱文公文集》卷三十八，《朱子全書》（第21冊），第1714頁。

夫了，第二項只費得八九分工夫，第三項便只費得六七分
工夫，少間讀漸多，自通貫，他書自著不得多工夫。」

　　看《大學》俟見大指，乃及他書，但看時須是更將大
段分作小段，字字句句不可容易放過，常時暗誦默思，反
覆研究，未上口時須教上口，未通透時須教通透，已通透
後，便要純熟，直待不思索時，此意常在心胸之間，驅遣
不去方是，此一段了，又換一段看，令如此數段之後，心
安理熟，覺工夫省力時，便漸得力也。〔註61〕

由上可知，僅對一篇篇幅較短的《大學》，朱熹要求「一日讀一遍」，
「日日如此讀」，「逐段熟讀精思」，「功深則用博」，等到讀者自覺
《大學》旨意已經掌握才讀他書，讀他書也要「大段分作小段，字
字句句不可容易放過」，「暗誦默思，反覆研究」，一直到自己感覺
「工夫省力時」才漸得力，可見朱熹對讀經工夫之強調。讀《大學》
如此，讀《論語》、《孟子》亦如此，朱熹採程子說來教育學者：「句
句而求之，晝誦而味之，中夜而思之，平其心，易其氣，闕其疑。」
〔註62〕雖然朱熹對《詩經》異於他經的文學特質有著深入的體會，
但他仍然強調要通過日積月累的工夫而切入對詩的理解：

　　當時解詩時，且讀本文四五十遍，已得六七分。卻看
諸人說與我意如何，大綱都得之，又讀三四十遍，則道理
流通自得矣。

　　某舊時看《詩》，數十家之說一一都從頭記得，初間哪
裏敢便判斷那說是，那說不是，看熟久之，方見得這說似
是，那說似不是……又看久之，方審得這說是，那說不是。
又熟看久之，方敢決定斷說這說是，那說不是。這一部詩，
並諸家解都包在肚裏。公而今只是見已前人解詩，便也要
注解，更不問道理。只認捉著，便據自家意思說，於己無
益，於經有害，濟得甚事！凡先儒解經，雖未知道，然其

〔註61〕《讀大學法》，《四書大全·大學章句大全》，文淵閣四庫全書本。
〔註62〕《讀〈論語〉、〈孟子〉法》，《四書大全》，文淵閣四庫全書本。

> 盡一生之力，縱未說得七八分，也有三四分。且須熟讀詳
> 究，以審其是非而爲吾之益。今公才看著便妄生去取，肆
> 以己意，是發明得個甚麼道理？公且説，人之讀書，是要
> 將作甚麼用？所貴乎讀書者，是要理會這個道理，以反之
> 於身，爲我之益而已。〔註63〕

由此看出，朱熹治詩一如他幾十年如一日的注釋《四書》，他注釋《四書》時，「某於《論》、《孟》，四十餘年理會，中間逐字稱等，不教偏些子。」〔註64〕他治詩亦是通過讀《詩經》本文「四五十遍」，得大綱後又讀「三四十遍」，而且「數十家之說一一都從頭記得」，一直到「這一部《詩》，並諸家解都包在肚裏」方作注解。

　　通過朱熹治經與治詩心得的比較可以看出，朱熹治經與治詩在工夫的理解上是互通的，即由博而歸之約，由循序漸進而渙然冰釋。這種工夫論不是執著用力、觸手可得的，不僅需要學識的精進，也需要時間的積澱和經歷的豐富：

> 中年以後之人，讀書不要多，只少少玩索，自見道理。
> 〔註65〕

> 不曾經歷許多事意，都去揍他意不著。所以孔子晚年
> 方學《易》。到得平常教人，亦言「興於《詩》，立於《禮》，
> 成於《樂》」，卻未曾說到《易》。又云：《易》之卦爻，所
> 以該盡天下之理。一爻不止於一事，而天下之理莫不具備，
> 不要拘執著。今學者涉世未廣，見理未盡，揍他底不著，
> 所以未得他受用。〔註66〕

綜上所述，朱熹所要求的治學工夫是「道問學」與「尊德性」的統一併且從「道問學」處入手，朱熹的這種方法爲普通人通過循序漸進、日積月累而窮究天理、下學上達成爲可能，故更具有實踐意義。當這些工夫積累到一定階段之後，讀者對經、詩的理解自然會達到渙然冰

〔註63〕　《朱子語類》卷八十。
〔註64〕　《朱子語類》卷十九。
〔註65〕　《朱子語類》卷十。
〔註66〕　《朱子語類》卷六十七。

釋、浹髓淪肌的境界，從而「變化氣質」，最終提升自己的生存境界和生命體驗。

三、漢宋兼採與義理闡發：治經與治詩工方法上的會同

朱熹的治經與治詩是在對前人闡釋方法上的繼承和會通而取得的。他治經與治詩方法既承繼漢儒證名物、詳訓詁，亦有宋儒之強調義理之新精神。這個義理非憑空而生，而由經典之本文產生，不管是《易》、《春秋》還是《詩經》，朱熹均從文字探起，「凡讀書，先須曉得他底言詞了，然後看其說於理當否。」〔註67〕強調理解和闡釋必須建立在文字基礎上。又說：「本之注疏，以通其訓詁；參之《釋文》，以正其音讀。然後會之於諸老先生之說，以發其精微。一句之義，繫之本句之下；一章之指，列之本章之左。又以平生所聞於師友而得於心思者，間附見一二條焉。本末精粗、大小詳略。無或敢偏廢也。」〔註68〕所謂「通其訓詁」、「正其音讀」，即是漢代經學的訓詁之方法，而「發其精微」，則是建立在文字訓詁基礎上的「義理」闡發。

朱熹治經與治詩方法上的會同，是朱熹理學詩學產生的方法論基礎，這種方法分為兩個層次，首先是直求本義，然後是從本義基礎上引申出來的言外之意，是追尋本義還是重視言外之意則依具體的經典文本而定。

（一）漢宋兼採、直求本義

程頤曾說：「讀書者當觀聖人所以作經之本意，與聖人之所以為聖人而吾之所以未至者，求聖人之心而吾之所以未得焉者，晝誦而味之，中夜而思之，平其心，易其氣，闕其疑，其必有見矣。」〔註69〕程頤提出了觀聖人本義的要求，那麼，如何求得聖人作經之本義

〔註67〕 《朱子語類》卷十一。
〔註68〕 《論語訓蒙口義序》，《晦庵先生朱文公文集》卷七十五，《朱子全書》（第24冊），第3614～3615頁。
〔註69〕 《二程集‧河南程氏遺書卷二十五》，北京：中華書局1981年，第322頁。

呢？依照程頤而言，即晝誦而味、中夜而思、平心易氣闕疑。朱熹
超越程頤處則在於其對經典的具體理解過程作了深入的探索，朱熹
的這種經典理解方法與今人所謂的接受學理論頗有相似之處。他首
先提出理解經典的接受心境：

> 須是打疊這心光蕩蕩地，不立一個字，只管虛心讀地，
> 少間推來推去，自然推出那個道理。〔註70〕

> 如《詩》、《易》之類，則爲先儒穿鑿所壞，使人不見
> 當時立言本意。此又是一種工夫，直是要人虛心平氣，本
> 文之下打疊，交空蕩蕩地，不要留一宗先儒舊說，莫問他
> 是何人所說，所尊所親、所憎所惡，一切莫問，而唯本文
> 本意是求，則聖賢之指得矣。若於此處先有私主，便爲所
> 蔽而不得其正。〔註71〕

> 大抵思索義理到紛亂窒塞處，須是一切掃去，放教胸
> 中空蕩蕩地了卻，舉起一看，便自覺得有下落處。〔註72〕

無論是理解《詩》還是《詩》之外的其他經典，朱熹提出：要想充分
地挖掘本文之義，首先要掃去「先入之說」，從經典自身讀起，排除
一切不利於正確理解經典的穿鑿之見。他以自己解《詩》經驗告誡學
者：

> 今欲觀《詩》，不若且置《小序》及舊說，只將元詩虛
> 心熟讀，徐徐玩味。候彷彿見個詩人本意，卻從此推尋將
> 去，方有感發。如人拾得一個無題目詩，再三熟看，亦須
> 辨得出來。若被舊說一局局定，便看不出。今雖說不用舊
> 說，終被他先入在內，不期依舊從它去。某向作《詩解》，
> 文字初用《小序》，至解不行處，亦曲爲之說。後來覺得不
> 安，第二次解者，雖存《小序》，間爲辨破，然終是不見詩
> 人本意。後來方知，只盡去《小序》，便自可通。於是盡滌

〔註70〕　《朱子語類》卷八十。
〔註71〕　《答呂子約》，《晦庵先生朱文公文集》卷四十八，《朱子全書》（第
　　　　　22冊），第2213頁。
〔註72〕　《答蔡季通》，《晦庵先生朱文公文集》卷四十四，《朱子全書》（第
　　　　　22冊），第1994頁。

舊說，《詩》意方活。〔註73〕

要求得本義，需要排除舊說，排除舊說並非主觀臆斷、另立新巧之說。相反，要對承襲舊說和自建新說十分慎重。排除舊說是為了直求本義，尊重舊說也是為了直求本義，這就體現出朱熹對直求本義理解的辯證之處。朱熹此說是針對當時學風有感而發。宋儒解詩，疑古之風盛行，許多人主張去《序》言詩，往往又走向主觀臆斷的另一極端，即好虛辯、好新巧，不重視名物訓詁和前人成果。朱熹對此大為不滿：「只為漢儒一向尋求訓詁，更不看聖人意思，所以二程先生不得不發明道理，開示學者，使激昂向上，求聖人用心處，故放得較高。不期今日學者，乃舍近求遠，處下窺高，一向懸空說了，找得兩腳都不著地！其為害，反甚於向者之未知尋求道理，依舊只在大路上行。」〔註74〕正是針對當時學者「舍近求遠，處下窺高」之不足，朱熹在要求解詩者排除前見、虛心進入文本之時，提出慎重對待前人成果，不盲從不是不尊重，而是要詳加精審，通曉名物訓詁，比較各家注解，最終擇善而從：

> 學者觀書，先須讀得正文，記得注解，成誦精熟。注中訓釋文意、事物、名義，發明經指，相穿紐處，一一認得，如自己做出來底一般，方能玩味反覆，向上有透處。
> 〔註75〕

> 某舊時看《詩》數十家之說一一都從頭記得，初間哪裏敢便判斷那說是；那說不是？看熟久之，方見得這說似是，那說似不是……又看久之，方審得這說是，那說不是。又熟看久之，方敢決定斷說這說是，那說不是。……凡先儒解經，雖未知道，然其盡一生之力，縱未說得七八分，也有三四分。且須熟讀詳究，以審其是非而為吾之益。
> 〔註76〕

〔註73〕　《朱子語類》卷八十。
〔註74〕　《朱子語類》卷一百一十三。
〔註75〕　《朱子語類》卷十一。
〔註76〕　《朱子語類》卷八十。

由上可知，朱熹之直求本義，是在匯合漢之名物訓詁、宋之義理判斷的統一。只有通過對本文字義、音韻及文體等多方面的體認，追尋出本文原義才有可能：

> 字畫音韻是經中淺事，故先入得其大者多不留意。然不知此等處不理會，卻枉費了無限辭說牽補，而卒不得其本義，亦甚害事也。非但《易》學，凡經之說，無不如此。〔註77〕

> 《詩》中頭項多，一項是音韻，一項是訓詁名件，一項是文體。若逐一根究，然後討得些道理，則殊不濟事，須是通悟者方看得。〔註78〕

由此可以看出，朱熹認為讀者要想正確地理解和解釋經典，無論是一般的經還是具有文學文體特質的詩，均須從文字、音韻、訓詁入手，這和清人所傾向的漢學方法並無不同。於朱熹而言，漢宋各有所長，故兼取之以求本義。

（二）宋學為主、意在言外

朱熹的經學闡釋方法既是對有史以來經學的繼承和發展，也是對宋代經學流弊的修正。他指出當時談經者之弊有四：「本卑也，而抗之使高；本淺也，而鑿之使深；本近也，而推之使遠；本明也，而必使至於晦，此今日談經之大患也」〔註79〕，他提倡脫出漢、宋藩籬，即不廢漢學，亦不盲從時人之過求義理之宋學。在治經宗旨上，朱熹則以闡發義理為最高目標，這就與為考據而考據的漢學家旨趣不同，「體現了朱熹經學與理學緊密結合的時代特點和思想特點。」〔註80〕所以，朱熹治經屢屢強調本義，但其以闡發義理為最高目標的經學宗

〔註77〕　《答楊元範》，《晦庵先生朱文公文集》卷五十，《朱子全書》（第22冊），第2289頁。

〔註78〕　《朱子語類》卷八十。

〔註79〕　《朱子語類》卷十一。

〔註80〕　蔡方鹿：《朱熹經學與中國經學》，北京：人民出版社2004年，第491頁。

旨，使得他的經學闡釋實際是本義與言外之意的雙重結合，因此朱熹
強調在區分本義與推說義的前提下，把求經文本義與求言外之意結
合起來，這體現出他的經學方法向理學方法的過渡和延伸，從而使他
的經學闡釋帶上了理學特徵。

　　朱熹強調以義理解經，他根據自己對經典的理解增補經書文字
以說理，在《大學》中特增加《格物補傳》部分；或者刪減經典文
字，以義理來解釋，如他對《孝經》的刪減，作《孝經刊誤》；或是
辨偽疑經從而闡發義理，如疑偽《古文尚書》和《書序》，黜偽《孔
傳》和《孔序》。朱熹的這些方法也適用於他的《詩經》研究。他解
釋《詩經》一方面突出《詩經》之本義在於「吟詠情性」，另外一方
面也主張於諷誦中見義理，尋言外之意：

　　　　詩人道言語，皆發乎情，又不比他書。〔註81〕

　　　　讀書之法，既先識得他外面一個皮殼了，又須識得他
　　　　裏面骨髓方好。如公看《詩》，只是識得個模像如此，他裏
　　　　面好處，全不見得。〔註82〕

　　　　讀《詩》正在於吟詠諷誦，觀其委曲折旋之意，如吾
　　　　自作此詩，自然足以感發善心。今公讀《詩》，只是將己意
　　　　去包籠他，如做時文相似。中間委曲周旋之意，盡不曾理
　　　　會得，濟得甚事？若如此看，只一日便可看盡，何用逐日
　　　　只捱得數章，而又不曾透徹耶？〔註83〕

　　　　人看文字，要得言外之意。若以仲山甫『柔嘉維則』，
　　　　必要以此為入德之方，則不可。〔註84〕

　　　　（詩）須要自得言外之意始得。須是看得那物事有精
　　　　神，方好。若看得有精神，自是活動有意思，跳躑叫喚，
　　　　自然不知手之舞，足之蹈。這個有兩重：曉得文義是一重，

〔註81〕　《朱子語類》卷八十一。
〔註82〕　《朱子語類》卷一百一十六。
〔註83〕　《朱子語類》卷八十。
〔註84〕　《朱子語類》卷八十一。

　　識得意思好處是一重。若只是曉得外面一重，不識得他好
　　底意思，此是一件大病。〔註85〕

朱熹雖然要求學者注意言外之意的追尋，但反對鑿空新說和詞義迫
切，即反對脫離本義的延伸，他稱這種以言外意注釋本義的現象為
「迫切」或「急迫」。

　　　　禮記「與仁同過」之言，說得太巧，失於迫切。〔註86〕

　　　　「致中和，天地位，萬物育」，便是形和氣和，則天
　　地之和應。今人不肯恁地說，須要說入高妙處。不知這個
　　極高妙，如何做得到這處。漢儒這幾句本未有病，只為說
　　得迫切了，他便說做其事即有此應，這便致得人不信處。
　　〔註87〕

　　　　若一以急迫之意求之，則於察理已不能精，而於彼之
　　情又不詳盡，則徒為紛紛，而雖欲不差，不可得矣。〔註88〕

無論是在聖人經典中求理，還是在詩人之言中求情，迫切則察理不
精，求情則不詳盡。朱熹要求闡釋者提供讓讀者涵泳經典與涵泳詩意
的注解，而不是將言外之意傾瀉而出。

　　由上可知，朱熹治經也好，治詩也好，既要求以宋學義理為主，
又往往超越漢、宋之藩籬。他既批評漢學只重視傳注疏釋之學，也反
對只講義理而脫離文字訓詁和經文本義的時人解經之法。朱熹要求治
經之時，重家法，但不必守之太拘，應兼收並蓄。比如他的《四書章
句集注》，吸收古注和時人之注頗多，古注有董仲舒、司馬遷、揚雄、
馬融、鄭玄、服虔、孔安國、趙岐、王肅、何晏、皇侃、陸元郎、趙
伯循、韓愈等十五家，宋人之注亦有程子、謝良佐、尹焞、楊時、游
祚、張栻、范祖禹等四十一家。另外，他對鄭樵關於詩序、吳棫關於
音韻、程大昌關於禹貢、方崧卿之於韓文、洪興祖關於楚辭等等兼收

〔註85〕　《朱子語類》卷一百一十四。
〔註86〕　《朱子語類》卷八十七。
〔註87〕　《朱子語類》卷六十二。
〔註88〕　《答陸子美》，《晦庵先生朱文公文集》卷三十六，《朱子全書》（第
　　　　　21冊），第1563頁。

並採。在批判地繼承前代漢學和當時宋學的基礎上，他根據自己的解經實踐總結出一套兼取漢宋、以宋學為主的經學闡釋方法，這種解經方法貫穿在他解釋經典的一切活動之中，為他將義理和詩學結合在一起建構理學詩學提供了方法論基礎。

第三節　四書學與詩學思想的結合

　　朱熹從疑經中獲得的懷疑品格和他融合漢宋、以義理為主的經學方法使他在四書研究上取得了集大成成就。朱熹之詩學研究是朱熹理學體系之一，在朱熹更早的精研四書的過程中，朱熹也從四書中所包容的詩學思想中獲得了靈感。根據朱熹年譜可知，朱熹於 1177 年初步完成《論孟集注》的同時，亦完成了《詩集解》〔註89〕，可以說朱熹在注《論》、《孟》之同時，亦在注《詩經》，比較朱熹的《四書集注》和最終定稿的《詩集傳》，會發現兩者在基本詩學觀念的相通相融。由此似乎可以斷定，朱熹之治詩，亦從治四書中獲得了理論資源和靈感。周予同先生說，「朱熹之於經學，其用力最勤者，首推《四書》，其次即為《詩經》。」〔註90〕朱熹一生之心血可謂《四書》和《詩經》的珠聯璧合。從《四書》到《詩經》，是朱熹從理學向詩學問題開放的顯在思路。四書中的《論語》和《孟子》本身包含了孔子和孟子對詩學的相關評述，朱熹在此基礎上又依照自己的理解，對孔孟的詩學觀加以生發，這部分內容完整、深刻地展現了朱熹的理學與詩學相結合的思想，它和朱熹在四書中體現的天理論、人性論等相輔相成、密不可分。

〔註89〕　朱熹注釋《詩經》是一項曠日持久的工作，乾道九年 1173 年所注《詩集解》是其注釋《詩經》的第一稿，由於對其不滿，朱熹不斷地進行修改，今日所見《詩集傳》當是朱熹《詩》學研究的晚年定論。

〔註90〕　周予同：《朱熹》，《周予同經學史論著選集》增訂版，朱維錚編，上海：上海人民出版社 1983 年，第 156 頁。

一、「四書學」的形成及其對詩學問題的關注

　　四書學是朱熹用功最勤、歷時最久的研究內容，誠如他自己所述：「某於《語》、《孟》，四十餘年理會。中間逐字稱等，不教偏些子，學者將注處宜仔細看。」〔註91〕他對《大學》、《中庸》同樣是「畢生鑽研，死而後已」〔註92〕，以至於他逝世前一天仍在修改《大學》「誠意」一章。南宋光宗紹熙元年（1190年），朱熹在福建漳州將《禮記》中《大學》、《中庸》和《論語》、《孟子》合為四書，並彙集起來作為一套經書刊刻問世。《四書章句集注》的問世，標誌著以「四書」為主體的新經學體系的成型，至此之後，四書學開始成為顯學，超越五經地位。

　　在「四書」之中，《大學》、《中庸》是《小戴禮記》中篇章，《小戴禮記》是漢代「三禮」之一，早就與經有著密切聯繫。但是「三禮」之中，一般以《儀禮》、《周禮》作為嚴格意義上的經，將《禮記》作為闡述發揮經義的記，經的地位當然高於「傳」和「記」。但是由於唐代韓愈、李翱的特別推崇，《大學》、《中庸》的地位得到提高，韓愈在著名的《原道》篇中引用了《大學》的主要觀點，李翱則在《復性書》中提高《中庸》的地位，認為「遭秦滅書，《中庸》之不焚者一篇存焉。」〔註93〕張載初見范仲淹，范仲淹以《中庸》授張載，司馬光亦著有《大學廣義》與《中庸廣義》，二程兄弟也以《大學》開示學者。「四書」中的《論語》也早就納入「經」，漢文帝時《論語》已立博士，唐文宗所刻十二經，《論語》也位列其中。但漢唐時期《論語》地位不及其他五經，漢代將《論語》、《孝經》作為小學入門教材，只能算作「小經」或「兼經」。到了宋代《論語》的地位發生變化，成了儒家最重要的經典之一。但相比而言，地位變化最為明顯的

〔註91〕　《朱子語類》卷十九。

〔註92〕　《答余正叔》，《晦庵先生朱文公文集》卷五十九，《朱子全書》（第23冊），第2853頁。

〔註93〕　（唐）李翱：《復性書上》，《李文公集》卷三，文淵閣四庫全書本。

則是《孟子》,《孟子》經歷了一個由子部升入經部的過程。《漢書·藝文志》將《孟子》列入《諸子略》,《隋書·經籍志》亦將其列入子部儒家類。唐代韓愈、李翱開始將孟子提高到傳承孔子道統的地位,北宋初年,范仲淹、歐陽修、孫復、石介等紛紛倡導「尊孟」,《孟子》地位日益提高。二程提出「學者當以《論語》、《孟子》爲本。《論語》、《孟子》既治,則六經可不治而明矣。」朱熹則撰《讀余隱之尊孟辯》確立了《孟子》的重要地位。

《語》、《孟》、《學》、《庸》四書並置,始見於二程。《宋史·程頤傳》載「以《大學》、《語》、《孟》、《中庸》爲標指,而達於《六經》」〔註94〕,但眞正將四書彙編成一個有機整體的則是朱熹,「語孟學庸四書並重,事始北宋。而四書之正式結集,則成於朱子。朱子平日教人,必教其先致力於四書,而五經轉非所急。」〔註95〕朱熹繼承和集成前人四書成果,奠定了一個超越五經的四書學體系。朱熹的《四書章句集注》以程氏之學爲主,兼採時人之說,論述了道、理、性、命、心、誠、格物、致知、仁義禮智等哲學範疇,並加以闡釋發揮,提出了以理爲最高範疇的哲學體系。他承襲、增損、改易漢唐古注,從而在探求經文之本義的基礎上進行義理闡發,將訓詁學與義理學熔爲一爐,這樣就既避免了漢儒的單重考證,又避免了宋儒的單重義理。在文字訓詁方面,他字斟句酌,反覆修改,力求通達和洗練。朱熹通過《四書集注》完成了他的理學建構,完成了他的「四書」學體系。他多次強調「四書」的爲學次序:

　　　　某要人先讀《大學》,以定其規模;次讀《論語》,以立其根本;次讀《孟子》,以觀其發越;次讀《中庸》,以求古人之微妙處。《大學》一篇有等級次第,總作一處,易曉,宜先看。《論語》卻實,但言語散見,初看亦難。《孟

〔註94〕　(元)脫脫等:《宋史》卷四百二十七,北京:中華書局1977年,第12720頁。
〔註95〕　錢穆:《朱子新學案》,成都:巴蜀書社1986年,第1355頁。

子》有感激興發人心處。《中庸》亦難讀，看三書後，方宜讀之。〔註96〕

> 先看《大學》，次《語》、《孟》，次《中庸》。果然下工夫，句句字字，涵泳切己，看得透徹，一生受用不盡。只怕人不下工，雖多讀古人書，無益。書只是明得道理，卻要人做出書中所說聖賢工夫來。若果看此數書，他書可一見而決矣。〔註97〕

朱熹認為「四書」是一個內容有側重、次序有先後，難易有不同的有機整體。只有循序漸進，才能最終把握「四書」之學的完整體系。自朱熹哲學經由科舉成為官方意識形態之後，「四書」在國家政治教化中發揮主導作用，對宋元明清的士人影響甚巨。其中依託《四書章句集注》而產生的詩學思想也參與了後期儒家詩學思想的有機建構。

四書中對詩學問題的關注主要表現有二：一是四書本身援詩以說理，一是就四書中的原有詩論發表看法。朱子正是依託原書對詩的關注將詩與理集合起來，四書中散見的儒家詩論是朱子建構理學詩學的首要根基。

首先考察援詩以說理。比如《大學章句》引詩曰：「周雖舊邦，其命惟新。」朱子解釋其為：「《詩·大雅·文王》之篇。言周國雖舊，至於文王，能新其德以及於民，而始受天命也。」〔註98〕另一處引詩云：「瞻彼淇澳，菉竹猗猗。有斐君子，如切如磋，如琢如磨。瑟兮僩兮，赫兮喧兮。有斐君子，終不可諠兮！」朱熹釋之為「引《詩》而釋之，以明明明德者之止於至善。道學、自修，言其所以得之之由。」〔註99〕在《論語集注》中，朱熹針對同樣的引《詩》內容進行了延伸：「此章問答，其淺深高下，固不待辨說而明矣。然不切則磋無所施，不琢則磨無所措。故學者雖不可安於小成，而不求造道之極

〔註96〕 《朱子語類》卷十四。
〔註97〕 《朱子語類》卷十四。
〔註98〕 《大學章句》，《朱子全書》（第6冊），第18頁.
〔註99〕 《大學章句》，《朱子全書》（第6冊），第19頁。

致；亦不可騖於虛遠，而不察切己之實病也。」〔註100〕這裡的「能新其德以及於民，而始受天命」與「以明明明德者之止於至善」等等是典型的理學語言，朱熹將原有詩意與君子的德性修養這樣的義理聯繫起來，正是朱熹以義理解詩的詩學闡釋方法在四書中的體現。在這裡，詩只是皮殼，理才是核心，援詩闡發義理可見朱熹對詩的工具性理解和運用。

其次考察朱熹對四書中原有詩論的闡發。四書之中《論語》和《孟子》本身即有諸多關於詩的性質、作用和思想內容的判斷，朱熹均對此進行了新的闡釋和理解，比如對於「文章」概念的解釋，朱熹針對《論語・公冶長》中關於「夫子之文章，可得而聞也；夫子之言性與天道，不可得而聞也」的解釋為：「文章，德之見乎外者，威儀、文辭，皆是也。性者，人所受之天理；天道者，天理自然之本體，其實一理也。言夫子之文章，日見乎外，固學者所共聞；至於性與天道，則夫子罕言之，而學者有不得聞者。蓋聖門教不躐等，子貢至是始得聞之，而歎其美也。」〔註101〕朱熹認為文章為「德之見乎外者」，並且將文章與天理、天道緊密相聯，這是迥異前人的宋人闡釋。朱熹之前，文章和儒家經典密切相關的意義為禮樂制度。如《禮記・大傳》：「考文章，改正朔。」鄭玄注：「文章，禮法也。」孫希旦集解：「文章，謂禮樂制度。」在《論語・泰伯》中有「巍巍乎其有成功也，煥乎其有文章」句，朱熹集注為：「文章，禮樂法度也。」〔註102〕可見朱熹對文章為「禮樂法度」意義的理解與前人是一致的。但其在《論語・公冶長》中將德行與文章相連，認為威儀與文辭皆為「文章」，這種對文章的理解亦與先儒不同，帶上了理學色彩。朱熹認為之所以子貢可以得聞夫子文章，是因為「聖門教不

〔註100〕　《論語集注》卷一，《朱子全書》（第6冊），第74頁。
〔註101〕　《論語集注》卷三，《朱子全書》（第6冊），第103頁。
〔註102〕　《論語集注》卷四，《朱子全書》（第6冊），第136頁。

蹴等」，不聞性與天道即是不聞「人所受天之理」。朱熹認爲孔子罕言或不言天理，是由於缺少可言的對象，而不是不必言或不該言。朱熹將文章與天理相對，體現了其利用傳統資源對原有概念作出新的闡釋的創造性嘗試。正是朱熹對先儒舊說的融會貫通與創造性闡釋，儒家學說在新的時代獲得了新的生命。在《四書集注》之中，凡涉及詩學部分的概念闡釋均體現出朱熹理學的特色，這種闡釋與他在《朱子語類》與《文集》中所提出的詩學觀念一致，體現了朱熹詩學與理學交融爲一的特點，比如「思無邪」說、「興詩說」、「以意逆志」說等等。現根據諸說所分屬之《論語集注》與《孟子集注》分而述之。

二、《論語集注》中的詩學思想

　　《論語集注》中的詩學思想根源於《論語》自身對文學的關注，朱熹在此基礎上進一步詮釋和發揮，使儒家詩學思想帶上宋代理學思想的明顯特徵，這也正是朱熹通過集注的方式重新詮釋古老的詩學傳統，使先秦儒家的詩學思想帶上了宋代理學的特色。

（一）論「思無邪」

　　在《論語·爲政第二》中有「詩三百，一言以蔽之，曰『思無邪』」句。歷代對「思無邪」的解釋可謂舉不勝舉。一般認爲，所謂「思無邪」主要指詩人之「思」無邪，「無邪」即符合正道，具有感發和教化之意。《史記·孔子世家》記載：「古者詩三千餘篇，及至孔子，去其重，取可施於禮義。」又說：「三百五篇，孔子皆弦歌之，以求合韶、武、雅、頌之音。禮樂自此可得而術，以備王道，成六藝。」這兒均標明詩「思無邪」得益於孔子對《詩》的刪定和整理，是孔子對《詩》的閱讀、選擇和利用，而孔子擇詩的標準主要是禮樂和王道。《毛詩序》也認爲詩乃「變風發乎情，止乎禮義。」而朱熹在《論語集注》中對此解釋和漢唐諸儒不同，朱熹認爲「思無邪」並不是是詩

人之「思無邪」，因爲《詩》之言有善有惡，「思無邪」當爲讀詩之人
以「無邪之思」去閱讀和體悟，自分善惡：

> 凡《詩》之言，善者可以感發人之善心，惡者可以懲
> 創人之逸志，其用歸於使人得其情性之正而已。然其言微
> 婉，且或各因一事而發，求其直指全體，則未有若此之明
> 且盡者。故夫子言《詩》三百篇，而惟此一言足以盡蓋其
> 義，其示人之意亦深切矣。程子曰：「『思無邪』者，誠也。」
> 范氏曰：「學者必務知要，知要則能守約，守約則足以盡博
> 矣。經禮三百，曲禮三千，亦可以一言以蔽之，曰『毋不
> 敬』。」〔註103〕

朱熹將《詩經》之言分爲善惡二種，承認善言可以起到感發人心的作
用，而惡言則起懲創作用，是從詩之用亦即詩的教化作用而言。朱熹
對詩的解釋和認定主要是從經學意義而言，以經學思想規定了詩的教
化功能，這一點和漢唐諸家對詩的規定大體一致。但朱熹此注中引程
子和范祖禹各一條，把詩之「思無邪」和理學思想中的「誠」和「敬」
聯繫在一起。「誠」主要是《中庸》中的一個概念，朱熹認爲「誠以
心言，本也」，要求學詩之人要從「無邪之思」體會到自身的「性情
之正」。他在《詩集傳》對「思無邪」的解釋和《四書集注》一脈相
承：

> 蓋《詩》之言美惡不同，或勸或懲，皆有以使人得其
> 性情之正……學者能深味其言，而審於念慮之間，必使無
> 所思而不出於正，則日用云爲，莫非天理之流行矣。〔註104〕

《詩》言美惡二分，當指《詩經》裏的詩並不都是聖賢所作，「思無
邪」並非指所有的《詩經》作品「無邪」，這也是朱熹以其高深的學
養發現《詩經》裏有「有邪」之思的作品——「淫詩」的存在，朱
熹認爲的「淫詩」都是違背情性之正的。《朱子語類》中對此亦有紀
錄：

〔註103〕 《論語集注》卷一，《朱子全書》（第6冊），第74〜75頁。
〔註104〕 《詩集傳》卷二十，《朱子全書》（第1冊），第744頁。

又問「思無邪」之義。曰：「此只是三百篇可蔽以詩中此言。所謂『無邪』者，讀詩之大體，善者可以勸，而惡者可以戒。若以為皆賢人所作，賢人決不肯為此。若只一鄉一里中有個恁地人，專一作此怨刺，恐亦不靜。至於皆欲被之絃歌，用之宗廟，如鄭衛之詩，豈不褻瀆！用以祭幽厲褒姒可也。施之賓客燕享，亦待好賓客不得，須衛靈陳幽乃可耳。所謂『詩可以興』者，使人興起有所感發，有所懲創。『可以觀』者，見一時之習俗如此，所以聖人存之不盡刪去，便盡見當時風俗美惡，非謂皆賢人所作耳。大序說『止乎禮義』，亦可疑，小序尤不可信，皆是後人託之，仍是不識義理，不曉事。如山東學究者，皆是取之左傳史記中所不取之君，隨其諡之美惡，有得惡諡，及傳中載其人之事者，凡一時惡詩，盡以歸之。」〔註105〕

朱熹從「思無邪」仔細思量發現詩不都是聖賢之作，而是詩人之詩與聖賢之詩並存，詩人之思不盡無邪，所以「思無邪」絕不是作詩者「思無邪」，而是讀詩者「思無邪」，對於《詩》的內容當然也不能用「思無邪」去概括，因為詩中有大量的里巷歌謠、男女相戀之作。朱熹認為那種離開了性情之正的「淫詩」是大量存在的，讀者當以「無邪之思」讀之。「淫詩」之說受到了王國維的批評，王國維從「真」的角度認為有些詩「無視為為淫詞、鄙詞者，以其真也。」（《人間詞話·六二》）。王國維對「淫詩」的看法可以幫助我們理解孔子「鄭聲淫」與「思無邪」的內在含義。

（二）論「樂而不淫，哀而不傷」

《論語·八佾第三》中有孔子關於《關雎》「樂而不淫，哀而不傷」的評價，「樂而不淫，哀而不傷」成為儒家詩學「溫柔敦厚」說的最早源頭，其影響一直及於清代沈德潛之「格調說」。「樂而不淫，哀而不傷」的詩學觀念，與《中庸》裏「喜怒哀樂之未發謂之中，發

〔註105〕《朱子語類》卷八十。

而皆中節謂之和」的哲學之道是互爲印證的。「中和」成了儒家學者對詩歌表達情感的一種重要規範，成爲儒家詩教的基礎。朱熹對此進行了詳細說明：

> 淫者，樂之過而失其正者也。傷者，哀之過而害於和者也。《關雎》之詩，言后妃之德，宜配君子。求之未得，則不能無寤寐反側之憂；求而得之，則宜其有琴瑟鐘鼓之樂。蓋其憂雖深而不害於和，其樂雖盛而不失其正，故夫子稱之如此。欲學者玩其辭，審其音，而有以識其性情之正也。〔註106〕

朱熹認爲詩應當反映性情之正，人的「喜怒哀樂」應「發而皆中節」，這和他在《中庸》中所推崇的「中和」學說有一定關聯。朱熹將《詩經》中的鄭衛之風界定爲「淫詩」，並非認定其爲姦邪意義上的「淫」，而主要認爲其反映的情感失去了「性情之正」，是「樂之過而失其正者」。朱熹在《論語集注》中對「樂而不淫，哀而不傷」的闡釋同樣延伸至《詩集傳》中：

> 孔子曰：「《關雎》樂而不淫，哀而不傷。」愚謂此言爲此詩者，得其性情之正，聲氣之和也。蓋德如雎鳩，摯而有別，則后妃性情之正固可以見其一端矣。至於寤寐反側，琴瑟鐘鼓，極其哀樂而皆不過其則焉。則詩人性情之正又可以見其全體也。獨其聲氣之和有不可得而聞者，雖若可恨，然學者姑即其辭而玩其理以養心焉，則亦可以得學《詩》之本矣。〔註107〕

朱熹承認詩歌感物道情的作用，但要求對詩歌所表現的情感加以節制和引導，要求反映情正、理正之內心感受。這也正是儒家詩教要求「溫柔敦厚」之處，從詩教的溫柔敦厚出發，朱熹反對漢儒「美刺說」：「『溫柔敦厚』，《詩》之教也。使篇篇皆是譏刺人，安得『溫

〔註106〕 《論語集注》卷二，《朱子全書》（第 6 冊），第 89 頁。
〔註107〕 《詩集傳‧關雎》注，《朱子全書》（第 1 冊），第 403 頁。

柔敦厚』！」〔註108〕正是出於對「樂而不淫，哀而不傷」和「溫柔敦厚」的推崇，他才在《楚辭集注序》中認為「原之為人，其志行雖或過於中庸而不可為法，……原之為書，其辭旨雖或流於跌宕怪神，怨懟激發而不可為訓」，〔註109〕批評屈原的行為不符合儒家中庸的規範，其詩文「跌宕怪神、怨懟激發」也有失「樂而不淫、哀而不傷」的宗旨，超過了「溫柔敦厚」的限度，這也正是朱熹理學家身份說詩之個性使然。

（三）論「興詩」

關於詩歌的本體特徵和審美效應的揭示，孔子的貢獻是「興詩」說，孔子提出詩「可以興，可以觀，可以群，可以怨」（《論語・陽貨》），強調詩歌政教功利與審美感化融為一體。朱熹對於孔子的「興詩」之論非常重視，在多篇著作中反覆強調詩「感發志意」的興起功能。在《論語・泰伯第八》中朱熹對「興於詩，立於禮，成於樂」進行了詳細解釋：

> 詩本性情，有邪有正，其為言既易知，而吟詠之間，抑揚反覆，其感人又易入。故學者之初，所以興起其好善惡惡之心，而不能自已者，必於此而得之。
>
> 禮以恭敬辭遜為本，而有節文度數之詳，可以固人肌膚之會，筋骸之束。故學者之中，所以能卓然自立，而不為事物之所搖奪者，必於此而得之。
>
> 樂有五聲十二律，更唱疊和，以為歌舞八音之節，可以養人之性情，而蕩滌其邪穢，消融其查滓。故學者之終，所以至於義精仁熟，而自和順於道德者，必於此而得之，是學之成也。按內則，十年學幼儀，十三學樂誦詩，二十而後學禮。則此三者，非小學傳授之次，乃大學終身所得

〔註108〕　《朱子語類》卷八十。

〔註109〕　《楚辭集注》，蔣立甫校點，上海：上海古籍出版社 2001 年，第 2 頁。

之難易、先後、淺深也。程子曰：「天下之英才不爲少矣，特以道學不明，故不得有所成就。夫古人之詩，如今之歌曲，雖閭里童稚，皆習聞之而知其說，故能興起。今雖老師宿儒，尚不能曉其義，況學者乎？是不得興於詩也。古人自灑埽應對，以至冠、昏、喪、祭，莫不有禮。今皆廢壞，是以人倫不明，治家無法，是不得立於禮也。古人之樂：聲音所以養其耳，彩色所以養其目，歌詠所以養其性情，舞蹈所以養其血脈。今皆無之，是不得成於樂也。是以古之成材也易，今之成材也難。」〔註110〕

朱熹對詩、禮、樂的本質與作用都進行界定。「詩本性情」承認了詩歌的情感特徵，但他將情感分爲邪正，這也正和他的理氣論如出一轍。他在《大學章句序》中所說：「天降生民，則既莫不與之以仁義禮智之性矣。然其氣質之稟或不能齊，是以不能皆有以知其性之所有而全之也。」〔註111〕人的氣質之稟賦有邪有正，情感也有邪有正，學者學詩當注意興善棄惡以歸於正。禮以恭敬辭遜爲本也要求人們節制情感之邪從而歸於性情之正。《論語集注》卷七針對「誦詩三百，授之以政，不達；使於四方，不能專對；雖多，亦奚以爲？」的注釋可爲「興詩說」的附解：

> 《詩》本人情，該物理，可以驗風俗之盛衰，見政治之得失。其言溫厚和平，長於風諭。故誦之者，必達於政而能言也。程子曰：「窮經將以致用也。世之誦《詩》者，果能從政而專對乎？然則其所學者，章句之末耳，此學者之大患也。」〔註112〕

這仍然是針對詩經的感發與教化作用而言，目的在於要求學者不沉淪於章句，而要從詩之人情、物理、風俗中體會其「興觀群怨」的作用，從而興起「好善惡惡之心」，最終從形下之理體會形上之道。

〔註110〕 《論語集注》卷四，《朱子全書》（第6冊），第133頁。
〔註111〕 《大學章句序》，《朱子全書》（第6冊），第13頁。
〔註112〕 《論語集注》卷七，《朱子全書》（第6冊），第180頁。

《詩集傳》序曰：「於是乎章句以綱之，訓詁以紀之，諷詠以昌之，涵濡以體之，察之情性隱微之間，審之言行樞機之始，則修身及家，平均天下之道，其亦不待他求而得之於此矣。」〔註113〕朱熹提倡通過興詩來感發善心、懲創惡志，從而達到內心的平和中正。要達到這樣的目的，必須注意看《詩》的方法，注意「興」在閱讀和理解詩歌中的重要作用：「看《詩》，不要死殺看了，見得無所不包。今人看《詩》，無興底意思。」〔註114〕「讀詩便長人一格。如今人讀《詩》，何緣會長一格？《詩》之興，最不緊要。然興起人意處，正在興。會得詩人之興，便有一格長。『豐水有芑，武王豈不仕！』蓋曰，豐水且有芑，武王豈不有事乎！此亦興之一體，不必更注解。如龜山說《關雎》處意亦好，然終是說死了，如此便詩眼不活。」〔註115〕那麼如何來興詩呢？他提出誦讀涵養之法：

> 學者當「興於詩」。須先去了《小序》，只將本文熟讀玩味，仍不可先看諸家注解。看得久之，自然認得此詩是說個甚事。謂如拾得個無題目詩，說此花既白又香，是盛寒開，必是梅花詩也。《卷阿》，召康公戒成王，其始只說個好意思，如「豈弟君子」，皆指成王。「純嘏」、「爾壽」之類，皆說優游享福之事，至「有馮有翼」以下，方說用賢。大抵告人之法亦當如此，須先令人歆慕此事，則其肯從吾言，必樂爲之矣。〔註116〕

> 讀詩之法，只是熟讀涵味，自然和氣從胸中流出，其妙處不可得而言。〔註117〕

這正是他一貫的詩教之觀念與學詩之方法，即要求讀者通過反覆誦讀、玩味、涵泳，到作品中去發現豐富的意義，產生廣泛而深厚的道德聯想，「如分別是非到感慨處，有以興起善心，懲創其惡志，便是

〔註113〕　《詩集傳序》，《朱子全書》（第1冊），第351頁。
〔註114〕　《朱子語類》卷八十。
〔註115〕　《朱子語類》卷八十。
〔註116〕　《朱子語類》卷八十。
〔註117〕　《朱子語類》卷八十。

『興於詩』之功也。」〔註118〕「興於詩」，在朱熹眼裏實際是要求讀者通過品味詩文來怡情養性，最終達到修身齊家治國平天下的目的。

三、《孟子集注》中的詩學思想

孟子在對詩歌本質和詩歌功能的認識過程中提出過兩條讀詩與解詩的重要原則，「知人論世」和「以意逆志」。孟子此論是針對《春秋》賦詩原則——「斷章取義」反省的結果。《左傳·襄公二十八年》記載了盧蒲葵之說：「賦詩斷章，余取所求。」斷章取義出自於此。這說明在春秋之時人們清楚《詩三百》的原義，但在用作外交辭令時，置原詩本義於不顧，斷取了某些表面相關的語句暗示某種外交意圖和自身願望。先秦時斷章取義的教詩和引詩之風流行，孔子、孟子、莊子、荀子都有在論述中賦詩斷章的習慣。「斷章取義」帶來了交流上的方便，也帶來了詩歌理解中歧義的增加。正是在此基礎上，孟子提出學詩的新方法「知人論世」和「以意逆志」。朱熹考察孟子所論之「知人論世」與「以意逆志」，提出了自己的習詩之道。

（一）論「知人論世」

孟子在《萬章》中提出：「頌其詩，讀其書，不知其人，可乎？是以論其世也。是尚友也。」「知人論世」說對後世閱讀鑒賞理論影響甚大，朱熹也對「知人論世」大加讚賞。朱熹注為：「論其世，論其當世行事之迹也。言既觀其言，則不可以不知其為人之實，是以又考其行也。夫能友天下之善士，其所友眾矣，猶以為未足，又進而取於古人。是能進其取友之道，而非止為一世之士矣。」〔註119〕朱熹的這種知人論世說將觀言和觀人聯繫在一起，形成了考詩和考人相結合的評詩標準，這和他在《論語集注》中的詩學思想一以貫之。反之，吟詠詩歌，體味文意，不僅可以感悟詩意形象，也可以察識詩人

〔註118〕 《朱子語類》卷三十五。
〔註119〕 《孟子集注》卷十，《朱子全書》（第 6 冊），第 393 頁。

的人格氣象，揭示出詩品和人品之間的隱微關係。朱熹認爲，詩歌藝術水平的高低、藝術力量的大小以及藝術風格的特色，無不是人的精神氣象和情懷心性所體現。正是通過知人論世，他看出李白、陶淵明的與眾不同之處：「李太白詩不專是豪放，亦有雍容和緩底，如首篇『大雅久不作』，多少和緩！陶淵明詩人皆說是平淡。據某看，他自豪放，但豪放得來不覺耳。其露出本相者是《詠荊軻》一篇，平淡底人如何說得這樣言語出來！」〔註 120〕朱熹從豪放的李白身上看出雍容和緩，從陶淵明平淡中看出豪放，正是其從詩作的閱讀中體味出來的詩人氣象。從知人論世出發，朱熹認爲詩文是作者人品的反射，古人文章的光輝正是其高尚德性的反映：

> 夫古之聖賢，其文可謂盛矣，然初豈有意學爲如是之文哉？有是實於中，則必有是文於外，如天有是氣則有日月星辰之光輝，地有是形則必有山川草木之行列。聖賢之心，既有是精明純粹之實以旁薄充塞乎其內，則其著見於外者，亦必自然條理分明，光輝發越而不可掩，蓋不必託於言語、著於簡冊，而後謂之文，但自一身接於萬事，凡其語默動靜，人所得而可見者，無所適而非文也。〔註 121〕

這篇文字可以說是朱熹對孟子知人論世說的進一步發揮，孟子強調知言、養氣、持志，宋儒在《孟子》的基礎上提出涵養的功夫論，程頤強調「涵養須用敬，進學則在致知」，都是強調德性的涵養和道德的高度自覺，所以體道、做人以致於作詩，都離不開對道德理性的涵養。朱熹這裡強調的觀詩見人和觀道見人是一致的。在朱熹的理念世界中，詩道合一是其最終的詩學追求。

（二）論「以意逆志」

「以意逆志」的命題，是孟子在和弟子討論如何正確理解《詩

〔註 120〕《朱子語類》卷一百四十。
〔註 121〕《讀唐志》，《晦庵先生朱文公文集》卷七十，《朱子全書》（第 23 冊），第 3374 頁。

經》文本意義時提出來的。《孟子・萬章上》云：「故說《詩》者，不以文害辭，不以辭害志，以意逆志，是爲得之。」強調詩歌的意義並不完全等同於詩句的言詞含義，從而不能因爲個別文字而妨礙一句詩的意思（「不以文害辭」），也不能因爲個別詩句妨礙作者之旨趣（「不以辭害志」），而應從自己的體會出發，以人之常情、事之常理來揣摩領會詩人的創作用心（「以意逆志」），才不至於誤解詩義。這裡，孟子的觀點非常明確：其一，闡釋者領會詩篇意義時，不能斷章取義，不能割裂詩句的具體語境。這無疑是針對春秋時代蔚然成風的賦詩言志行爲來說的。其二，鑒於詩人以詩言志，詩篇借文、辭而載志，所以闡釋者當以意而逆志。詩歌的意義只能通過闡釋者與詩人的互「逆」方式才能生成（「是爲得之」）。

　　朱熹對《孟子》中的「不以文害辭，不以辭害志。以意逆志，是爲得之。」作如是解釋：「言說詩之法，不可以一字而害一句之義，不可以一句而害設辭之志，當以己意迎取作者之志，乃可得之。若但以其辭而已，則如《雲漢》所言，是周之民眞無遺種矣。惟以意逆之。則知作詩者之志在於憂旱，而非眞無遺民也。」〔註122〕朱熹之解釋大體與前人相似，但其「迎取作者之志」和一般讀者認爲的「追尋作者之志」，還是有隱微不同，這精微之處，恰恰表達了朱熹對「作者之志」和「詩歌本義」的強調，也暗含對解詩者斷章取義和拖帶印證己說的否定。這和趙岐之注《孟子》有些微不同。趙岐認爲：「說詩者不以文而害逆其辭，又不可以其辭而害逆其詩人之志，以己之心意而逆求知詩人之志，是爲得詩人之辭旨，人如說詩者，但以歌詠之辭爲然，而不以己之意而求詩人志之所在，而爲得詩人之旨而已矣。」〔註123〕趙岐之注強調以讀者之意去追尋詩人之志，有重視讀者主觀意圖之意味。朱熹的解釋強調「作者之志」，與趙岐「以己之意而求詩人志」相比更爲客觀。

〔註122〕　《孟子集注》卷九，《朱子全書》（第6冊），第373頁。
〔註123〕　（漢）趙岐：《孟子注疏》卷九，文淵閣四庫全書本。

　　關於如何理解《詩經》的問題，董仲舒提出過「詩無達詁」的命題：「所聞《詩》無達詁，《易》無達占，《春秋》無達辭。從變從義而一以奉人。」〔註124〕「詩無達詁」與「以意逆志」的闡釋學取向正好相反，它不是以作者的創作意圖和作品原意作為根本目標，而是認為沒有一個確定不變的作者意圖或原意，因而也沒有一種確定不變的解釋，這實際上承認了作品對解釋者的開放性和解釋者對作品主觀介入和多重理解的合理性。朱熹雖然提出過「隨文解義」，但他仍然這個「義」偏重於「本義」和「作者之志」。他發揮「以意逆志」說的相關內涵，認為讀者當以己意迎取作者之志，強調讀者排除自己的主觀意圖和某種先驗的理解模式，在反覆閱讀體驗中盡可能還原或自然呈現出詩人之志，「以意逆志」，不是「以意捉志」：

　　　　孟子說「以意逆志」者，以自家之意，逆聖人之志。如人去路頭迎接那人相似，或今日接著不定，明日接著不定；或那人來也不定，不來也不定；或更遲數日來也不定，如此方謂之「以意逆志。」今人讀書，卻不去等候迎接那人，只認硬趕捉那人來，更不由他情願；又教它莫要做聲，待我與你說道理。聖賢已死，它看你如何說，他又不會出來與你爭，只是非聖賢之意。他本要自說他一樣道理，又恐不見信於人。偶然窺見聖人說處與己意合，便從頭如此解將去，更不子細虛心，看聖人所說是如何。正如人販私鹽，擔私貨，恐人捉他，須用求得官員一兩封書，並掩頭行引，方敢過場、務，偷免稅錢。今之學者正是如此，只是將聖人經書，拖帶印證己之所說而已，何常真實得聖人之意？卻是說得新奇巧妙，可以欺惑人，只是非聖人之意。此無他，患在於不子細讀聖人之書。人若能虛心下意，自莫生意見，只將聖人書玩味讀誦，少間意思自從正文中迸出來，不待安排，不待杜撰。〔註125〕

〔註124〕　（漢）董仲舒：《春秋繁露・精華》，《董仲舒集》，北京：學苑出版社 2003 年，第 86 頁。
〔註125〕　《朱子語類》卷一百三十七。

朱熹反對「以意捉志」，就是反對不注重文本自身的意義而去「拖帶印證己之所說」，是對「己說」的否定。實際上，闡釋者要完全排除「己說」的干擾是十分艱難的，陳寅恪說：「作者有意無意之間，往往依其自身所遭際之時代，所處之環境，所薰染之學說，以推測解釋古人之意志。」〔註126〕「己說」對理解本文有很大障礙，朱熹特以「迎」來解釋「逆」，要求解詩者「去序言詩」而「以詩解詩」，這和他在讀詩和解詩之中一貫堅持的「本義」追尋是一致的。

（三）論「盡信書不如無書」

「盡信書不如無書」說和上文「以意逆志」說在追尋本義要求本旨這一點上是相通的，這也是朱熹一以貫之的懷疑精神在他的學術研究上的突出之處。他引用程子之言對「盡信書不如無書」進行解釋：

> 程子曰：「載事之辭，容有重稱而過其實者，學者當識其義而已；苟執於辭，則時或有害於義，不如無書之愈也。」程子曰：「載事之辭，容有重稱而過其實者，學者當識其義而已；苟執於辭，則時或有害於義，不如無書之愈也。」〔註127〕

朱熹對「盡信書不如無書」所要求的原則，是遵循孟子在上文提到的「不以文害辭，不以辭害志」，因為「言有過其實」和「辭有害於義」的情況，故朱熹反對斷章取義，反對執著於言辭：

> 讀書之法，既先識得他外面一個皮殼了，又須識得他裏面骨髓方好。如公看《詩》，只是識得個模象如此，他裏面好處全不曾見得，自家此心都不曾與他相黏，所以眊燥無汁漿，如人開溝而無水，如此讀得何益？〔註128〕

綜合考察朱熹在《論語集注》和《孟子集注》裏的詩學思想，會發現

〔註126〕 陳寅恪：《金明館叢稿二編》，上海：上海古籍出版社1980年，第247頁。
〔註127〕 《孟子集注》卷十四，《朱子全書》（第6冊），第445頁。
〔註128〕 《朱子語類》卷一百一十六。

朱熹所圍繞的中心幾乎不變，概括起來包括以下幾點：一是他的詩學方法論與經學方法論內在地一致，這種方法主要是他的治經經驗的總結，以熟讀本文爲主，以深入挖掘文本原義爲核心，目的在於通過經與詩的學習最終通向聖人之道；二是無論是治經還是治詩，道德修養功夫與經學功夫、詩學工夫在涵養本原上內在地一致；三是治經與治詩，都需要先排除舊說再彙聚眾說，以求其義理爲主。由此可見，朱熹所積累的讀經與解經法呈現敞開式狀態，在朱熹的一切學術研究中發揮了巨大的方法論價值，並給人以豐富的啓發與有益的啓示。

第四節　詩、理並重的詩學闡釋

　　朱熹從疑經與治經中所取得的經學經驗和方法延伸到他的詩學研究之中，其詩學研究異於前人之處正是其理學詩學之特色，他首先檢驗了前人解詩的不足，對二程、張載、呂祖謙解詩多有不滿，認爲他們的主要毛病就是脫離了詩之本旨。「程先生詩傳，取義太多。詩人平易，恐不如此。橫渠云：置心平易始知《詩》，然橫渠解《詩》多不平易。」〔註 129〕「《二南》亦是採民言而被樂章爾。程先生必要說是周公作以教人，不知是如何，某不敢從。」〔註 130〕「伯恭專信《序》，又不免牽合。伯恭凡百長厚，不肯非毀前輩，要出脫迴護。不知道只爲得個解經人，卻不曾爲得聖人本意。是便道是，不是便道不是，方得。」〔註 131〕朱熹在對二程、張載、呂祖謙的爲學上多所敬重，但在解詩上卻認爲他們不及歐陽修、蘇轍，他評價歐陽修《詩本義》和蘇轍《詩集傳》說，「子由《詩解》好處多，歐公《詩本義》亦好。」「如《詩本義》中辨毛鄭處，文辭舒緩，而其說直到底，不可移易。」〔註 132〕朱熹在治經經驗的基礎上所積累的對文本本義的

〔註 129〕　《朱子語類》卷八十。
〔註 130〕　《朱子語類》卷八十。
〔註 131〕　《朱子語類》卷八十。
〔註 132〕　《朱子語類》卷八十。

探尋方法也移用於其對《詩經》和《楚辭》的研究，由於《詩經》、《楚辭》獨特的文學品質，朱熹也在遵從文本和詩人之意的基礎上，建立自己迥異於前人的新詩學研究思路，他既繼承了二程、張載、洪興祖等人明義理的傳統，又吸收了歐陽修、蘇轍等經史文章派考論經史、涵泳本文的長處，可謂詩理並重。《詩集傳》與《楚辭集注》正是朱熹理學詩學的結合形態與實踐典範。

一、情與理融的《詩經》研究

　　今人研究《詩集傳》一般都傾向於研究朱熹在發現《詩經》文學性方面的巨大功績，而往往忽視《詩集傳》畢竟為一部理學著作，忽視了《詩集傳》的理學根基。朱熹在《詩經》研究上，主要態度有二，一是認可《詩經》的文學立場，重視《詩經》的「吟詠情性」和「諷誦涵泳」的特質，要求讀者領悟《詩經》的賦比興表現手法和感發志意的巨大感染力量；二是認可《詩經》的經學文本性，以理學立場解詩，重視「二南」，主張以義理悟詩意。朱熹要求學者將涵泳詩文求本意與闡發義理相結合，實際是將詩學特質與理學特質結合起來。

　　《詩經》是儒家文化的重要經典之一，在朱熹研究之前已有大量學者習詩、解詩，朱熹之後的元明清三朝，也留下了大量的詩經學研究著作，今人夏傳才有《〈詩經〉研究史概要》、洪湛侯有《詩經學史》、戴維有《詩經研究史》，全面介紹和研究整個詩經學史的情況。根據歷代公私目錄著錄，從漢代至清末，《詩經》的注釋著作約有 2000 多種，大部分已經亡佚，現存《詩經》古籍仍有 600 多種〔註 133〕。唐以前，《詩經》意義大致可分為詩本義、經本義和傳疏義。其中經本義有兩種，一種認為《詩序》是孔子之傳的學生所作，毫無疑問是經義的一部分，另一種是漢人所作《詩序》，也被認為是

〔註133〕夏傳才：《〈詩經〉新注釋本的創造性實踐》，山西大學學報，2002年第1期。

經義的一部分。在漢唐學者眼裏，經本義、詩本義和傳疏義三者是統一的，所以孔穎達撰《五經正義》基本是遵循「傳不破經」、「疏不破傳」的家法。北宋慶曆以來，在《詩經》研究領域出現了疑《序》與廢《序》之風，歐陽修和蘇轍拉開了宋人疑《序》之風的序幕，同時，王安石、程頤等人則極力維護《詩序》的權威地位。南渡以後，廢序派對《小序》的攻擊更爲猛烈，南宋鄭樵作《詩辨妄》，力詆《小序》；王質作《詩總聞》廢棄《小序》而言詩。與此同時，守《序》派對《詩序》予以堅決捍衛，如范處義作《詩補傳》，極力維護《小序》的權威。朱熹介入《詩經》研究之前，實際並存著尊《序》與廢《序》兩條取向，這也使朱熹在說《詩》中面臨著兩種選擇，要麼尊《序》，要麼廢《序》。在朱熹長期注釋《詩經》的過程中，有兩部作品反映了朱熹思考的整個過程，一是已經亡佚的《詩集解》，一爲現存的《詩集傳》。朱熹寫《詩集解》時既懷疑《小序》說，又不敢廢《小序》，因此基本尊《小序》。在寫完《詩集解》後，其解《詩》思想漸漸向廢《序》一派傾斜，這是他注解《詩經》的經驗總結以及對當時《詩經》研究成果深入反思的結果。根據他自己的見解，他非常重視歐陽修、蘇轍、鄭樵等人的見解。而他反《序》思想的逐漸形成與鄭樵的啓發密切相關。他說：「熹向作《詩解》文字，初用《小序》，至解不行處，亦曲爲之說。後來覺得不安，第二次解者，雖存《小序》，間爲辨破，然終是不見詩人本意。後來方知只盡去《小序》，便可自通。於是盡滌蕩舊說，《詩》意方活。」〔註134〕又說：「《詩序》實不足信。向見鄭漁仲有《詩辨妄》，力詆《詩序》，其間言語太甚，以爲皆是村野妄人所作。始亦疑之，後來仔細看一兩篇，因質之《史記》、《國語》，然後知《詩序》之果不足信。」〔註135〕朱熹認爲自己早年所著《詩集解》乃是「少時淺陋之說」（《呂氏家塾讀詩記後序》）。經過長時間的思考和重新注釋，大約在淳熙

〔註134〕　《朱子語類》卷八十。
〔註135〕　《朱子語類》卷八十。

十三年（1186 年）左右，這部在中國詩學研究史上具有劃時代意義的著作《詩集傳》最終誕生。

　　但朱熹對《小序》的懷疑受到守《序》派的堅決反對。當時守序派領袖呂祖謙多次同朱熹以《小序》爲焦點發生爭論，由於朱熹堅定地認爲聖人所放爲「鄭聲」，而《詩經》所存爲鄭詩，爲淫亂之詩，因此更堅定了他廢《序》言《詩》的決心。淳熙四年十月，他正式序定了修改過的《詩集解》。淳熙五年夏，朱熹在給呂祖謙信中提到這次修訂時說：「大抵《小序》盡出後人臆度，若不脫此窠臼，終無緣得正當也。去年略修舊說，訂正爲多，向恨未能盡去，得失相半，不成完書耳。」〔註136〕此後，朱熹仍然不斷對其進行修改。有人認爲朱熹是由於不滿呂祖謙太尊《小序》，所以才主張廢棄《小序》而言《詩》，如清人朱鶴齡《詩經通義》中說：「朱子以其（呂祖謙）祖述《小序》，多所不滿，鄭衛淫奔之說，多用漁仲。」事實未必然，朱熹去《小序》言詩是朱子詩學修養厚積薄發之結果，而非執於門戶之見的攻訐。

　　概而言之，朱熹對《詩經》的理解伴隨著一個如何面對、如何取捨前人對《詩經》的解釋問題。朱熹注釋《詩經》本著該書既爲詩亦爲經的二重特質。那麼何者爲詩？是朱熹在解決尊序和廢序問題之後需要深入思考的關鍵問題。在當時所見歷代關於詩的解釋中，主要有以下說法：

　　　　《尚書・堯典》：詩言志，歌永言。

　　　　《國語・魯語下》：詩所以合意，歌所以詠詩也。

　　　　卜商《詩序》：詩者，志之所之也。在心爲志，發言爲詩。

　　　　《莊子・天下》：詩以道志。

〔註136〕　《答呂伯恭》，《晦庵先生朱文公文集》卷三十四，《朱子全書》（第21 冊），第 1475 頁。

《荀子·勸學》：詩者，中聲之所止也。

《禮記·樂記》：詩，言其志也。

陸德明《經典釋文·序錄》：詩者，所以言志，吟詠性
情，以諷其上者也。

《隋書·經籍志》：詩者，所以導達心靈，歌詠情志者
也。

孔穎達《毛詩正義序》：夫詩者，論功頌德之歌，止僻
防邪之訓。

以上諸說之中，以《尚書·堯典》的解釋爲最早，《尚書》爲中國傳
世文獻最古老的文獻之一，其著錄時間不會晚於西周時期。「詩言志」
是對詩的性質和作用的解釋，後世關於詩歌言志說都起源於《尚書》
之說。朱熹在考察漢宋諸家對《詩經》研究的基礎上，承認詩歌的情
感性，亦強調「詩言志」：「《詩》何爲而作也？余應之曰：人生而靜，
天之性也；感於物而動，性之欲也。夫既有欲矣，則不能無思；既有
思矣，則不能無言；既有言矣，則言之所不能盡而發於咨嗟詠歎之餘
者，必有自然之音響節奏而不能已焉。」〔註137〕「熹聞詩者志之所
之，在心爲志，發言爲詩。然則詩豈復有工拙哉，亦視其志之所向者
高下如何耳。」〔註138〕由此可見，朱熹對《詩經》之詩的理解具有
一定的綜合性，即抒情、言志兼而有之。朱熹承認詩歌的抒情性從而
「廢序言詩」與反對漢儒「美刺說」是相輔相成的：「大率古人作詩，
與今人作詩一般，其間亦自有感物道情、吟詠情性，幾時盡是譏刺他
人？只緣序者立例，篇篇要作美刺說，將詩人意思盡穿鑿壞了。」〔註
139〕朱熹堅持詩歌是「感物道情、吟詠情性」的，反對將《國風》中
表現男女戀情的「淫奔」之詩解釋爲「諷刺時政」。比如《揚之水》，

〔註137〕　《詩集傳序》，《朱子全書》（第1冊），第350頁。

〔註138〕　《答楊宋卿》，《晦庵先生朱文公文集》卷三十九，《朱子全書》（第
　　　　　22冊），第1728頁。

〔註139〕　《朱子語類》卷八十。

毛詩釋爲「刺平王」，朱熹認爲是「淫者相謂」；《子衿》漢儒釋爲「刺學校廢也，亂世則學校不修焉。」朱熹認爲是「淫奔之詩」。朱熹將漢儒認爲的諸多刺詩界定爲「淫詩」引發了後人對朱熹「淫詩」說的探討，莫礪鋒先生認爲，朱熹「淫詩說」的實質正反映了朱熹的《詩經》研究實現了從經學到文學的轉變。〔註140〕劉毓慶認爲朱熹在《詩經》研究所取得的新見也是將《詩經》定性爲一部性情之作〔註141〕，檀作文《朱熹詩經學研究》也以兩章篇幅來研究朱熹對《詩經》文學性的體認〔註142〕，洪湛侯《詩經學史》亦從讀詩、論詩、釋詩、評詩方面探討朱熹《詩經》研究的文學特色……，承認《詩經》的文學性即承認其詩性，諸論從「詩」的角度對朱熹《詩集傳》之超越前人處的判定甚爲確當。朱熹這種以文學角度探求《詩經》義理的方式，深深影響了後世學者，比如以疑古精神著稱的「古史辨」派學者顧頡剛等人。

但是，朱熹《詩集傳》有超越前人之處，亦有繼承前人之處，即朱熹既有廢《序》之闡釋，更多的又遵從了《小序》。莫礪鋒先生對朱熹是否採納小序情況作過統計和總結，現摘引如下〔註143〕：

類　　　別	篇　　　數　　詩　　體	風	小雅	大雅	頌	總計
《詩集傳》採用《小序》說		16	5	5	3	29
《詩集傳》不提《小序》而全襲其說		36	10	0	7	53

〔註140〕 莫礪鋒：《從經學走向文學：朱熹「淫詩說」的實質》，文學評論，2001年第2期。

〔註141〕 劉毓慶：《從朱熹到徐長吉——〈詩經〉文學研究軌迹探尋》，西北師範大學學報，2001年第2期。

〔註142〕 檀作文：《朱熹詩經學研究》，北京：學苑出版社，2003年，全書四章，其中二三兩章爲「朱熹對《詩經》文學性的認識」。

〔註143〕 莫礪鋒：《朱熹文學研究》，南京：南京大學出版社2000年，第216頁。

《詩集傳》與《小序》大同小異	41	18	15	15	89
《詩集傳》與《小序》不同	64	39	11	12	126
《詩集傳》認為應存疑	3	2	0	3	8
合　計	160	74	31	40	305

　　依據上表可以看出，朱熹《詩集傳》完全遵從《小序》為82篇，基本遵從《小序》為89篇，對《小序》持認同態度的為171篇，達56%，完全不同126篇，占41%。朱熹《詩集傳》的巨大貢獻確實在於他廢序言詩，而參之以「以詩說詩」的新詩學解釋。但是也不能忽視這樣一個事實，朱熹對《小序》尊廢並舉、實事求是，採用《小序》處依然居多。「其實朱子根本談不上反《序》，朱子反《序》的錯誤印象來自他提出讓舊派學者錯愕的淫詩說，以及《朱子語類》中鄙薄《詩序》的言論太多，實際檢視《詩集傳》與《詩序辯說》的內容，不難發現他還是相當尊重《詩序》的」。〔註144〕正如莫礪鋒先生所說，「《詩集傳》對《小序》的修正，主要是針對那些受到《小序》嚴重歪曲的詩篇而發的。朱熹對《小序》或從或棄，都體現了實事求是的態度」。〔註145〕

　　《詩集傳》之尊序處正反映了朱熹對漢儒解詩的漢學《詩經》的合理化吸收，廢序處則體現了宋學《詩經》的時代精神及其自身對《詩經》的詩學特質的體認。正是出於其詩理兼容的認識，他解詩時一定程度上認可了男女之情與人之常情，又於常情之中生發義理、語含教誨，這種以義理來主導詩情之處不甚其多，反映了《詩集傳》之以理學為詩學之根基的實質。如《出其東門》，毛詩釋為「閔亂也，公子五爭，兵革不息，男女相棄，民人思保其室家焉。」朱熹廢除漢儒的解釋，而解為「人見淫奔之女而作此詩。以為此女

〔註144〕黃忠慎：《朱子〈詩經〉學新探》，臺北：五南圖書出版有限公司2002年，第111頁。

〔註145〕莫礪鋒：《朱熹文學研究》，南京：南京大學出版社2000年，第217頁。

雖美且眾，而非我思之所存，不如己之室家，雖貧且陋，而聊可以
自樂也。是時淫風大行，而其間乃有如此之人，亦可謂能自好而不
爲習俗所移矣。」這種解釋與漢儒不同，但其中的道德教化依然，
只是其將漢儒的附會國史改爲道德理性的義理闡釋，強調室家之和
的重要，讚揚君子不爲「淫奔之女」而心動。這種義理闡發在《詩
集傳》中是很多的：

> 《葛覃》注：此詩后妃所自作，故無讚美之詞。然於
> 此可以見其已貴而能勤，已富而能儉，已長而敬不馳於師
> 傅，已嫁而孝不衰於父母，是皆德之厚，而人所難也。《小
> 序》以爲后妃之本，庶幾近之。〔註146〕

> 《桃夭》注：文王之化，自家而國，男女以正，婚姻
> 以時。故詩人因所見以起興，而歎女子之賢，知其必有以
> 宜其室家也。〔註147〕

> 《周南》總結：此篇首五詩皆言后妃之德。《關雎》舉
> 其全體而言也；《葛覃》、《卷耳》，言其志行之在己……其
> 辭雖主於后妃，然其實則皆所以著明文王身修家齊之效
> 也。至於《桃夭》、《兔罝》、《芣苢》，則家齊而國治之效也。
> 至於《漢廣》、《汝墳》，則以南國之詩附焉，而見天下已有
> 可平之漸矣。〔註148〕

> 《草蟲》注：南國被文王之化，諸侯大夫行役在外，
> 其妻獨居，感時物之變，而思其君子如此。亦若《周南》
> 之《卷耳》也。

> 《甘棠》注：召伯循行南國以布文王之政，或舍甘棠
> 之下。其後人思其德，故愛其樹而不忍傷也。〔註149〕

> ……

〔註146〕 《詩集傳·葛覃》注，《朱子全書》（第1冊），第404～405頁。
〔註147〕 《詩集傳·桃夭》注，《朱子全書》（第1冊），第407頁。
〔註148〕 《詩集傳》，《朱子全書》（第1冊），第407頁。
〔註149〕 《詩集傳·甘棠》注，《朱子全書》（第1冊），第414頁。

上述詩注中對「南國被文王之化」的多次強調，說明朱熹本之《二南》的注釋，與其在《四書》中所倡之理是一以貫之的。聞一多先生曾經說過：「《詩經》是中國有文化以來的第一本教科書，而且最初是唯一的教科書。古時教育以詩教為最重要，簡直可說一切教育都包含在《詩經》裏面。所以研究《詩經》可知幾千年來老者如何教少者，統治者如何教臣民。」〔註150〕聞一多對古代詩教認識的深刻可以幫助我們理解朱熹對詩教的重視。朱子認為，惟有《二南》最能反映文王之風俗淳化，而風俗之美正是禮樂理義的表現。他從二程「天下之治，正家為先」的義理出發，聯繫《大學》修身、齊家、治國之道，認為只有家正，才能國正；國正，天下才能得到治理。朱熹的這些思想反映了朱子理學重視倫理道德尤其是家庭男女道德的培養。朱熹的這種解詩思想在《詩集傳》中是一以貫之的，這是《詩集傳》理學詩學之特色所在。

二、辭理並重的《楚辭》研究

《楚辭》為中國文化史上與《詩經》並舉的經典之作。在朱熹注釋《楚辭》之前，楚辭的巨大魅力早就被文人墨客所證明。劉勰說：「辭人九變，而大抵所歸，祖述楚辭。」（《文心雕龍‧時序》）明人蔣之翹《七十二家評楚辭》引蘇軾說：「楚辭前無古，後無今。又曰：吾文終其身企慕而不能及萬一者，唯屈子一人耳。」歷代文人學者對《楚辭》均表示了極大讚賞，並要求後繼者深入體悟與學習。朱熹之《楚辭集注》等正是《楚辭》研究史上宋學《楚辭》研究的經典之作。朱熹之楚辭研究依照他自己所說，主要在於對「辭」與「義」並取兩方面，從其《楚辭後語》之說明可見一斑：「晁氏之為此書，固主於辭，而亦不得不兼於義。今因其舊，則其考於辭也宜益精，而擇於義也宜益嚴矣。此余之所以兢兢而不得不致其謹

〔註150〕 聞一多：《聞一多詩經講義》引言，劉晶雯整理，天津：天津古籍出版社 2005 年。

也。」〔註151〕

　　朱熹對《楚辭》的愛好早年即已開始，「某舊時亦要無所不學，
禪、道、文章、楚辭、詩、兵法，事事要學，出入時無數文字，事事
有兩冊。一日忽思之曰：『且慢，我只一個渾身，如何兼得許多！』
自此逐時去了。」〔註152〕朱熹對楚辭的愛好從少年時代「無所不學」
便打下基礎，其後在詩文創作中也有模仿楚辭手法的詩賦之作，他在
《虞帝廟迎神樂歌詞》中寫有「九歌兮招舞，嗟莫報兮皇之祜。皇欲
下兮儼相羊，烈風雷兮暮雨。」在《感春賦》中亦有「悼芳月之既徂
兮，思美人而不見。」在《空同賦》中則有「靈修顧予而一笑兮，懽
並坐之從容。……超吾升彼崑崙兮，路修遠而焉窮，忽憑危以臨睨
兮，崴廣寒與閬風。信眞際之明融兮，又何懷此夢也。」朱熹對楚辭
的熱愛以及他學習楚辭手法的嫻熟均由此可見。他在《招隱操》、《悲
懷》、《江檻詞》、《賦水仙花》等詩作中均有化用《楚辭》之處，這些
化用之作無論是構詞造句還是思想感情的表法方式，都與屈賦息息相
通。誠如他自己所說，「古人作文作詩，多是模仿前人而作之。蓋學
之既久，自然純熟。」「人做文章，若是仔細看得一般文字熟，少間
做出文字，意思語脈，自是相似。」〔註153〕朱熹就是因爲在年輕時，
讀得《楚辭》精熟，所以才做出與《楚辭》意思語脈極爲相似的詩賦
來。朱熹深厚的學術修養，及其對《楚辭》獨特的鑒賞能力，是他能
夠在楚辭研究中佔有一席之地的原因所在，正如莫礪鋒先生所說，由
於「朱熹的文學鑒賞力比王、洪高明得多，他對屈原的思想感情也有
更爲深刻的體會和共鳴，所以朱注往往能探驪得珠，對讀者理解屈賦
很有啓發。」〔註154〕

〔註151〕《楚辭集注》，蔣立甫校點，《朱子全書》（第19冊），第220頁。
〔註152〕《朱子語類》卷一百四。
〔註153〕《朱子語類》卷一百三十九。
〔註154〕莫礪鋒：《朱熹文學研究》，南京：南京大學出版社2000年，第281
　　　　頁。

　　朱熹的楚辭研究有著特定的時代背景。如果不是朱熹晚年遭遇「慶元黨禁」，理學遭遇打擊，已對《楚辭》「逐時而去」的朱熹興許沒有契機完成楚辭研究。朱熹注《楚辭》和趙宋王朝宗室成員、宰相趙汝愚被貶而死及其後的黨禁觸發相關。慶元二年（1196）劉德秀上疏直指朱熹爲「僞學之魁，以匹夫竊人主之柄……，請將語錄之類盡行除毀」〔註155〕。沈繼祖奏劾朱熹大罪有六，具體有十，認爲「熹爲大奸大憝，請加少正卯之誅，以爲欺君罔世，污行盜名之戒」〔註156〕。當時朝廷不僅視朱熹思想爲「僞學」，「僞學猖獗，圖爲謀不軌，動搖上皇，詆誣聖德，幾至大亂」，〔註157〕慶元三年（1197），朱熹被打入「僞學逆黨籍」，並以其爲僞學逆黨的重要思想領袖致使「門人故交，嘗過其門凜不敢入」。〔註158〕朱熹終身孜孜以求的道學研究成了「僞學」，朱熹爲避免自己的研究無法擺脫「僞氣」，便轉而進行韓文屈賦的研究。其中的楚辭研究更多的滲透了他的人本主義思想與精神追求，其研究楚辭的一系列著作《楚辭集注》、《楚辭辯證》、《楚辭後語》和《楚辭音考》是楚辭研究史上的重鎮之作。

　　正是在特定的時勢背景下，朱熹在王逸「諷諫說」基礎上第一次將「愛國主題」引入楚辭研究，他以「一以貫之」的謹慎態度來審視前人所注《楚辭》，認爲「屈原一書，近偶閱之，從頭被人錯解了。自古至今，訛謬相傳，更無一人能破之者，而又爲說以增飾之。看來屈原本是一個忠誠惻怛愛君底人。觀他所作《離騷》數篇，盡是歸依愛慕，不忍捨去懷王之意。所以拳拳反覆，不能自己，何嘗有一句是罵懷王。亦不見他有偏躁之心，後來沒出氣處，不奈何，

〔註155〕　《續資治通鑒》卷一五四，北京：中華書局1964年，第4137頁。
〔註156〕　《續資治通鑒》卷一五四，北京：中華書局1964年，第4145頁。
〔註157〕　（明）陳邦瞻：《道學崇黜》，《宋史紀事本末》卷二十一，文淵閣四庫全書本。
〔註158〕　（宋）葉邵翁：《丁集・慶元黨》，《四朝聞見錄》卷四，文淵閣四庫全書本。

方投河殞命。而今人句句盡解做罵懷王，枉屈說了屈原。」〔註159〕
針對前人認定屈原「露才揚己，顯露君過」〔註160〕的「怨君」之說，
朱熹明確反對：「《楚詞》不甚怨君。今被諸家解得都成怨君，不成
模樣。《九歌》是託神以爲君，言人間隔，不可企及，如己不得親近
於君之意。以此觀之，他便不是怨君。至《山鬼篇》，不可以君爲山
鬼，又倒說山鬼欲親人而不可得之意。今人解文字不看大意，只逐
句解，意卻不貫。」〔註161〕朱熹認爲前人所注《楚辭》對屈原的誤
「解」太多，以至影響了後人對屈原的正確評價和對《楚辭》思想
的理解，他在《楚辭集注》序中說：

> 東京王逸《章句》與近世洪興祖《補注》並行於世，
> 其於訓詁名物之間，則已詳矣。顧王書之所取捨，與其題號
> 離合之間，多可議者，而洪皆不能有所是正。至其大義，則
> 由皆未嘗沉潛反覆，嗟歎詠歌，以尋其文詞指意之所出，而
> 遽欲取喻立說，旁引曲證，以強附於其事之已然，是以或以
> 迂滯而遠於性情，或以迫切而害於義理。使原之所爲壹鬱而
> 不得申於當年者，又晦昧而不見白於後世……〔註162〕

上言說明，朱熹對王逸與洪興祖所作名物訓詁還是認可的，不滿的當
是對屈原《楚辭》思想性的解析。世易時移，前人對楚辭的理解已經
難以得到朱熹的認同，所以朱熹作注之意是讓讀者「得以見古人於千
載之上，而死者可作，又足以知千載之下有知我者，而不恨於來者之
不聞也。」〔註163〕朱熹以屈原千載之下的知音自許，固然有趙希弁
「作牧於楚之後」或「有感於趙忠定之變而然」〔註164〕，也有借《楚

〔註159〕《朱子語類》卷一百三十七。

〔註160〕（北齊）顏之推：《文章》，《顏氏家訓集解》，王利器集解，上海古
籍出版社1980年，第221頁。

〔註161〕《朱子語類》卷一百三十九。

〔註162〕《楚辭集注》，蔣立甫校點，上海古籍出版社2001年，第3頁。

〔註163〕《楚辭集注》，蔣立甫校點，上海：上海古籍出版社2001年，第3頁。

〔註164〕（宋）晁公武撰，趙希弁重編：《郡齋讀書志》卷五下附志《楚辭
類》，文淵閣四庫全書本。

辭》闡發「忠君愛國之誠心」，這一點莫礪鋒《朱熹文學研究》中「朱
熹對屈賦思想意義的闡發」分析得頗爲透徹。〔註165〕正是對前人所
注的懷疑與不滿，朱熹要求重新評價屈原及《楚辭》：

> 原之爲人，其志行雖或過於中庸而不可爲法，然皆出
> 于忠君愛國之誠心。原之爲書，其辭旨雖或流於跌宕怪神，
> 怨懟激發而不可爲訓，然皆出於繾綣惻怛、不能自己之至
> 意。雖其不知學於北方，以求周公、仲尼之道，而獨馳騁
> 於變風、變雅之末流，以故醇儒莊士或羞稱之。然使世之
> 放臣、屏子、怨妻、去婦，抆淚嘔吟於下，而所天者幸而
> 聽之，則於彼此之間，天性彝民之善，豈不足以交有所發，
> 而增夫三綱五典之重！〔註166〕

朱熹理解的屈原其主要品質有二：一爲詩人，二爲仁人。作爲詩人
的屈原，自然「其辭旨雖或流於跌宕怪神，怨懟激發而不可爲訓」，
「其不知學於北方，以求周公、仲尼之道，而獨馳騁於變風、變雅
之末流，以故醇儒莊士或羞稱之。」作爲仁人的屈原則主要在于忠
君愛國上，朱熹從儒家教化的角度出發，則「每有味於其言，而不
敢直以詞人之賦視之」，所以朱熹承認其言辭皆出於「忠君愛國之誠
心」。朱熹在王逸「諷諫說」基礎上屢屢挖掘屈原的「忠君愛國」之
意義，如他認爲《九歌》是「比事君不合而不能忘其忠赤。」在《東
皇太一》序中說：「此篇言其竭誠盡禮以事神，……以寄人臣盡忠竭
力愛君無已之意」，這都是在朱熹理學思想的指導下對屈原及《楚
辭》所作的新的闡釋。

　　朱熹對屈原的評價及其對《楚辭》理解之超越前人之處，還在於
對《楚辭》抒情主體情感的體認。明代學者孫鑛曾有表述：「自古文
章家，不掩其情質者，屈子一人。」又說：「古文之必傳者，如雲蒸

〔註165〕　莫礪鋒：《朱熹文學研究》，南京：南京大學出版社2000年，第262
　　　　　～273頁。
〔註166〕　《楚辭集注》，蔣立甫校點，上海：上海古籍出版社2001年，第2
　　　　　頁。

霞蔚，石皺波紋，極平常，極變幻，卻自然天成，不可模仿。若可模仿者，定非至文。賈生、小山得《騷》之意，而自出機杼者也。以後仿之愈似，去之愈遠。紫陽作《集注》，芟去《諫》、《懷》、《歎》、《思》四篇，極是。」〔註167〕孫鑛認為，朱熹已經認識到屈原的楚辭為至情之結晶，而東方朔的《七諫》、王褒的《九懷》、劉向的《九歎》、王逸的《九思》則是矯情之作，朱熹倡屈原而黜東方朔與王劉，是根據情的真偽而論《楚辭》之高下。確實，關於《楚辭》的敘事陳情，朱熹有明確的表述：

> 按《周禮》，太師學六詩以教國子，曰風、曰賦、曰比、曰興、曰雅、曰頌，而《毛詩大序》謂之六義。蓋古今聲詩條理，無出此者，《風》者閭巷風土男女情思之詞……，不特《詩》也，楚人之詞，亦以是而求之，則其寓情草木，託意男女，以極遊觀之適者，變《風》之流也。其敘事陳情，感今懷古，以不忘乎君臣之義者，變《雅》之類也。至於語冥婚而越禮，擄怨憤而失中，則又《風》、《雅》之再變矣。〔註168〕

朱熹肯定《楚辭》「寓情草木，託意男女」的特質，認可詩人感人肺腑的情感心聲。其《楚辭後語》亦從情感的真切性角度評價作品，如「《易水歌》者，燕刺客荊軻之所作也，……夫軻匹夫之勇，其事無足言，……特以其詞之悲壯激烈，非楚而楚，有足觀者，於是錄之」，〔註169〕朱熹認為《易水歌》「非楚而楚」正是從文章情感的內在統一性上所作出的評價，並未拘泥於楚地楚歌來作衡量。再如項羽所作《垓下帳中歌》，朱熹認為「其詞慷慨激烈，有千載不平之餘

〔註167〕 楊金鼎：《楚辭評論資料選》，武漢：湖北人民出版社1985年，第110頁。

〔註168〕 《楚辭集注》，蔣立甫校點，上海：上海古籍出版社2001年，第6頁。

〔註169〕 《楚辭集注》，蔣立甫校點，上海：上海古籍出版社2001年，第220頁。

憤」，〔註170〕蔡文姬《胡笳十八拍》，朱熹評其「雖不規規於楚語，而其哀怨發中，不能自己之言，要爲賢於不病呻吟者。」〔註171〕朱熹從詞義眞切、情感眞摯的角度來判別、編訂《楚辭後語》，正是朱熹充分認識到「《離騷》，辭賦之宗」的楚辭詩體特點的結果。正如他自己所說「必以無心而冥會者爲貴，其或有是，則雖遠且賤，猶將汲而進之。一有意於求似，則雖迫眞如揚、柳，亦不得已而取之耳。」〔註172〕《楚辭後語》中篇目的去取正是朱熹求與《離騷》意蘊內合的結果。

朱熹在充分認識到《楚辭》「寓情草木」、「敘事陳情」的特點之後，其對《楚辭》義理的闡發仍然是《楚辭集注》主要宗旨之一。正是出於現實褒貶及其對「性情」與「義理」兼容的需要，朱熹檢閱了各家《楚辭》注本的不足，認爲晁無咎的《楚辭》選本沒有充分注意到「義理」的重要，他在《楚辭辯證》中說：

> 近世晁無咎以其所載，不盡古今詞賦之美，因別錄
> 《續楚辭》、《變離騷》爲兩書……自原之後，作者繼起，
> 而宋玉、賈生、相如、揚雄爲之冠。然較其實，則宋、馬
> 辭有餘而理不足，長於頌美而短於規過；雄乃專爲偷生苟
> 免之計，既與原異趣矣，其文又以模擬掇拾之故，斧鑿呈
> 露，脈理斷續，其視宋、馬猶不逮也……晁書新序多爲義
> 例，辨說紛挐而無所發於義理，殊不足以爲此書之輕重。
> 〔註173〕

朱熹認爲，宋玉和司馬相如的辭賦「辭有餘而理不足」，晁書選擇其

〔註170〕　《楚辭集注》，蔣立甫校點，上海：上海古籍出版社 2001 年，第 222 頁。

〔註171〕　《楚辭集注》，蔣立甫校點，上海：上海古籍出版社 2001 年，第 251 頁。

〔註172〕　《楚辭集注》，蔣立甫校點，上海：上海古籍出版社 2001 年，第 207 頁。

〔註173〕　《楚辭辯證・晁錄》，見《楚辭集注》，上海：上海古籍出版社 2001 年，第 200 頁。

文「無所發於義理」，他在《楚辭後語》中刪去了晁補之選本中宋玉的《高唐賦》、《神女賦》、《大言》、《小言》、《登徒子好色賦》，也刪去了司馬相如的《大人賦》、《李夫人賦》等。王逸本《楚辭章句》中曾選有《七諫》、《九懷》、《九歎》、《九思》，朱熹認爲諸作「雖爲騷體，然其辭氣平緩，意不深切，如無所疾痛而強爲呻吟者。」〔註174〕故皆棄不錄，增補了賈誼的《弔屈原賦》和《服賦》。朱熹對王逸本《楚辭章句》的去取，與洪興祖《續離騷》、《變離騷》的刪補，體現了朱熹對《楚辭》之「辭」與「義」，即其對屈騷和繼作在文學性和思想興方面的基本觀點。他批評王逸「或以迂滯而遠於性情，或以迫切而害於義理」，〔註175〕自己作注當然要「性情」與「義理」兼備了。正是在這樣的原則之下，朱熹《楚辭集注》體現了宋學《楚辭》的特色。比較王逸和朱熹對《懷沙》中「民生稟命，各有所錯兮。定心廣志，余何畏懼兮」的注釋，可見兩者之異。

> 錯，安也。言萬民稟受天命，生而各有所錯，安其志。或安于忠信，或安於詐偽，其性不同也。一云：民生有命。《史記》民作人。一云：民生稟命。

> 言己既安于忠信，廣我志意，當復何懼乎？威不能動，法不能恐也。〔註176〕

> 民，《史》作人。稟，《史》作有。一作萬民之生。錯，置也。言民之生莫不稟命於天，而隨其氣之短長厚薄，以爲壽夭、窮達之分，固各有置之之所而不可易矣。吉者不能使之凶，凶者不能使之吉也。是以君子之處患難，必定其心，而不使爲外物所動搖；必廣其志，而不使爲細故所

〔註174〕《楚辭集注》，蔣立甫校點，上海：上海古籍出版社2001年，第168頁。

〔註175〕《楚辭集注》，蔣立甫校點，上海：上海古籍出版社2001年，第3頁。

〔註176〕（宋）洪興祖：《楚辭補注》，北京：中華書局1983年，第145頁。

狹隘。則無所畏懼，而能安於所遇矣。〔註177〕

關於「民生稟命」，王逸直接根據字義釋爲「萬民稟受天命」，而朱熹注爲「民之生莫不稟命於天，而隨其氣之短長厚薄，以爲壽夭、窮達之分」之類，這正是朱熹將其理學思想貫穿於《楚辭集注》中的反映。朱熹曾說：「未有天地之先，畢竟也只是先有此理，便有此天地。若無此理，便亦無天地，無人無物，都無該載了！有理，便有氣流行，發育萬物。」〔註178〕「當初天地間元有這個渾然道理，人生稟得便是性。……，性只是理，萬物之總名。此理亦只是天地間公共之理，稟得來，便爲我所有。」〔註179〕「大抵人有此形氣，則是此理始具於形氣之中，而謂之性。才是說性，便已涉乎有生而兼乎氣質，不得爲性之本體也。」〔註180〕朱熹認爲，人稟理而生，理與氣具。形而上者是理，只要說到作用，便是形而下者。在形而下的人生界，「理固無不善，才賦於氣質，便有清濁、偏正、剛柔、緩急之不同。蓋氣強而理弱，理管攝他不得。如父子本是一氣，子乃父所生；父賢而子不肖，父也管他不得。又如君臣同心一體，臣乃君所命；上欲行而下沮格，上之人亦不能一一去督責得他。」〔註181〕朱熹在《楚辭集注》中對人的氣質之稟的解釋和朱熹理學思想是內在相通的，《楚辭集注》雖是在道學備受打擊的情況下爲避免「僞學之氣」而作的學術轉移，其理學思路仍然貫穿在全篇之中。

綜上所述，朱熹對《楚辭》本質的理解是在反覆閱讀與注解《楚辭》的過程中逐步確認的。正如錢穆所說，「朱熹治楚辭，亦一如其治詩，用力所在，亦只在平心看他語意之一字。」〔註182〕朱熹的詩

〔註177〕 《楚辭集注》，蔣立甫校點，上海：上海古籍出版社2001年，第89頁。

〔註178〕 《朱子語類》卷一。

〔註179〕 《朱子語類》卷一百一十七。

〔註180〕 《朱子語類》卷九十五。

〔註181〕 《朱子語類》卷四。

〔註182〕 錢穆：《朱子新學案》，成都：巴蜀書社1986年，第1721頁。

經研究與楚辭研究兼有經學和詩學的二重性意義。他在《詩經》與
《楚辭》的研究中建立了自己獨特的解詩方法。他追求本義又非單一
的文本中心論者，強調讀者的識見與涵養又非單一的強調讀者，而是
將閱讀看作讀者與作品的交談，他讀詩與治詩既要求從作品本義出
發，又要求讀者涵泳與想像。他懷疑乃至否定前人的詩注與騷注，也
辯證吸收合理見解，並以自己的義理闡釋爲中心，從而達到詩與理的
和諧共存，體現出一種集納大成的匯通與開放。

第三章　源頭活水：理學範疇與詩學觀念的交融

　　朱熹的詩學研究是經學方法與詩學方法的融通合一，他理學體系中的理一分殊、理在氣先的理本論，心統性情的心性論，居敬窮理的致知論，均與其詩學觀念互相交融。周裕鍇曾在《宋詩學通論》中對宋人眼裏的詩學狀況作過探討，認為宋人主要在四個方面對詩進行過界定，「一是從宇宙本體論要出發，認為詩是天地元氣的體現；二是從藝術本質作眼，認為詩是文章精華的結晶；三是從心理角度來討論，認為是人格精神的顯現；四是從哲學角度來考慮，認為詩是倫理道德的餘緒。這四端構成宋詩學一切理論的根本源泉。」〔註 1〕這種總結非常切合宋代詩學的發展實際，在宋代理學家中，朱熹的詩學思想是其理學思想的經典形態。他以理學思想來統轄和制約其文學觀念和文學創作，形成了其文從道出、心統性情、修辭立其誠的整體詩學建構。

第一節　理在氣先與文從道出

　　理氣論與文道觀看似風馬牛不相及，卻可以通過文氣關係進行

〔註 1〕　周裕鍇：《宋代詩學通論》，上海：上海古籍出版社 2007 年，第 1頁。

聯結。曹丕曾說「文以氣爲主」（《典論・論文》），李商隱則認爲詩「以自然爲祖，元氣爲根」，〔註2〕朱熹將理學思想與詩學相互結合之後，明清學者承其餘緒，如歸有光認爲「文章天地之元氣，得之者其氣則與天地同流」，〔註3〕劉熙載亦云「文得元氣便厚」（《藝概・文概》）。文氣論正是聯結理氣論與文道觀的中介，朱熹對聯結文氣兩端的氣與文都曾有精密的論述，朱熹所謂氣是「理氣不相離」的氣，朱熹所謂的文亦是「文道不相離」的文。朱熹的「理在氣先」爲「文從道出」提供了哲學依據，而「理與氣俱」也正是「文與道合」的立論根基。從朱熹的理氣論出發，可以更深地理解朱熹的文道觀：

> 天地之間，有理有氣。理也者，形而上之道也，生物之本也；氣也者，形而下之器也，生物之具也。是以人物之生，必稟此理然後有性，必稟此氣然後有形。其性其形雖不外乎一身，然其道氣之間分際甚明，不可亂也。〔註4〕

> 未有天地之先，畢竟也只是理。有此理，便有此天地；若無此理，便亦無天地。無人無物，都無該載了！有理，便有氣流行，發育萬物。〔註5〕

> 理卻無情意，無計度，無造作。只此氣凝聚處，理便在其中。且如天地間人物草木禽獸，其生也，莫不有種，定不會無種子白地生出一個物事，這個都是氣。若理，則只是個淨潔空闊底世界，無形迹，他卻不會造作；氣則能醞釀凝聚生物也。但有此氣，則理便在其中。〔註6〕

〔註2〕 （清）徐樹谷箋，徐炯注：《李義山文集箋注》卷九，文淵閣四庫全書本。

〔註3〕 （明）歸有光：《項思堯文集序》，《震川集》卷二，文淵閣四庫全書本。

〔註4〕 《答黃道夫》，《晦庵先生朱文公文集》卷五十八，《朱子全書》（第23冊），第2755頁。

〔註5〕 《朱子語類》卷一。

〔註6〕 《朱子語類》卷一。

朱熹認定形上的理是本，形下的氣是末，這當然是在思維和邏輯上對天地本源作形上與形下的區分。朱熹筆下的理具有幾個基本性質：一，理不依賴任何事物而獨立存在，它無始無終永恒存在。天地萬物有成毀，而理超然其外。二，理是宇宙的根源與根本，是天地萬物的總原則。三，理與氣聯結著，有理，便有氣，流行發育萬物，理是本，而氣是造成天地萬物的材質，必須傍理而行。沒有氣，理也就沒有掛搭處。理只是一個「潔淨空闊底世界」，沒有形迹無所作為，但他無物不照。朱熹的理氣論走上了一條與傳統儒學、包括此前宋代理學不同的學術道路。在朱子的心目中，理是「無情意、無計度、無造作」、「無形迹」的，是不活動的，而在周敦頤、張載、程顥的心目中，天道天理是活動的。朱熹認為，活動的是氣，氣是有情意、有計度、有造作、有形迹、有作用的。理是形而上的萬物之本的本原和依據，氣則是形而下的構成萬物的具體質料。理氣「不離不雜」，就是錢穆先生所說的理氣「兩在合一」。理氣論落實到文學上就是道、志為本，為形而上；而文、詩為氣，為形而下。理氣論反映在文道觀上，便是「文從道出」，源於「文從道出」，朱熹既批評「文以貫道」，也批評「文與道俱」：

> 才卿問：「韓文李漢序頭一句甚好。」曰：「公道好，某看來有病。」陳曰：「『文者，貫道之器。』且如六經是文，其中所道皆是這道理，如何有病？」曰：「不然。這文皆是從道中流出，豈有文反能貫道之理？文是文，道是道，文只如吃飯時下飯耳。若以文貫道，卻是把本為末。以末為本，可乎？其後作文者皆是如此。」因說：「蘇文害正道，甚於老佛，且如易所謂「利者義之和」，卻解為義無利則不和，故必以利濟義，然後合於人情。若如此，非惟失聖言之本指，又且陷溺其心。」先生正色曰：「某在當時，必與他辯。」卻笑曰：「必被他無禮。」
>
> 道者，文之根本；文者，道之枝葉。惟其根本乎道，所以發之於文，皆道也。三代聖賢文章，皆從此心寫出，

文便是道。今東坡之言曰:「吾所謂文,必與道俱。」則是
文自文而道自道,待作文時,旋去討個道來入放裏面,此
是它大病處。只是它每常文字華妙,包籠將去,到此不覺
漏逗。說出他本根病痛所以然處,緣他都是因作文,卻漸
漸說上道理來;不是先理會得道理了,方作文,所以大本
都差。歐公之文則稍近於道,不爲空言。如《唐禮樂志》
云:「三代而上,治出於一;三代而下,治出於二。」此等
議論極好,蓋猶知得只是一本。如東坡之說,則是二本,
非一本矣。〔註7〕

朱熹從理學的立場出發,認爲理外無氣,道外無文,文源於道。「文
皆從道中流出」意味著文藝是「道」的感性顯現,藝術美的最深層
意蘊即是道。文由理出,文的價值是由理先天性規定了的。所謂「文
皆是從道中流出」和「從此心寫出,文便是道」,都是就文道合一的
理想境界而言,說的三代聖賢文章。聖賢文章即天地之心,也即天
地之道。三代以後的文人由於道德修養達不到聖賢之境,文道不能
合一,只能文自文而道自道。在朱熹的哲學體系中,文道關係中的
道即是其理氣論中的理,這個「道」也是一個形而上的本體範疇,
它生成一切也高於一切,文乃道而生,是形而上之「道」的感性顯
現,是人的精神境界的自然呈現。以形而上而言爲道,以形而下而
言爲文,文道其實是一體混成,而非兩體對立。出於文從道出、文
道一體的文學本體論,朱熹在《讀唐志》中尖銳地批評韓愈及其後
學「裂道與文以爲兩物,而於其輕重緩急、本末賓主之分,又未免
於倒懸而逆置之也。」〔註8〕由此可見,朱熹的文道觀與韓、柳是迥
然有別的。韓、柳傾向於把道具體化,當作文章反映的內容,因此
道與文的關係是文章的內容與形式的關係,是表現與被表現的關

〔註7〕　《朱子語類》卷一百三十九。
〔註8〕　《讀唐志》,《晦庵先生朱文公文集》卷七十,《朱子全書》(第 23
　　　　冊),第 3375 頁。

係，他們是從作文的角度來認識道的，其旨歸在作文。而朱熹言道，習慣於視之為自然和社會的最根本最一般的理性法則，即偏於「義理」、「德性」：「貫穿百氏及經史，乃所以辨驗是非，明此義理，豈特欲使文詞不陋而已？」〔註9〕「今文不去講義理，只去學詩文，已落第二義」〔註10〕，都是對「重文輕道」與「文與道裂」的批評。

　　朱熹提出「文從道出」，一方面與朱熹對「理」的重視與建構密切相關，另一方面實際也是針對當時文弊的撥亂反正。朱熹曾經針對當時的學弊和文弊都提出過批評，即當時士人普遍存在著專務章句的審美取向。程頤也曾經說過，「今之學者有三弊：一溺於文章，二牽於訓詁，三惑於異端。苟無此三者，則將何歸？必趨於道矣。」〔註11〕「今為文者，專務章句，悅人耳目」。〔註12〕立足於維護義理定於一尊、不可搖撼的至上地位，朱熹對當時追新逐異的文學風尚大加撻伐：「諸公文章馳騁好異，止緣好異，所以見異端新奇之說從而好之。」〔註13〕《讀唐志》一文還激烈抨擊孟子以後直至韓愈、歐陽修「背本逐末」、重文輕道的傾向：

> 孟柯氏沒，聖學失傳。天下之士背本趨末，不求知道養德以充其內，而汲汲乎徒以文章為事業。……及至宋玉、相如、王褒、揚雄之徒，則一以浮華為尚，而無實之可言矣。……韓愈氏出，始慨然號於一世，欲追詩書六藝之作，而弊精神，靡歲月，有甚於前世諸人之所為者。然猶幸其略知不根無實之不足恃，因是頗溯其源而適有會焉。……自是以來，又復衰歇數十百年，而後歐陽子出。然考其終身之言，與其行事之實，則恐其也未免於韓氏之病也。嗚

〔註 9〕　《朱子語類》卷一百三十九。

〔註10〕　《朱子語類》卷一百四十。

〔註11〕　《二程集·河南程氏遺書卷十八》，北京：中華書局1981年，第187頁。

〔註12〕　《二程集·河南程氏遺書卷十八》，北京：中華書局1981年，第239頁。

〔註13〕　《朱子語類》卷一百三十九。

呼，學之不講久矣，習俗之謬，其可勝言也哉！〔註14〕
由於辭章之文日益受到人們的關注，不少文人即爲文以貫道，又作
美文以自娛。到了南宋時期，蘇軾之文大受推崇：「建炎以來，尙蘇
氏文章，學者翕然從之，而蜀士尤甚。亦有語曰：『蘇文熟，吃羊
肉。蘇文生，吃菜羹』」〔註15〕，孝宗皇帝也特別推崇蘇軾：「孝宗
最重大蘇之文，御製序贊，太學翕然誦讀，所謂『人傳元祐之學，
家有眉山之書』，蓋紀實也。」〔註16〕上層對蘇軾的極力推崇使得士
子們更加孜孜以求於以文辭來得官進爵。朱熹正是出於建立道統之
需要而苛責蘇軾文風所帶來的泛濫：

　　　至於炫浮華而忘本實，貴通達而賤名檢，此其爲害又
不但空言而已。〔註17〕

　　　但其（指蘇軾）詞意矜豪譎詭，亦有非知道君子所欲
聞。〔註18〕

　　　夫學者之求道，固不於蘇氏之文矣，然既取其文，則
文之所述有邪有正，有是有非，是亦皆有道焉，固求道者
之所不可不講也。……若曰惟其文之取，而不復議其理之
是非，則是道自道、文自文也。道外有物，固不足以爲道。
且文而無理，又安足以爲文乎？蓋道無適而不存者也，故
即文以講道，則文與道兩得而一以貫之。否則亦將兩失之
矣。〔註19〕

〔註14〕　《讀唐志》，《晦庵先生朱文公文集》卷七十，《朱子全書》(第23冊)，
　　　　　第3374頁。

〔註15〕　(宋) 陸游：《老學庵筆記》，楊立英校注，西安：三秦出版社2003
　　　　　年，第270頁。

〔註16〕　轉引自吳文治：《宋詩話全編》，南京：江蘇古籍出版社1998年，第
　　　　　7653頁。

〔註17〕　《答程允夫》，《晦庵先生朱文公文集》卷四十一，《朱子全書》(第
　　　　　22冊)，第1859頁。

〔註18〕　《答程允夫》，《晦庵先生朱文公文集》卷四十一，《朱子全書》(第
　　　　　22冊)，第1864頁。

〔註19〕　《與汪尚書》，《晦庵先生朱文公文集》卷三十，《朱子全書》(第21
　　　　　冊)，第1305頁。

朱熹針對當時文學離道而獨立求美的現實，批評文與道相離的創作觀念，認爲理氣不離，文道亦不相離。朱熹的「文道合一」觀點與二程的「文質合一」觀念有相似之處。二程認爲，「質必有文，自然之理也。理必有對，生生之本也。有上則有下，由此則有彼，有質則有文。一不獨立，二必爲文。非知道者，孰能識之？」〔註20〕「禮者，理也，文也。理者，實也，本也。文者，華也，末也。理文若二，而一道也。文過則奢，實過則儉。奢自文至，儉自實生，形影之類也。」〔註21〕朱熹繼承了二程之說，對古文家裂文道爲二以及強調文辭之華美進行了批評。爲了正本清源，他從理在氣先與理氣合一角度提出文從道出，把文的終結本原歸結爲道。由於道具有不可感覺性和不可言說性，所以道也不能離文而自顯，必須通過形而下的「器」顯現出來，但在這顯現的過程中仍然不忘道在邏輯上的先在性：

> （歐陽子）知政事禮樂之不可不出於一，而未知道德文章之尤不可使出於二也。古之聖賢，其文可謂盛矣，然初豈有意學爲如是之文哉？有是實於中，則必有是文於外。如天有是氣則必有日月星辰之光耀，地有是形則必有山川草木之行列。聖賢之心，既有是精明純粹之實以旁薄充塞乎內，則其著見於外者，亦必自然條理分明，光耀發越，而不可掩，不必託於言語、著於簡冊，而後謂之文。〔註22〕

朱熹認爲道德與文章「不可使出於二也」，文與道是統一不可分割的。文道論的進一步拓展便是文章內容對形式的約束與規範。道是根本，文是枝葉，文是道藉以表現的形式。朱熹認爲文學表現形式不能脫離

〔註20〕　《二程集・河南程氏粹言卷一》，北京：中華書局1981年，第1171頁。

〔註21〕　《二程集・河南程氏粹言卷一》，北京：中華書局1981年，第1177頁。

〔註22〕　《讀唐志》，《晦庵先生朱文公文集》卷七十，《朱子全書》（第23冊），第3374頁。

社會現實，文章要有內容和思想，文章形式也要由義理來規範：

> 今人作文，皆不足爲文。大抵專務節字，更易新好生
> 面辭語，再說義理處，又不肯分曉。觀前輩歐、蘇諸公作
> 文，何嘗如此？〔註23〕

朱熹反對作詩寫文章片面追求形式美，不注重思想內容。朱熹對當時文風的批評具有積極意義，這也是他聯繫社會實際、救國救世思想的曲折反映。

朱熹認爲，文從道出，道由文顯，道的顯現有天文、地文和人文，朱熹之詩學意義上的道與文則主要涉及人文，具有氣質之性的主體──人，是道轉而爲文的中介。正是由於人有天命之性，也有氣質之性，人之氣構成了文之氣。人之氣質有清有濁，作家就應該通過後天的學習與涵養提高其創作中的情志。所以文從道出，只是解決了文道的體用問題，如何做到文從道出，則有牽涉到朱熹哲學體系中的另一個概念──心統性情，承認心能夠統攝性與情，才能真正實現文從道出與文與道俱，才能使詩性情感與道德情感合而爲一。

第二節　心統性情與性情之正

朱熹的哲學思想作爲其理學詩學的根基體現在諸多方面，他的心性論思想，既是其理學思想的重要組成部分，也參與建構了其理學詩學中的詩歌情感問題。朱熹強調詩歌當爲「性情之正」，「性情之正」根基在於「心統性情」。心性、性情問題，是儒學發展史上一個不斷發展深化又經常變動不居的話題。郭店簡書《性自命出》中有一個 16 字名言：「性自命出，命自天降，道始於情，情出於性」，將性情問題講得已足夠清楚。朱熹道統說也有一個 16 字心傳，即「人心惟危，道心惟微，惟精唯一，允執厥中」，將人心與道心問題

〔註23〕《朱子語類》卷一百三十九。

聯繫了起來。文學創作、鑒賞等問題與作家的情感密不可分，但理學家理解的情感和文學家理解的情感毫無疑問有著極為明顯的區別，文學家更注重情感的自然流露，理學家要求情感之發「發而皆中節」，這和他們在心性問題上的哲學根基有很大關係。朱熹在《中庸章句》論「中和」時乃兼言性情：

> 喜怒哀樂，情也。其未發，則性也，無所偏倚，故謂之中。發皆中節，情之正也，無所乖戾，故謂之和。大本者，天命之性，天下之理皆由此出，道之體也。達道者，循性之謂，天下古今之所共由，道之用也。此言性情之德，以明道不可離之意。〔註24〕

朱熹將「喜怒哀樂之未發」稱為性，「喜怒哀樂之已發」稱為情，並將性情和其道德形而上學聯繫起來，這正是他39歲時「中和新說」的主要內容，至此，朱熹的學問理念遂告形成，也成了其此後論學的一個基點。朱熹將心性問題與前所提出的理氣問題密切相連，認為性情、心性也事關義理：「人之所以為學，心與理而已矣。」〔註25〕朱熹從此出發，對心與理兩方面均給予極大的關注，構成了理氣與心性兩翼的不離不雜，凝聚為「理一分殊」與「心統性情」的互滲互濟。「心統性情」之說最早起源於張載：

> 大其心則能體天下之物，物未有體，則心為有外。世人之心，止於聞見之狹。聖人盡性，不以見聞梏其心，其視天下無一物非我，孟子謂盡心則知性知天以此。天大無外，故有外知心不足以合天心。〔註26〕

此說由孟子「盡心」、「求放心」、「擴而充之」等等觀點而來。觀張載之意，其所謂「大心」，乃是通過心靈自我提升，使之擺脫物欲之累，並超越於感官限制之上，如此則可以體會天下萬事萬物之理，

〔註24〕　《中庸章句》，《朱子全書》（第6冊），第33頁。

〔註25〕　《四書或問‧大學或問》，《朱子全書》（第6冊），第528頁。

〔註26〕　（宋）張載：《正蒙‧大心篇》，《張載集》，北京：中華書局 1978年，第24頁。

即所謂「合天心」，從而大其心而超越小我，識心見性，心各見本性，而心統性情。他是從心與性的發生過程的深層聯繫上說明心性的和合，二程不同意張載的「心小性大」或「心大性小」說，認爲既不是統與被統的關係，也非此小彼大或此大彼小的關係，而是互相合一的。張載把內心的直覺體驗消除在心的功能之外，而把性說成形上學本體，因此有「心小性大」之言。從心的認知方面說，心小性大；從心的形而上道德本體方面說，心統性情。性在張載、二程、王安石那裡，通過多層次的轉換，而升格爲形而上本體。王安石說：「喜、怒、哀、樂、好、惡、欲未發於外而存於心，性也；喜、怒、哀、樂、好、惡、欲發於外而見於行，情也。性者情之本，情者性之用，故吾曰情性一也。」〔註27〕朱熹的性體情用說，也吸收王安石的意見，他說：「性是體，情是用，性情皆出於心，故心能統之。」〔註28〕宋儒中辨析心、性、情關係之細微精到莫過於朱熹，他一方面借鑒佛教心性論的思想資源，另一方面也在對先秦儒家經典的注解中吸收先秦儒家的心性論思想，並結合宋人相關論述，結合時代的發展予以創新。他在注解《孟子》、《中庸》中提出自己的心性思想。他在《孟子綱領》中說：

> 性，本體也，其用情也；心則統性情，該動靜而爲之主宰也。故程子曰心一也。有指體而言者，有指用而言者，蓋謂此也。今直以性爲本體，而心爲之用，則情爲無所用者，而心亦偏於動矣。且性之爲體，正以仁義禮智之未發者而言，不但爲視聽作用之本而已也。明乎此，則吾之所謂性者，彼佛氏固未嘗得窺其彷彿，而何足以亂吾之真哉！

〔註29〕

〔註27〕　（宋）王安石：《性情》，《王荊公文集箋注》卷三十，李之亮箋注，成都：巴蜀書社 2005 年，第 1062 頁。
〔註28〕　《朱子語類》卷九十八。
〔註29〕　《孟子綱領》，《晦庵先生朱文公文集》卷七十四，《朱子全書》（第24 冊），第 3584 頁。

這是朱熹對「心統性情」的總概括，以此將理學心性論講求仁義禮智與佛教不講仁義禮智的佛性論區別開，認爲心具有統合體用即性情的作用，從而確定心的主體性、能動性：

性者，心之理；情者，性之動；心者，性情之主。

性是未動，情是已動，心包得已動未動。蓋心之未動則爲性，已動則爲情，所謂「心統性情」也。欲是情發出來底。心如水，性猶水之靜，情則水之流，欲則水之波瀾，但波瀾有好底，有不好底。欲之好底，如「我欲仁」之類；不好底則一向奔馳出去，若波濤蹴浪；大段不好底欲則滅卻天理，如水之壅決，無所不害。孟子謂情可以爲善，是說那情之正，從性中流出來者，元無不好也。

問：「人心形而上下如何？」曰：「如肺肝五臟之心，卻是實有一物。若今學者所論操捨存亡之心，則是神明不測。」〔註30〕

朱熹將把心分爲肉體器官之心與精神之心，即將心分爲形而上與形而下兩部分，其所論心與理之心、心與性之心，均指形而上之心，即精神之心，但其中往往含有形而下之心的意義，即「一心具萬理。能存心，而後可以窮理。」〔註31〕朱熹將「心」視爲天地萬物之理的容載物，它天賦自然地包含著眾理，一旦人能夠存心養性，便可漸漸發現心中本有之理。關於心、性、情之關係，朱熹說：「性爲體，情爲用，而心則貫之。如橫渠先生所謂心統性情者，其語爲精密也。」按照朱熹的理解，「心統性情」就是指「心」主宰、統攝、包含、具有性情。他指出了心與性情的差異，又肯定了三者的統合、一致。「然心統性情，只就渾淪一物之中，指其已發、未發而爲言爾；非是性是一個地頭，心是一個地頭，情又是一個地頭，如此懸隔也。」「心，主宰之謂也。動靜皆主宰，非是靜時無所用，及至動時方有主宰也。言主宰，則混然體統自在其中。心統攝性情，非籠統與性情爲一物而不分別

〔註30〕　《朱子語類》卷五。
〔註31〕　《朱子語類》卷九。

也。」〔註32〕朱子強調，「心統性情」的「心」是「心之體」，是道德本心，不是指人的思慮營爲的自然之心，但又離不開自然之心。

關於情，朱熹認爲，喜怒哀樂愛惡欲這七情是情，而且孟子所謂的「四端」也是情。《孟子集注》謂：「惻隱、羞惡、辭讓、是非，情也。仁、義、禮、智，性也。心，統性情也。端，緒也。因其情之發，而性之本然可得而見，猶有物在中而緒見於外也。」〔註33〕陳淳（1159～1223）《北溪字義》進一步闡發，「情與性相對。情者，性之動也。在心裏面未發動底是性，事物觸著便發動出來是情。寂然不動是性，感而遂通是情。這動底只就性中發出來，不爲別物，其大目則爲喜怒哀樂愛惡欲七者。《中庸》只言喜怒哀樂四個，孟子又指惻隱、羞惡、辭遜、是非四端而言，大抵都是情。性中有仁，動出爲惻隱；性中有義，動出爲羞惡；性中有禮智，動出爲辭遜、是非。」〔註34〕陳淳的《北溪字義》是相當忠實於朱子思想，特別是《集注》之精神的。正是因爲「情是性之動」，所以朱熹批評李翱（772～841）的「滅情以復性」論，認爲「性對情言，心對性情言。合如此是情，動處是情，主宰是心。大抵心與性，似一而二，似二而一，此處最當體認。」〔註35〕可見朱子雖然有分析、分解的知識理性，將心、性、情三分，或者把性與情按理與氣、形上與形下、體與用、未發與已發的層次架構加以二分，但在分析之後仍然統而合之。

概而言之，朱熹認爲性無不善，情有善與不善，「心統性情」解決了情有邪有正的問題，即以心來統攝性情可使陷溺之情復歸於正：

　　　性是未動，情是已動，心包得已動未動。蓋心之未動

〔註32〕　《朱子語類》卷五。
〔註33〕　《孟子集注》卷三，《四書章句集注》，《朱子全書》（第6冊），第289頁。
〔註34〕　（宋）陳淳：《北溪字義》卷上，北京：中華書局1983年，第14頁。
〔註35〕　《朱子語類》卷五。

則爲性，已動則爲情，所謂「心統性情」也。欲是情發出
來底。心如水，性猶水之靜，情則水之流，欲則水之波瀾，
但波瀾有好底，有不好底。欲之好底，如「我欲仁」之類；
不好底則一向奔馳出去，若波濤蹎浪；大段不好底欲則滅
卻天理，如水之壅決，無所不害。孟子謂情可以爲善，是
說那情之正，從性中流出來者，元無不好也。〔註36〕

人之生，不能不感物而動，曰「感物而動，性之欲也」，
言亦性所有也，而其要繫乎心君宰與不宰耳。心宰則情得
其正，率乎性之常，而不可以欲言矣。心不宰則情流而陷
溺其性，專爲人欲矣。〔註37〕

正是由於「心統性情」即「心宰則情得其正」，「心不宰則情流而陷溺
其性」，這樣就解決了人如何抵制人欲復歸天理的問題。心統性情說
中對情感的要求反映在朱熹詩學觀念上，便是要求「詩以導性情之
正」。〔註38〕這包括兩方面的含義：（一）、承認詩當反映性情，這是
從詩歌情感的獨立性而言。（二）、詩當反映性情之正，這是從詩學的
思想性而言。這便是他在《詩集傳》中所認同的「詩情」和「詩正」
相結合的詩學觀：

心之所感有邪正，故言之所形有是非。惟聖人在上，
則其所感者無不正，而其言皆足爲教。……惟《周南》、
《召南》親被文王之化以成德，而人皆有以得其性情之正。
故其發於言者，樂而不過於淫，哀而不及於傷，是以二篇
獨爲風詩之正經。……本之《二南》以求其端，參之列國
以盡其變，正之於《雅》以大其規，和之於《頌》以要其
止，此學《詩》之大旨也……則修身及家，平均天下之道，
其亦不待他求而得止於此矣。〔註39〕

〔註36〕　《朱子語類》卷五。
〔註37〕　《答何侼》，《晦庵先生朱文公文集》卷六十四，《朱子全書》（第 23
　　　　　冊），第 3115～3116 頁。
〔註38〕　《建寧府建陽縣學藏書記》，《晦庵先生朱文公文集》卷七十八，《朱
　　　　　子全書》（第 24 冊），第 3745 頁。
〔註39〕　《詩集傳序》，《朱子全書》（第 1 冊），第 350～351 頁。

朱熹既承認詩之所發所言是「天之性」與「性之欲」，但是因為「心之所感有邪正」，他要求詩當從「性情之正」而發。朱熹以及其他理學家在要求一切文藝當反映性情之正一點上是共同的。二程說：「禮樂大矣，然於進退之間，則已得性情之正」。〔註40〕通過禮樂教化實現性情之正是理學家對詩歌的要求，正源於此，理學家針對「近世詩人」的唯情傾向有所批評。邵雍說過，「近世詩人，窮戚則職於怨懟，榮達則專於淫泆。身之否泰，發於喜怒，時之否泰，出於愛惡，殊不以天下大義而為言者，故其詩大率溺於情好也。」〔註41〕理學家們對這種任情恣性、違反「情正」的作品極為反感。朱熹在《通書注》中說：「廢禮敗度，故其聲不淡而妖淫；政苛民困，故其聲不和而愁怨。妖淫，故導欲而至於輕生敗倫；愁怨，故增悲而至於賊君棄父。」〔註42〕對一些士大夫不顧國事而陷溺於濫情之作時，朱熹提出「今言詩不必作，且道恐分了為學工夫」〔註43〕的建議。朱熹對「性情之正」的要求屢次出現在其《詩集傳》等著作中：

> 孔子曰：「《關雎》樂而不淫，哀而不傷。」愚謂此言為此詩者，得其性情之正，聲氣之和也。蓋德如雎鳩，摯而有別，則后妃性情之正固可以見其一端矣。至於寤寐反側，琴瑟鐘鼓，極其哀樂而皆不過其則焉。則詩人性情之正又可以見其全體也。獨其聲氣之和有不可得而聞者，雖若可恨，然學者姑即其辭而玩其理以養心焉，則亦可以得學《詩》之本矣。〔註44〕

> 問：「『關雎樂而不淫，哀而不傷』，於詩何以見之？」曰：「憂止於『輾轉反側』，若憂愁哭泣，則傷矣；樂止於

〔註40〕　《二程集‧河南程氏粹言卷一》，北京：中華書局1981年，第1181頁。

〔註41〕　（宋）邵雍：《伊川擊壤集自序》，載蔣述卓等：《宋代文藝理論集成》，北京：中國社會科學出版社2000年，第152頁。

〔註42〕　《通書注‧樂上第十七》，《朱子全書》（第13冊），第114頁。

〔註43〕　《朱子語類》卷一百四十。

〔註44〕　《詩集傳‧關雎》注，《朱子全書》（第1冊），第403頁。

鐘鼓、琴瑟，若沉涵淫泆，則淫矣。」又云：「是詩人得性
情之正也。」〔註45〕

　　問：「『禮樂只在進反之間，便得性情之正』，何謂也？」
曰：「記得『禮減而進，以進爲文；樂盈而反，以反爲文』。
禮，如凡事儉約，如收斂恭敬，便是減；須當著力向前去
做，便是進，故以進爲文。樂，如歌詠和樂，便是盈；須
當有個節制，和而不流，便是反，故以反爲文。禮減而卻
進前去，樂盈而卻反退來，便是得情性之正。」〔註46〕

由上可見，朱熹在言詩時屢說「性情之正」實際和禮樂要求「性情
之正「聯繫在一起。朱熹在《詩集傳》多次稱讚的后妃「內治之美」
「女子之賢」正是「性情之正」的表現。出於對「性情之正」的強
調，朱熹要求作詩當注意「志之高下」，認爲志高之詩才是符合「性
情之正」的好詩，這樣他就將詩的抒情本質與古老的「詩言志」說
聯繫了起來：「詩本言志，則宜其宣暢湮鬱，優柔其中。」〔註47〕朱
熹詩論要求作品內容應以道德倫理爲主體，即「發乎情，止乎禮義」；
在情感表達方式上，要做到「樂而不淫，哀而不傷」。只有如此才是
得「情性之正」的最高境界。可以說，理學家的主要文藝標準和審
美理想，正是在抒寫情性之正、「樂而不淫，哀而不傷」的言志表情
原則上建立起來的。那麼怎樣學詩才能保證「詩以道性情之正」呢？
朱熹主張學詩當遵循古法，因爲「不幸一失其正，卻似反不若守古
本舊法，以終其身爲穩也。」〔註48〕這也是朱熹在文章觀上認爲後
不如前的原因所在，他提出「詩三等說」：

　　古人情意溫厚寬和，道得言語自恁地好。當時?韻，只
　　是要便於諷詠而已。到得後來，一向於字韻上嚴切，卻無

〔註45〕 《朱子語類》卷二十五。
〔註46〕 《朱子語類》卷九十五。
〔註47〕 《南嶽遊山後記》，《晦庵先生朱文公文集》卷七十七，《朱子全書》
　　　　（第24冊），第3705頁。
〔註48〕 《跋病翁先生詩》，《晦庵先生朱文公文集》卷八十四，《朱子全書》
　　　　（第24冊），第3968頁。

意思。漢不如周，魏晉不如漢，唐不如魏晉，本朝又不如
唐。〔註49〕

　　古今之詩，凡有三變.蓋自書傳所記，虞夏以來，下及
魏晉，自爲一等。自晉宋間顏、謝以後，下及唐初，自爲
一等。自沈、宋以後，定著律詩，下及今日，又爲一等。
然自唐初以前，其爲詩者固有高下，而法猶未變。至律詩
出，而後詩之與法，始皆大變，以至今日，益巧益密，而
無復古人之風矣。〔註50〕

朱熹認爲最好的文章便是三代聖賢文章，因爲這些文章「皆從此心
寫出」，「其所感者無不正，而其言皆足以爲教。」〔註51〕至於一般
學者，由於心之所感有邪正，言之所形有是非，故需要存心養性、
居敬窮理，用「心統性情」的方式實現詩文之修身及家，最終達到
平治天下的理想目標。

第三節　居敬窮理與「修辭立其誠」

　　相對於一般詩人而言，儒家學者對作家修養的要求非同一般，韓
愈特重作家修養，他在《答李翊書》中主張「養其根而竢其實，加其
膏而希其光。根之茂者其實遂，膏之沃者其光曄」，作家是否具有高
超的識見和深厚的學問積累是創作成敗的關鍵，朱熹作爲理學家，與
前賢重視作家主體的人格修養相比可謂有過之而不及，這自然與他
身爲理學家、教育家的身份密切相關。

　　修養論和宇宙本體論、人性論有著極爲密切的聯繫。周敦頤的
「主靜」，張載的「窮理盡性」、「變化氣質」，二程的「主敬」、「格
物致知」，等等都是理學修養論的重要方法。理學家認爲，人要實現
自己的本體存在，根本途徑是「反身而誠」、「反求諸己」，即進行自

〔註49〕　《朱子語類》卷八十。
〔註50〕　《答鞏仲至》，《晦庵先生朱文公文集》卷六四，《朱子全書》（第23
　　　　　冊），第3095頁。
〔註51〕　《詩集傳序》，《朱子全書》（第1冊），第350頁。

我體驗與實踐，以克服主客、內外的對立和矛盾，而不是進行對象認識，這是一種自我覺悟和自我體證，所以他們強調「思」與「覺」。然而，早期儒家雖然張揚倫理理性，以內心自我道德修養的善作為儒家文化的根本價值取向，但對如何進行道德修養卻語焉不詳，孔子說「克己復禮」，孟子說「收其放心」養「浩然之氣」。其後一些思想家援引老子的「虛寂」和佛教的「禪悟」來解說儒家的道德修養。直到二程才從儒家經典中拈出一個「敬」字。朱熹正是從此「敬」字出發昇華了他的道德修養功夫論。今人認為，「用敬貫動靜，敬貫始終，敬貫知行概括朱子為學之方，比較全面而合乎朱熹的整個思想」〔註52〕。在朱熹的道德修養論中，持敬是向內功夫，窮理是向外功夫，向內求敬，向外求知，敬知雙修才能統領朱熹的修養理論。他很讚揚程頤的兩句話：「涵養須用敬，進學則在致知。」因此他提出：「操存涵養，則不可不緊；進學致知，則不可不寬。」〔註53〕這也正是他將尊德性與道問學結合起來的早年見解，而晚年則感到過去對尊德性的重視不夠，而肯定「以尊德性為主」，所以說：「尊德性工夫甚簡約，且如伊川祇說一個主一之謂敬，無適之謂一，祇是如此，更無別事。某向來祇說得尊德性一邊輕了，今覺見未是。」〔註54〕從這一意義上說，朱熹之哲學可以概括為「敬論哲學」、「敬體哲學」。

　　朱熹的持敬說是自己在逃禪歸儒中逐漸體會出來的。他早年師從禪宗大師宗杲的大弟子道謙學習「主悟」的看話禪，後來棄佛崇儒跟隨李侗學習「主靜」的道德修養功夫，但仍感到它有禪定之病，最後他接受了程頤的「主敬」說，完成了儒家道德修養學說的建構，認為「『敬』字工夫，乃聖門第一義，徹頭徹尾，不可頃刻間斷」，〔註55〕

〔註52〕　陳來：《朱熹哲學研究》，北京：中國社會科學出版社 1988 年，第258 頁。
〔註53〕　《朱子語類》卷九。
〔註54〕　《朱子語類》卷六十四。
〔註55〕　《朱子語類》卷十二。

「『敬』之一字，眞聖門之綱領，存養之要法。」〔註 56〕朱熹的持敬說包含三方面意義，一是「主一」，即內無妄想外無妄動，這也就是十六字心傳中的「惟精惟一」，以精誠專一之心去上究天理。二是「虛靜」，「窮理以虛心靜慮爲本」，〔註 57〕朱熹強調虛靜是因爲他堅信心本來就湛然清明，虛心就是恢復心「湛然無事，自然專一」的原有功能，虛靜是爲了讓心能夠隨事而應，這是一種以靜養動的涵養之法。三是敬畏，心懷敬畏，才能收其「放心」，擯絕一切私欲。以上三點都是從心之向內的修養功夫而論，這種功夫論還需要和向外的道問學的認識論進行有機結合，這也正是朱熹與前人不同之處，即他強調格物致知，向外即事窮理，這個理既有所謂形而上之「天理」，也實際包含了萬事萬物之具體「物理」，是朱熹的倫理理性向知識理性的延伸：

> 所謂致知在格物者，言欲致吾之知，在即物而窮其理也。蓋人心之靈莫不有知，而天下之物莫不有理，惟於理有未窮，故其知有不盡也。是以大學始教，必使學者即凡天下之物，莫不因其已知之理而益窮之，以求至乎其極。至於用力之久，而一旦豁然貫通焉，則眾物之表裏精粗無不到，而吾心之全體大用無不明矣。此謂物格，此謂知之至也。〔註 58〕

朱熹將居敬與窮理結合起來是強調德知合一，目的在於將修養與認識結合起來：

> 學者工夫，唯在居敬、窮理二事。此二事互相發。能窮理，則居敬工夫日益進；能居敬，則窮理工夫日益密。譬如人之兩足，左足行，則右足止；右足行，則左足止。又如一物懸空中，右抑則左昂，左抑則右昂，其實只是一事。〔註 59〕

〔註 56〕　《朱子語類》卷十二。
〔註 57〕　《朱子語類》卷九。
〔註 58〕　《大學章句》，《朱子全書》（第 6 冊），第 20 頁。
〔註 59〕　《朱子語類》卷九。

　　　　學者若不窮理，又見不得道理。然去窮理，不持敬，
又不得。涵養中自有窮理工夫，窮其所養之理；窮理中自
有涵養工夫，養其所窮之理，兩項都不相離。〔註60〕

　　　　涵養、窮索，二者不可廢一，如車兩輪，如鳥兩翼。
〔註61〕

朱熹從居敬窮理到「修辭立其誠」的體會，與他對二程尤其是程顥的
啓示不無關係，程顥認爲其學以「立仁」爲主，而仁需以誠敬來涵養，
所以提出「修辭立其誠」：

　　　　蘇季明嘗以治經爲傳道居業之實，居常講習，只是空
言無益，質之兩先生。伯淳先生曰：「修辭立其誠，不可
不仔細理會，言能修省言辭，便是要立誠。若只是修辭言
辭爲心，只是爲僞也。若修其言辭，正爲立己之誠意，卻
是體當自家敬以直內，義以方外之實事。道之浩浩，何處
下手？惟立誠才有可居之處，有可居之處，則可以修業
也。『終日乾乾』，大小大事卻只是忠信，所以進德爲實下
手處，修辭立其誠爲實修業處。」〔註62〕

　　　　蘇昞問：「修辭何以立誠？」曰：「苟以修飾言語爲心，
是僞而已。」〔註63〕

朱熹在道德修養層面強調的居敬窮理落實到作家修養進而到語言表
達上便是「修辭立其誠」。「修辭立其誠」出自《周易・乾・文言》，「子
曰：『君子進德修業。忠信所以進德也；修辭立其誠，所以居業也。』」
孔穎達疏云：「辭謂文教，誠謂誠實也。外則修理文教，內則立其誠
實，內外相成，則有功業可居。」由此可知，修辭本謂整頓文教，樹
立誠信，後多用以指撰文要表達作者的眞實意圖，不可作虛飾浮文。

〔註60〕　《朱子語類》卷九。
〔註61〕　《朱子語類》卷九。
〔註62〕　《二程集・河南程氏遺書卷一》，北京：中華書局 1981 年，第 2 頁。
〔註63〕　《二程集・河南程氏粹言卷一》，北京：中華書局 1981 年，第 1184
　　　　頁。

朱熹認爲，「『出辭氣，斯遠鄙倍』，是『修辭立其誠』意思。」〔註64〕朱熹在多處聯繫「敬」來理解「修辭立其誠」：

> 修辭，只是如「非禮勿言」。若修其言辭，正爲立己之誠意，乃是體當自家「敬以直內，義以方外」之實事，便是理會敬義之實事，便是表裏相應。「敬以直內，義以方外」，便是立誠。道之浩浩，何處下手？惟立誠才有可居之處，有可居之處則可以修業。業，便是逐日底事業，恰似日課一般。「忠信所以進德」，爲實下手處。如是心中實見得理之不妄，「如惡惡臭，如好好色」，常常恁地，則德不期而進矣。誠，便即是忠信；修省言辭，便是要立得這忠信。若口不擇言，只管逢事便説，則忠信亦被汩沒動蕩，立不住了。〔註65〕

> 「乾言聖人之學，故曰『忠信所以進德，修辭立其誠所以居業』。坤言賢人之學，故曰『敬以直內，義以方外』。忠信便是在內，修辭是在外。」問：「何不説事？卻説辭？」曰：「事尚可欺人，辭不可掩，故曰『言顧行，行顧言』。」〔註66〕

> 「進德修業」，這四個字煞包括道理。德是就心上説，業是就事上説，忠信是自家心中誠實。「修辭立其誠」，是説處有眞實底道理。「進德修業」最好玩味。〔註67〕

由上可知，朱熹是從道德修養與立言修辭的關係角度來解讀「修辭立其誠」的，「敬以直內，義以方外」與「忠信便是在內，修辭是在外」是互通的關係。朱熹看來，內心的修養與外在的實踐統一在一起。「忠信」是道德修養的主要內容和根本途徑，「修辭」則是溝通個體的心靈世界、道德世界與外部世界的重要途徑。對「修辭立其誠」的強調，把修辭這一個人語言行爲、個人表達方式提升爲關係

〔註64〕·《朱子語類》卷三十五。
〔註65〕　《朱子語類》卷九十五。
〔註66〕　《朱子語類》卷九十七。
〔註67〕　《朱子語類》卷六十九。

到人在社會中的價值實現的活動，修辭的重要性被凸顯出來了。朱熹認爲，「今人」作文在修辭上的毛病實在太多，云：

　　　或言今人作詩，多要有出處。曰：「關關雎鳩，出在何處？」

　　　因說詩，曰：「曹操作詩必說周公，如云：『山不厭高，水不厭深；周公吐哺，天下歸心！』又，苦寒行云：『悲彼東山詩。』他也是做得個賊起，不惟竊國之柄，和聖人之法也竊了！」

　　　詩見得人。如曹操雖作酒令，亦說從周公上去，可見是賊。若曹丕詩，但說飲酒。〔註68〕

以上諸條，可謂「修辭立其誠」的反證，正是沒有做到「修辭立其誠」的經典例子。朱熹批判「今人」、批評曹操，正是從「誠」和「忠信」、「進德修業」的角度來批評其詩作。雖說朱熹也認爲「言之無文，行而不遠」，但朱熹反感無德之人的「文」，一旦失去了「誠」，再文的詩歌也只是「賊起」。修辭不誠，大而言之會影響經邦治國，所以他在封事中對皇帝義正嚴詞：「記誦華藻，非所以探淵源而出治道……臣愚伏願陛下捐去舊習無用浮華之文，攘斥似是而非邪詖之說」〔註69〕，朱熹認爲，修辭與進德、治道密不可分。

　　　問：「『修辭立其誠』，何故獨說辭？得非只舉一事而言否？」曰：「然。也是言處多，言是那發出來處，人多是將言語做沒緊要，容易說出來、若一一要實，這工夫自是大。『立其誠』，便是那後面『知終終之，可與存義也』。」〔註70〕

　　　問：「先行其言而後從之」。曰：「此爲子貢而發。其實『有德者必有言』，若有此德，其言自足以發明之，無有說不出之理。夫子只云『欲訥於言而敏於行』，『敏於事而慎

〔註68〕　《朱子語類》卷一百四十。
〔註69〕　《壬午應詔封事》，《晦庵先生朱文公文集》卷十一，《朱子全書》（第20冊），第572～573頁。
〔註70〕　《朱子語類》卷六十九。

於言』，未嘗說無事於言。」〔註71〕

朱熹強調「修辭立其誠」，就是「言處多」，言與行相比，更容易發出來，人們往往把言語當作無關緊要的事，卻不知道要做到「言顧行、行顧言」。朱熹認爲「有德者必有言」與「修辭立其誠」，提供了讀者通過文章來判別作者人品的可能。朱熹認爲人品與文品相統一，「有德者必有言」，但有言者未必有德。朱熹提出「詩見得人」，即通過其詩其言來判定其人品。出於對人品的強調，朱熹對那些有言無德的歷代作者進行批評，提出文人加強德性修養的問題。

正是因爲「修辭立其誠」，朱熹所主張的修辭目標一如孔子所謂的「辭達」：「文字之設，要以達吾之意而已，政使極其高妙而於理無得焉，則亦何所益於吾身，而何所用於斯世？」〔註72〕將益於吾身和用於斯世作爲修辭的最終目的，朱熹多次批評詩文之工巧：

> 據某所見，巧言即所謂花言巧語。如今世舉子弄筆端做文字者，便是。〔註73〕

> 國初文章，皆嚴重老成。嘗觀嘉祐以前誥詞等，言語有甚拙者，而其人才皆是當世有名之士。蓋其文雖拙，而其辭謹重，有欲工而不能之意，所以風俗渾厚。至歐公文字，好底便十分好，然猶有甚拙底，未散得他和氣。到東坡文字便已馳騁，忒巧了。及宣政間，則窮極華麗，都散了和氣。所以聖人取「先進於禮樂」，意思自是如此。〔註74〕

> 歐公文字敷腴溫潤。曾南豐文字又更峻潔，雖議論有淺近處，然卻平正好。到得東坡，便傷於巧，議論有不正當處。後來到中原，見歐公諸人了，文字方稍平。老蘇尤甚。大抵已前文字都平正，人亦不會大段巧說。自三蘇文

〔註71〕 《朱子語類》卷二十四。
〔註72〕 《答曾景建》，《晦庵先生朱文公文集》卷六十一，《朱子全書》（第23冊），第2974頁。
〔註73〕 《朱子語類》卷二十。
〔註74〕 《朱子語類》卷一百三十九。

出，學者始日趨於巧。〔註75〕

　　李賀較怪得些子，不如太白自在。又曰：「賀詩巧。」
〔註76〕

　　「古詩較自在，山谷則刻意爲之。」又曰：「山谷詩忒
好了。」〔註77〕

　　朱熹批評李賀、蘇軾、黃庭堅而誇讚歐陽修、曾鞏，認爲前者
「傷於巧」，而後者「平正」、有「和氣」，這和他作爲理學家注重道
德修養而要求「修辭立其誠」密切相關，他認爲「聖人言語，皆天
理自然，本坦易明白在那裡。」〔註78〕由於注重詩文的教化作用，
朱熹一般都提倡本色自然、平易渾成的語言風格，甚至要求「使方
寸之中，無一字世俗言語意思，則其爲詩，不期於高遠而自高遠矣。」
〔註79〕清人李慈銘贊朱子之文「明淨曉暢，文從字順，而有從容自
適之致，無道學家迂腐拖沓習氣。」〔註80〕可見朱子以誠爲辭，得
到了後人的認同和讚揚。

　　總而言之，朱熹從居敬窮理、敬知雙修而要求修辭立其誠，將修
辭和立德、理性與文辭聯繫了起來，要求作家內外兼修，這和他「理
一分殊」、「體用一源」的哲學本體論和體用論是一以貫之的。

〔註75〕　《朱子語類》卷一百三十九。
〔註76〕　《朱子語類》卷一百四十。
〔註77〕　《朱子語類》卷一百四十。
〔註78〕　《朱子語類》卷十一。
〔註79〕　《答鞏仲至》，《晦庵先生朱文公文集》卷六四，《朱子全書》（第23
　　　　　冊），第3095頁。
〔註80〕　（清）李慈銘：《越縵堂讀書記》，上海：上海書店出版社2000年，
　　　　　第914頁。

第四章　高明精微：朱子理學詩學的主要內涵

　　朱子的理學詩學從前賢、家學與師友的薰陶中而來，並經過他治經與治詩經驗的總結、理學範疇與詩學觀念的交融，他對詩歌本質、詩歌創作、詩歌風格與詩歌鑒賞有了更深的理解。由於他「致廣大、盡精微、綜羅百代」的學術素養，他的理學詩學也呈現出超越與彙成前賢理學大家的集大成成就。他修正了程頤的「作文害道」，超越了邵雍的「情累皆忘」，提出了「感物道情」、「循法變古」、「蕭散簡淡」「涵泳自得」等一系列詩學理論，凡此，皆構成了他理學詩學的重要基石。

第一節　情志相融的詩學本質論

　　朱熹對詩歌的理解和認定具有雙重性，一方面他從強調理學功夫角度牴觸詩文，認爲詩歌的學習擠佔了學道的時間。另一方面他又從詩情、詩教角度認可詩歌，正是在對詩的辯證理解中他修正了程頤的「作文害道」說，爲詩的存在保留了合理空間，並身體力行，在治詩與作詩之中發現了詩「感物道情」、「情志相融」的詩學本質。

　　詩在朱熹理學的語境中有兩個方面，一是特指《詩經》，一是指

詩歌作品，包括《詩經》。朱熹作爲理學大家，學詩寫詩並非他關注的第一要義，他曾說過：「今人不去講義理，只去學詩文，已落第二義。」〔註 1〕「近世諸公作詩費功夫，要何用？元祐時有無限事合理會，諸公卻盡日唱和而已。今言詩不必作，且道恐分了爲學工夫。然到極處，當自知作詩果無益。」〔註 2〕朱熹對文士廢棄國事或聖賢之學整日唱和極爲反感，他批評韓愈說：「他只是要做得言語似六經，便以爲傳道。至其每日功夫，只是做詩，博弈，酣飲取樂而已。」〔註 3〕朱熹認爲「作詩無益」是因爲作詩分散了爲學功夫，即擔心寫詩作詩擠佔了問學爲道的精力和時間。所以「朱熹並不是一概反對寫詩，更不是盲目地否定詩」。〔註 4〕正是出於對學道義理的推崇，他反對一味沉迷於詩歌或徒贊他人的詩歌成就，而是從詩有助名教的角度讚頌他人。

> 予聞公予天資孝友絕人，其篤於兄弟之愛，至犯患難、取禍辱而不悔，有古篤行君子所難能者。諸公乃徒盛稱其詩，而曾不及此，予不能識其說也。因竊記編之後，以示鄉人，使知公知所以自見於世者，不但其詩而已，蓋於名教，庶幾亦深有補云。〔註 5〕

由此可以看出，朱熹認爲觀察與評價一個人，不能只看其詩，而要看其言行是否有補於教。既然不重詩而重其行，那麼詩何以爲？當不當爲？朱熹認爲，「詩之作，本非有不善也，而善人之所以深懲而痛絕之者，懼其流而生患耳。初亦豈有咎於詩哉！」〔註 6〕由此可知，朱熹對寫詩還是持肯定態度的，「作詩間以數句釋懷亦不妨，但不用多

〔註 1〕　《朱子語類》卷一百四十。
〔註 2〕　《朱子語類》卷一百四十。
〔註 3〕　《朱子語類》卷一百三十七
〔註 4〕　朱傑人：《爲朱熹辯》，學術月刊，1994 年第 1 期。
〔註 5〕　《跋張公予竹溪詩》，《晦庵先生朱文公文集》卷八十一，《朱子全書》（第 24 冊），第 3829 頁。
〔註 6〕　《南嶽遊山後記》，《晦庵先生朱文公文集》卷七十七，《朱子全書》（第 24 冊），第 3705 頁。

作，蓋便是陷溺爾。」〔註7〕正是在保證道學爲第一義的前提之下，朱熹確認了詩的地位：「感事觸物，又有不能無言者，則亦未免以詩發之。」〔註8〕在此前提之下，他積極探索詩的本質，確認了詩歌的情感特質，同時也對詩歌的思想標準提出了苛刻的要求。他首先尋找詩歌創作與詩歌教化的依據：

> 「人生而靜，天之性也；感於物而動，性之欲也。夫既有欲矣，則不能無思；既有思矣，則不能無言；既有言矣，則言之所不能盡，而發於咨嗟詠歎之餘者，必有自然之音響節奏而不能已焉。此詩之所以作也。」曰：「然則其所以教者何也？」曰：「詩者，人心之感物而形於言之餘也。心之所感有邪正，故言之所形有是非。惟聖人在上，則其所感者無不正，而其言皆足以爲教。其或感之之雜，而所發不能無可擇者，則上之人必思所以自反，而因有以勸懲之，是亦所以爲教也。」〔註9〕

> 大率古人作詩，與今人作詩一般，其間亦自有感物道情，吟詠情性，幾時盡是譏刺他人？〔註10〕

> 《詩》之言有善有惡，而讀者足以爲勸誡，非謂詩人爲勸誡而作也。但其言或顯或晦、或偏或全，不若此句之直截而該括無遺耳。〔註11〕

朱熹認爲，詩人作詩是出於情感的自然流露，即感物道情、吟詠情性，作詩的目的在於正詩用以教人，邪詩用以勸懲。故詩教在於讀者自以爲勸誡，而非詩人故意爲勸誡而作詩。正是在這樣的前提下，朱熹多次認可了詩情：「急呼我輩穿花去，未覺詩情與道妨。」「世

〔註7〕　《朱子語類》卷一百四十。
〔註8〕　《東歸亂稿序》，《晦庵先生朱文公文集》卷七五，《朱子全書》（第24冊），第3627頁。
〔註9〕　《詩集傳序》，《朱子全書》（第1冊），第350頁。
〔註10〕　《朱子語類》卷八十。
〔註11〕　《答汪長孺別紙》，《晦庵先生朱文公文集》卷五十二，《朱子全書》（第22冊），第2466頁。

情分逐流年去，只有詩情老更慳。」〔註12〕朱熹研究《詩經》也充分注意到了《詩經》的情感特質，將其與其他經典區別了開來：

> 詩人道言語，皆發乎情，又不比他書……聖人之言，在《春秋》、《易》、《書》無一字虛。至於《詩》，則發乎情，不同。〔註13〕

> 聖人有法度之言，如《春秋》、《書》、《禮》是也，一字皆有理。如《詩》亦要逐字將理去讀，便都礙了。〔註14〕

> （詩）須要自得言外之意始得。須是看得那物事有精神，方好。若看得有精神，自是活動有意思，跳躑叫喚，自然不知手之舞，足之蹈。這個有兩重：曉得文義是一重，識得意思好處是一重。若只是曉得外面一重，不識得他好底意思，此是一件大病。〔註15〕

出於對詩歌情感特質的認同，朱熹對風詩「多出於里巷歌謠之作，所謂男女相與詠歌，各言其情」的情感特徵加以肯定，從而得出「《三百篇》性情之本」的結論。這使得朱熹特別注重從詩歌的情感特性，理解詩歌興起感發的意義，正如錢穆所說「朱子治詩，主要在求能興，能感發人，此即文學功能也。」〔註16〕正是出於對詩作文學功能的認可，朱熹將「興」看作觸發情感的契機：

> 比是以一物比一物，而所指之事常在言外。興是借彼一物以引起此事，而其事常在下句。但比意雖切而卻淺，興意雖闊而味長。

> 如興體不一，或借眼前物事說將起，或別自將一物說起，大抵只是將三四句引起，如唐時尚有此等詩體。如『青青河畔草』，『青青水中蒲』，皆是別藉此物，興起其辭，非

〔註12〕 《次秀野韻五首》，《次秀野極目亭韻》，《晦庵先生朱文公文集》卷三，《朱子全書》（第 20 冊），第 331、335 頁。
〔註13〕 《朱子語類》卷八十一。
〔註14〕 《朱子語類》卷八十。
〔註15〕 《朱子語類》卷一百一十四。
〔註16〕 錢穆：《朱子新學案》，成都：巴蜀書社 1986 年，第 1274 頁。

必有感而見於此物也。有將物之無，興起自家之所有；將
物之有，興起自家之所無。前輩都理會這個不分明，如何
說得詩本指！只伊川也自未見得。看所說有甚廣大處，子
細看，本指卻不如此。若上蔡怕曉得詩，如云『讀詩，須
先要識得六義體面』，這是他識得要領處。」問：「詩雖是
吟詠，使人自有興起，固不專在文辭；然亦須是篇篇句句
理會著實，見得古人所以作此詩之意，方始於吟詠上有得。
〔註17〕

朱熹將詩歌的情感特徵與審美教育聯繫起來，認爲好的詩能讓人感
發、興起善心，所以好詩是實踐審美教育的最佳教材，朱熹注《詩》
也正是遵循先儒遺訓、實施詩歌禮樂文教功能的反映。由於突出詩歌
的教育功能，朱熹在「詩情論」的基礎上對「詩言志」說作了進一步
的發揮：

> 熹聞詩者志之所之，在心爲志，發言爲詩。然則詩者
> 豈復有工拙哉，亦視其志之所向者高下如何耳。是以古之
> 君子，德足以求其志，必出於高明純一之地，其於詩固不
> 學而能之。〔註18〕

> 詩本言志，則宜其宣暢湮鬱、優柔平中，而其流乃至
> 於喪志。群居有輔仁之益，則宜其義精理得、動中倫慮。
> 〔註19〕

朱熹的「詩言志」說是在《毛詩序》的基礎上的拓展。《毛詩序》說：
「詩者，志之所之也。在心爲志，發言爲詩，情動於中而形於言，
言之不足故嗟歎之，嗟歎之不足故永歌之，永歌之不足，不如手之
舞之，足之蹈之也。」比較朱熹的言論，發現兩者之間在認可情與
志上是共同的。但，朱熹強調的「志」超出了漢儒的範圍，對情、

〔註17〕　《朱子語類》卷八十。
〔註18〕　《答楊宋卿》，《晦庵先生朱文公文集》卷三十九，《朱子全書》（第
　　　　　22冊），第1728頁。
〔註19〕　《南嶽遊山後記》，《晦庵先生朱文公文集》卷七十七，《朱子全書》
　　　　　（第24冊），第3705頁。

志均作了限定，實際兼言性情與義理之正、之和。朱熹認爲情有正邪之分，志有高下之別，詩應反映情正、志高之作，這與他的理學思想是一以貫之的。「喜怒哀樂，情也。其未發，則性也，無所偏倚，故謂之中。發皆中節，情之正也，無所乖戾，故謂之和。大本者，天命之性，天下之理皆由此出，道之體也。達道者，循性之謂，天下古今之所共由，道之用也。此言性情之德，以明道不可離之意。」〔註20〕朱熹所認可的情始終是與其心性義理學說聯繫在一起的。正是在這樣的原則之下，朱熹對不少詩作提出了批評：

> 余讀陳子昂《感寓詩》，愛其詞旨幽邃，音節豪宕，非當世詞人所及。如丹砂空青，金膏水碧，雖近乏世用，而實物外難得之奇寶。欲效其體作十數篇，顧以思致平凡，筆力萎弱，竟不能就。然亦恨其不精於理，而自託於仙佛之間以爲高也。〔註21〕

朱熹認爲陳子昂「詞旨幽邃，音節豪宕，非當世詞人所及」，評價不可謂不高，但仍然認爲其「不精於理」。至於其批評蘇軾「語道學則迷大本，議事實則尚權謀，眩浮華，忘本實，貴通達，賤名檢，此其害天理，亂人心，妨道術，敗風教，亦豈盡出王氏之下也哉！」〔註22〕則更是從義理的角度切入對詩文的批評。他說：「義理既明，又能力行不倦，則其存諸中者，必也光明四達，何施不可！發而爲言，以宣其心志，當自發越不凡，可愛可傳矣。今執筆以習研鑽華采之文，務悅人者，外而已，可恥也矣！」〔註23〕朱熹所謂的「詩本言志」與這裡提倡的「義理既明」「發而爲言」「宣其心志」是統一的。在這樣的理論建構之下，朱熹認爲詩可以不學而能之：「今人學文者，

〔註20〕 《中庸章句》，《朱子全書》（第 6 冊），第 33 頁。
〔註21〕 《齋居感興二十首序》，《晦庵先生朱文公文集》卷四，《朱子全書》（第 20 冊），第 360 頁。
〔註22〕 《答汪尚書》，《晦庵先生朱文公文集》卷三十，《朱子全書》（第 21 冊），第 1301 頁。
〔註23〕 《朱子語類》卷一百三十九。

何曾作得一篇！枉費了許多氣力。大意主乎學問以明理，則自然發爲好文章。詩亦然。」〔註24〕朱熹將情志相融轉變爲情理相融，這也正是理學思想滲透於詩學思想的自然結果。朱熹重視詩歌的情志功能，看重詩的思想內容，對詩的形式要素不太重視：

> 然則詩者豈復有工拙哉？……至於格律之精粗，用韻屬對、比事遣辭之善否，今以魏晉以前諸賢考之，蓋未有用意於其間者，而況於古詩之流乎？近世作者乃始留情於此，故詩有工拙之論，而葩藻之詞勝，言志之功隱矣。
> 〔註25〕

「工拙」論是聲律論的創始人沈約提出的，要求詩歌的語言聲韻符合律變的規律，正是在聲律論的發展之下，律詩大行其時。朱熹認爲以工拙論詩，勢必造成人們執著於詩歌的形式技巧，或言用字之工，或言對仗聲律之工，或重用典用事之工，將立足點放在詩歌形式諸要素，必然導致詩歌邁向精雕細琢的形式化道路，失去詩的天然意味。方回說過：「大抵工有餘而味不足，即如人之爲人，形有餘而韻不足。詩豈在專對偶聲病而已哉！」〔註26〕朱熹反對以工拙論詩，推崇魏晉以前的古詩，這與理學家認爲學詩分散爲學功夫有關，以程頤爲例：

> 或問：「詩可學否？」曰：「既學時，須是用功方合詩人格，既用功，甚妨事。古人詩云：『吟成五個字，用破一生心。』又謂『可惜一生心，用在五字上』。」此言甚當。先生嘗說：「王子眞曾寄藥來，某無以答他。某素不作詩，亦非是禁止不作，但不欲爲此閒言語。」〔註27〕

〔註24〕　《朱子語類》卷一百三十九。
〔註25〕　《答楊宋卿》，《晦庵先生朱文公文集》卷三十九，《朱子全書》（第22冊），第1728頁。
〔註26〕　方回：《瀛奎律髓》卷十批許渾《春日題韋曲野老村舍》，文淵閣四庫全書本。
〔註27〕　《二程集·河南程氏遺書卷十八》，北京：中華書局1981年，第239頁。

只有用功才能達到詩學的高超之境，故程頤反對在學詩上過於用心。朱熹曾從學義理爲第一義，學詩爲第二義的角度反對學者全身而入詩文活動。他在爲詩歌打開方便之門時要求世人不必在詩之工拙上過於苛求。「記誦詞藻，非所以探淵源而出治道。」〔註28〕「用力於文詞，不若窮觀經史以求義理而措諸事業之爲實也。」〔註29〕如果執著於詩的工拙，不在尋求義理與內心修養上追尋，便是不識詩，即使奔命去做，也做不成好詩：

> 今人所以事事做得不好者，緣不識之故。只如個詩，舉世之人盡命去奔去聲。做，只是無一個人做得成詩。他是不識，好底將做不好底，不好底將做好底。這個只是心裏鬧，不虛靜之故。不虛不靜故不明，不明故不識。若虛靜而明，便識好物事。雖百工技藝做得精者，也是他心虛理明，所以做得來精。心裏鬧，如何見得！〔註30〕

朱熹認爲，「詩以言志」，不論工拙，學詩自然也不能從工拙著手，而當從符合「詩以言志」的志高之作入手。學詩當遵循正道，路不正，即使學得十分好，也一無用處，這就是他反覆強調古詩之意義所在，朱熹認爲惟有《詩經》、《楚辭》、漢魏古詩爲上乘之作，也是詩人應當學習和模仿的對象：

> 故嘗妄欲抄取經史所載韻語，下及《文選》、漢、魏古詞，以盡乎郭景純、陶淵明之所作，自爲一編，而附於三百篇、《楚辭》之後，以爲詩之根本準則。又於其下二等之中，擇其近於古者，各爲一編，以爲之羽翼輿衛。其不合者，則悉去之，不使其接於吾之耳目，而入於吾之胸次。要使方寸之中無一字世俗言語意思，則其爲詩，不期於高

〔註28〕 《壬午應詔封事》，《晦庵先生朱文公文集》卷十一，《朱子全書》（第20冊），第572頁。
〔註29〕 《答汪叔耕》，《晦庵先生朱文公文集》卷五十九，《朱子全書》（第23冊），第2813頁。
〔註30〕 《朱子語類》卷一百四十。

　　遠而自高遠矣。〔註31〕

朱熹強調的爲詩「不期於高遠而自高遠」，正是強調「志之高下」的重要性，其爲詩的基本準則是和他對詩歌本質的認定是一致的，他將這樣的詩歌評價標準，落實到對他人詩作的品評與自己的詩歌創作實踐之中。他批評蘇軾、黃庭堅等人，認爲「蘇黃只是今人詩，蘇才豪，然一滾說盡，無餘意；黃費安排。」〔註32〕推崇陶淵明「所以爲高，正在其超然自得、不費安排處。」〔註33〕都是從胸次之高、德性之大的角度著眼，重詩人德性涵養與詩歌的思想內容，強調德足以求其志從而眞味發溢，在心爲志，發言爲詩，認爲這樣的詩內心充實，化工天然而不施雕琢，聲情並茂而滋味無窮，甚至可以「不學而能之」，這正是朱熹將理學功夫通於詩學修養之後的結果，與他格物致知的理學思想是內在統一的。這種對詩歌本質的認識，對於朱熹後學及其他理學家影響深遠，後世理學詩對詩歌的哲理性、思想性追求，超出了對藝術規律的探索，從而使理學詩漸漸走上了「詩之旁門」的道路。

第二節　循法變古的詩學方法論

　　朱熹對「詩何爲而作」與「所以爲教」的探討可以使我們清晰地瞭解朱熹基本的詩學傾向，他既看重詩歌的情感、言志的特質，重視詩教，也極爲看重詩學研究方法和詩歌創作方法。概而言之，在詩學研究上，朱熹要求讀詩、解詩、賞詩各自有法，應當各行其是；在詩歌創作上，朱熹要求尊重風騷精神，學習選體，循法變古。

　　「法」是中國詩學乃至中國古代文藝理論中的重要範疇，模範

〔註31〕　《答鞏仲至》，《晦庵先生朱文公文集》卷六十四，《朱子全書》（第23冊），第3095頁。
〔註32〕　《朱子語類》卷一百四十。
〔註33〕　《答謝成之》，《晦庵先生朱文公文集》卷五十八，《朱子全書》（第23冊），第2755頁。

之法是一切法度的來源，法既可作名詞，也可作動詞，作動詞則爲效法、模仿之意，所謂「人法地，地法天，天法道，道法自然」等等。「法」進入文藝領域經歷了一個漫長的過程。明人羅萬藻說：「文字之規矩繩墨，自唐宋而下，所謂抑揚開闔起伏呼應之法，晉漢以上，絕無所聞，而韓、柳、歐、蘇諸大儒設之，遂以爲家。出入有度，而神氣自流，故自上古之文至此而別爲一界。」〔註34〕這裡所說的「法」，偏於技術的層面，是創作的具體細則。一般認爲，「詩法」範疇在宋代得到了最終的確立，明人李東陽說：「唐人不言詩法，詩法多出於宋。」〔註35〕確實，宋代詩論具有濃鬱的詩法意識，詩人、批評家熱衷於建構一種具體而微的法度理論來指導詩歌的創作。一般而言，詩法即詩的創作方法和規律，有定法和活法之分，定法主要包括事關格、律、體的文體之「法」和字法、句法、章法等相關技巧之「法」。活法則主要指神明變化之法。宋陳師道云：「杜之詩法出審言，句法出庾信，但過之爾。杜之詩法，韓之文法也。」〔註36〕楊萬里也在說：「閉門覓句非詩法，只是征行自有詩。」〔註37〕可見在宋人眼裏，詩人非常講究詩法。

俗話說文無定法，陸游也說過，「文章本天成，妙手偶得之。粹然無疵瑕，豈復須人爲」〔註38〕，以抒情言志爲主的詩歌當亦詩無定法才是，爲何宋人普遍講究詩法？錢鍾書先生的說法也許能給我們一些啓示：「有唐詩作榜樣是宋人的大幸，也是宋人的大不幸。有了這個好榜樣，宋代詩人就學了乖，會在技巧和語言方面精益求精；

〔註34〕 （明）羅萬藻：《此觀堂集·韓臨之制藝序》，四庫存目叢書本。

〔註35〕 （明）李東陽：《懷麓堂詩話》，載丁福葆輯：《歷代詩話續編》，北京：中華書局1983年，第1371頁。

〔註36〕 （宋）陳師道：《後山詩話》，文淵閣四庫全書本。

〔註37〕 （宋）楊萬里：《下橫山灘頭望金華山》，《楊萬里集箋校》卷二六（第3冊），辛更儒箋校，北京：中華書局2007年，第1356頁。

〔註38〕 （宋）陸游：《陸游集》（第4冊），北京：中華書局1976年，第1933頁。

同時，有了這個好榜樣，他們也偷起懶來，放縱了摹仿和依賴的惰性。」〔註39〕宋人為了學習唐人也突破唐人，自然對詩法關注甚多，名重一時的江西詩派提倡「脫胎換骨」、「點鐵成金」就是在詩法上要求創新，即使是反對江西詩派提倡「妙悟」的《滄浪詩話》也有《詩法》一章。宋代是詩話大興之時，談及詩總不免提到如何寫詩如何賞詩的問題，所以關注詩法實際是當時詩界的一種普遍現象，朱熹也不例外。

朱熹涉足詩學前後幾十年，自然亦有一套關於詩學的方法論，不過朱熹對詩法的重視和時人對詩法的看重不同，當時詩法論的典型形態是江西詩派詩法之學。江西詩法是以學習杜詩的「規矩」為契機建立起來的。但所汲取的，主要是杜詩技巧多樣化的開拓精神。朱熹所關注的詩法並不僅僅從創作著眼，而是兼顧了讀詩、解詩、寫詩的多位一體，他對詩法的精研亦首先從時人不太關注的讀《詩》之法入手，他首先提出六經各有門庭，讀《詩》自有讀詩之法一說：

> 「《六經》浩渺，乍難盡曉。且見得路逕後，各自立得一個門庭。」問：「如何是門庭？」曰：「是讀書之法。如讀此一書，須知此書當如何讀。伊川教人看易，以王輔嗣胡翼之王介甫三人《易解》看，此便是讀書之門庭。緣當時諸經都未有成說，學者乍難捉摸，故教人如此。」或問：「如《詩》是吟詠性情，讀《詩》者便當以此求之否？」曰：「然。」〔註40〕

從《六經》各有門庭出發，朱熹認為識得詩的體制十分重要：

> 古人作詩，體自不同，《雅》自是《雅》之體，《風》自是《風》之體。如今人做詩曲，亦自有體制不同者，自不可亂，不必說《雅》之降為《風》。今且就《詩》上理會

〔註39〕　錢鍾書：《宋詩選注》序，北京：人民文學出版社 2001 年。
〔註40〕　《朱子語類》卷九十六。

意義，其不可曉處，不必反倒。〔註41〕

朱熹比別人的高明之處，便是認識到《詩經》與他經不同，是充分反映和表達詩人思想感情的性情之作，所以要認準《詩》自身的門庭通讀全詩，整體把握詩人要表達的感情，不能像讀其他經書一樣逐字逐句去尋義理，「聖人之言在《春秋》、《易》、《書》無一字虛，至於《詩》則發乎情，不同」〔註42〕。朱熹不僅看到了其他諸經闡釋義理與《詩》抒發感情的不同，而且要求讀者根據經書的不同、文體的不同採用不同的方法去讀，「如《詩》亦要逐字將理去讀，便都礙了。〔註43〕」從情入手而非逐字從理入手，朱熹指出了讀《詩》的關鍵。不僅如此，他還在《詩集傳》序提到詩乃「言之所不能盡而發於咨嗟詠歎之餘者，必有自然之音響節奏」，故須從容吟詠，在音節鏗鏘、抑揚頓挫中體會古詩之音韻，「古之學《詩》者，固有待於聲音之助，然今已亡之，無可奈何，只得熟讀而從容諷味（詠）之耳。」〔註44〕「讀詩全在諷詠得熟，則六義將自分明」〔註45〕，熟讀諷詠之後自然會對風雅頌的音樂特點和賦比興的表現手法融會貫通，與詩的共鳴也更為深入。

入情讀詩是為讀詩的關鍵，但詩人所言之志並非只有詩情，還有詩意詩理，這一尋繹過程還需讀者虛心熟讀，「須是打疊這心光蕩蕩地，不立一個字，只管虛心讀地，少間推來推去，自然推出那個道理。」〔註46〕要達到真正意義上的虛心，還需要有排除舊說的魄力，以「又一種工夫」挖掘「詩本義」，這便涉及到朱熹的解詩之法。朱熹的解詩經驗正是在熟讀精思辯證對待前人注釋的基礎上融會貫通彙納群流而成，他的解詩之法融合了文學與經學的雙重方法。前

〔註41〕 《朱子語類》卷八十。
〔註42〕 《朱子語類》卷八十一。
〔註43〕 《朱子語類》卷八十。
〔註44〕 《答朱飛卿》，《晦庵先生朱文公文集》卷五十六，《朱子全書》（第
         23 冊），第 2674 頁。
〔註45〕 《朱子語類》卷八十。
〔註46〕 《朱子語類》卷八十。

期排除舊說、熟讀涵泳可以說一種文學讀詩法，既而遍觀群經擇善而從可謂經學解詩法，兩種方法的融會貫通形成了朱熹「以詩觀詩」的本體論，由此本體論派生出相應的「就詩論詩」方法論，即撇開其他因素就詩本身加以解讀，解讀中又不是用《詩序》的分解法，而是本義品賞法，即把詩作為欣賞對象而加以品味。

　　朱熹的詩學方法論，較同時的文學之士主要關注詩歌創作問題不一樣，這自然和朱熹的理學家身份密切相關。上文已經說過，朱熹治詩本源於治經，初始之意願並不僅僅出於對文學的熱忱。朱熹的詩學研究實際是經學研究，是其理學體系之一隅，但由於《詩經》本身抒情言志的特性決定了朱熹在追求「詩本義」的過程中挖掘出了《詩經》的文學本質，朱熹從治《詩》開始向所有詩學問題開放，要求讀詩、解詩一切均從《詩經》本義出發，既排除舊說，又遍歷先儒及同時代人對《詩經》的注釋和理解，從而在集《詩》大成中涉及詩的本質，並認識到欣賞詩人之詩，不僅要關注詩本義，更要關注詩的言外之意：

　　　　曰：「大凡事物須要說得有滋味，方見有功。而今隨文解義，誰人不解？須要見古人好處。如昔人賦梅云：『疏影橫斜水清淺，暗香浮動月黃昏。』這十四個字，誰人不曉得？然而前輩直恁地稱歎，說他形容得好，是如何？這個便是難說，須要自得言外之意始得。須是看得那物事有精神，方好。若看得有精神，自是活動有意思，跳躑叫喚，自然不知手之舞，足之蹈。這個有兩重：曉得文義是一重，識得意思好處是一重。若只是曉得外面一重，不識得他好底意思，此是一件大病。如公看文字，都是如此。且如公看詩，自宣王中興諸詩至此。公於其他詩都說來，中間有一詩最好，如白駒是也，公卻不曾說。這個便見公不曾看得那物事出，謂之無眼目。若是具眼底人，此等詩如何肯放過！只是看得無意思，不見他好處，所以如此。」又曰：「須是踏翻了船，通身都在那水中，方看得出！」〔註47〕

────────────────

〔註47〕　《朱子語類》卷一百一十四。

此條語錄乃朱熹晚年之語，認爲學詩即如學道，此是學詩之最高境界。朱子指出小曉得大曉不得之病，認爲理解詩的最高境界還不是僅僅滿足於詩之本義，還要體會得詩人言外之意，「若不能興起，便不是讀詩」，當看得其精神內核，始是得其滋味。朱子教人踏翻了船，通身都在水中，水在船外亦如意在言外，光憑文義來品詩，正如坐在船中看水，總是隔了一層。踏翻了船通身在水中，才是學詩之眞境界，才是眞懂得了詩，所以他讀詩與讀《論》、《孟》不同，要熟讀了再加以涵泳，並且還要推而廣之，學詩當如此，學文當如此，學道亦如此。倘能如此學法，學詩又與學道何妨，這是便是朱子教人學詩學文最爲透闢和精到的地方。

朱熹不僅深得讀詩、解詩、賞詩的技術門徑，而且在自己幾十年如一日的注四書、注《詩經》的治經過程中積累了豐富的詩學經驗，他總結出來的詩歌創作方法，與他在治詩過程中的讀詩與解詩之法相得益彰：

> 余嘗以爲天下萬事，皆有一定之法，學之者須循序而漸進。如學詩則當以此等爲法，庶幾不失古人本分體制。向後若能成就變化，固未易量，然變亦大是難事。果然變而不失其正，則縱橫妙用，何所不可？不幸一失其正，卻似反不若守古本舊法，以終其身之爲穩也。李、杜、韓、柳，初亦皆學《選》詩者，然杜、韓變多，而柳、李變少；變不可學，而不變可學，故自其變者而學之，不若自其不變者而學之，乃魯男子學柳下惠之意也。嗚呼，學者其毋惑於不煩繩削之說，而輕爲放肆以自欺也哉！〔註48〕

> 古詩須看西晉以前，如樂府諸作皆佳。杜甫夔州以前詩佳。夔州以後自出規模，不可學。〔註49〕

〔註48〕 《跋病翁先生詩》，《晦庵先生朱文公文集》卷八十四，《朱子全書》（第24冊），第3968頁。

〔註49〕 《朱子語類》卷一百四十。

朱熹強調「天下萬事，皆有一定之法」，學詩當然也有一定之法。所以他反對所謂「不煩繩削」之說。這是針對黃庭堅提出「不煩繩削」的批評。黃庭堅曾說：「觀杜子美到夔州後詩，韓退之自潮州還朝後文章，截不煩繩削而自合矣。」〔註50〕黃庭堅認爲杜甫、韓愈晚期的詩文都已經達到從「有法」到「無法」的境界，黃庭堅認爲後人學習詩文應從此路徑去學習。朱熹從強調「有法」入手，認爲「變不可學，而不變可學」，所以對黃庭堅等人倡導的杜甫夔州後詩並不推崇，因爲其「自出規模，不可學」。朱熹認爲，學詩首先應該注意的是選擇好學習對象，他推崇《選》詩，「李杜韓柳，初亦皆學《選》詩」。所謂選詩即《選》體詩。宋曾季貍《艇齋詩話》：「若學詩而不知有《選》詩，是大車無輗，小車無軏。」《朱子語類》卷一四〇多次提及《選》詩：

> 李太白終學《選》詩，所以好。杜子美詩好者，亦多是仿《選》詩。漸放手，夔州諸詩則不然也。

> 《選》中劉琨詩高。東晉詩已不逮前人，齊梁益浮薄。鮑明遠才健，其詩乃《選》之變體，李太白專學之。如「腰鐮刈葵藿，倚杖牧雞豚」，分明說出個倔強不肯甘心之意。如「疾風衝塞起，砂礫自飄揚；馬尾縮如蝟，角弓不可張」，分明說出邊塞之狀，語又俊健。

> 蘇子由愛《選》詩「亭皋木葉下，隴首秋雲飛」，此正是子由慢底句法。某卻愛「寒城一以眺，平楚正蒼然」，十字卻有力！〔註51〕

《文選》的選擇標準是「事出於沉思，義歸乎翰藻」，即只選那些體現作者對歷史事件或人物深入思考過並具有詞采美麗的篇章。這種選擇，表明編者已經自覺地把文學與經、史、子等非文學作品區別開來，包含著寓思想性於藝術性之中的創作要求。《文選》編成之後，在眾

〔註50〕　（宋）黃庭堅：《與王觀復書》，《黃庭堅選集》，上海：上海古籍出版社 1991 年，第 417 頁。
〔註51〕　《朱子語類》卷一百四十。

多的選本中獨存至今，是我國古代影響最大的一個文學選集。隋代開始，《文選》即成爲一門專門的學問，杜甫曾有「精熟《文選》理」的名言。宋人也極重《文選》的學習，陸游《老學庵筆記》記載，宋初士子專意於《文選》，甚至有「《文選》爛，秀才半」的說法。朱熹推崇《選》詩，說明他對《文選》的價值有著清醒的認識，《選》詩基本涵蓋了魏晉之前的諸多佳作，這正應合了朱熹推崇「西晉以前」古詩的觀點，朱熹推崇之可謂淵源有自。他認爲李杜詩好皆源於學習《選》詩，他要求學詩不學杜韓，因爲杜韓變多，後來與《選》詩分道揚鑣。既然「變不可學」，朱熹認爲，對於學力尚淺的一般學者而言，應該循序漸進，從法入手，漸漸達到從容於法的境界：

> 作詩先用看李杜，如士人治本經。本既立，次第方可看蘇黃以次諸家詩。

> 陶淵明詩平淡出於自然。後人學他平淡。某後生見人作得好詩，銳意要學，遂將淵明詩平側用字一一依他。做到一月後，便解自作，不要他本子，方得作詩之法。

> 杜詩初年甚精細，晚年橫逆不可當，只意到處便押一個韻。如自秦州入蜀諸詩，分明如畫，乃其少作也。李太白詩非無法度，乃從容於法度之中，蓋聖於詩者也。古風兩卷多效陳子昂，亦有全用其句處。太白去子昂不遠，其尊慕之如此。〔註52〕

朱熹認爲學詩當遵循法度，由淺入深，漸漸從容於法，從而進入不爲法縛亦不爲法脫的境界。朱熹認爲對法度的遵循要適度，不可拘泥於法度，「後山文字極法度，幾於太法度了」〔註53〕。「文字好用經語，亦一病。老杜詩：『致思遠恐泥。』東坡寫此詩到此句云：『此詩不足爲法。』」〔註54〕

〔註52〕 《朱子語類》卷一百四十。
〔註53〕 《朱子語類》卷一百三十九。
〔註54〕 《朱子語類》卷一百四十。

　　師法前人固然重要，從容於法以至變法更加重要，這就是朱熹所說的「若能成就變化，固未易量」的深意所在。朱熹認為，法與變、會，要融為一體，「循法」和「變古」要辯證統一，「所謂『徒守紙上語，擬規畫圓，模矩作方』，此初學之通病。然尚有不能守紙上語、雖擬規矩而不能成方圓者，而未必自知其非也。以愚計之，但且謹守規矩，朝夕模之，不暫廢輟，積久純熟，則不待模擬而自成方圓矣。」〔註55〕朱熹認為在學詩之時，變古為上，守古為次，變而失其正為下，學詩當以求其正為要領。朱熹主張，學詩當以六經為本，《語》、《孟》等書亦當熟讀。他推崇陶淵明、韋應物等人，欣賞幽遠淡泊、氣韻高古之作，體現出其對詩法之正的看重。朱熹在詩法中特舉一「正」字，體現出朱熹作為理學大家對「尊德性」的重視。

　　朱熹從治《詩》對詩本義的探尋到對一般詩歌創作方法的強調，可謂一種古典意義的本體論與方法論的建立。如前所說，朱熹之詩學論實際兼有本體論、方法論與工夫論的多維合一，他在向所有詩學問題開放的過程中仍然以學詩與體道合一為旨歸。朱熹常言格物致知、理一分殊，以期通過形下之知通形上之道，他的詩學方法論也正是他格物致知、理一分殊等理學思想在詩學領域的形象反映。

　　朱熹極為反對空言心性空言窮理，他說：「有一種人思慮向裏去，又嫌眼前道理粗，於事物上都不理會。此乃談玄說妙之病，其流必入於異端。」〔註56〕朱熹之重視詩法正是其重視詩之理，從眼前道理探索詩之為「正經」之理的表現，正是他通過讀書而格物窮理的手段之一，「只聞下學而上達，不聞上達而下學」（《朱子語類》

〔註55〕　《答歐陽希遜》，《晦庵先生朱文公文集》卷六十一，《朱子全書》（第23冊），第2949頁。

〔註56〕　《朱子語類》卷十六。

卷八），學詩也是由下學而上達的手段之一。他在《詩集傳》序中說，「詩之爲經，所以人事浹於下，天道備於上，而無一理之不具也」。學詩可以由人事而上通天理，自然需要「章句以綱之，訓詁以紀之，諷詠以昌之，涵濡以體之，察之情性隱微之間，審之言行樞機之始，則修身及家，平均天下之道，其亦不待他求而得之於此矣。」〔註57〕詩之感發志意作用如此之大，所以朱熹教人讀詩要「沉潛諷誦，玩味義理，咀嚼滋味」，要全身而入，這樣才能通過義理的玩味最終窮極詩之表裏精粗，從而達到豁然開朗的境界。這也正應合了他在大學格物補傳中所說，「所謂致知在格物者，言欲致吾之知，在即物而窮其理也。蓋人心之靈莫不有知，而天下之物莫不有理，惟於理有未窮，故其知有不盡也。是以大學始教，必使學者即凡天下之物，莫不因其已知之理而益窮之，以求至乎其極。至於用力之久，而一旦豁然貫通焉，則眾物之表裏精粗無不到，而吾心之全體大用無不明矣。此謂物格，此謂知之至也。」〔註58〕既然天下之物莫不有理，詩自然也有詩之理，由詩之理也可上通人之理、天之理，因爲詩和其他事物比較而言，只是「所居之位不同……物物各具此理，而物物各異其用，然莫非一理之流行也。」〔註59〕所以朱熹之於詩極爲認眞，一切務以求得詩理爲最終目標。

　　朱熹的詩學方法包羅讀詩、解詩、賞詩、寫詩的方方面面，對其中任何一點都不厭其煩反覆教導門生，這也正是他教導學生要通過分殊而體會理一的一種方法。「聖人未嘗言理一，多隻言分殊。蓋能於分殊中事事物物，頭頭項項，理會得其當然，然後方知理本一貫。不知萬殊各有一理，而徒言理一，不知理一在何處。」〔註60〕朱熹從學其師李侗，從而實現由禪轉儒的轉變，學到的最精髓之處便是理一分

〔註57〕　《詩集傳序》，《朱子全書》（第 1 冊），第 351 頁。
〔註58〕　《大學章句》，《朱子全書》（第 6 冊），第 20 頁。
〔註59〕　《朱子語類》卷十八。
〔註60〕　《朱子語類》卷二十七。

殊，趙師夏《跋延平答問》曰：「蓋延平之言曰：吾儒之學，所以異於異端者，理一分殊也。理不患其不一，所難者分殊耳。」朱熹繼承師說，加以發揮和推廣，從而創造性地完成了理一分殊的宏富意義。束景南先生認為，「理一分殊既是朱熹的宇宙觀，也是他的方法論，無所不在的倫理理性也決定了他的方法論的特點。」〔註61〕這也就是朱熹為什麼既要通過種種詩學方法追尋詩本義，又要最終上達聖人之意的原因所在。

　　錢鍾書《談藝錄》有云：「有學而不能者矣，未有能而不學者也。大匠之巧，焉能不出於規矩哉。」〔註62〕朱熹提倡的循法變古也正是由學而巧的合理演繹，他遵循法度又要求自出機杼，他本身既有豐富的詩學理論也有大量的詩歌寫作實踐，誠可謂詩學之大匠。他的山水風景詩清麗流轉，沖淡自然；詠懷詩沉鬱蒼涼，慷慨激昂；交遊詩氣格高古，感情真摯。至於哲理詩，「惟有理趣而無理障，是以至為難得。」〔註63〕「晦翁登山臨水處處有詩，蓋道學中之最活潑者。」〔註64〕「斷推南宋一大家。」〔註65〕後人讚頌他道：「雖不役志於詩，而中和條貫，渾涵萬有，天事模鐫，自然聲張，非淺學之所能窺。此和順之英華，天縱之餘事也。」〔註66〕今人錢穆也這樣評價，「晦翁詩澹雅淳古，上規選體，跨越宋唐，卓然不倫，以詩人標準言之，晦翁亦為巨擘。」〔註67〕學識和方法、理論與實踐、尊德性和道問學、本體論和功夫論，多元的彙通契合鎔鑄了朱熹詩學方法論的獨特和豐

〔註61〕　束景南：《朱熹研究》序，北京：人民出版社 2008 年，第 12 頁。
〔註62〕　錢鍾書：《談藝錄》，北京：中華書局 1984 年，第 40 頁。
〔註63〕　（清）劉熙載：《藝概‧詩概》，上海：上海古籍出版社 1978 年，第 69 頁。
〔註64〕　（清）陳衍：《宋詩精華錄》卷三，曹旭校點，南昌：江西人民出版社 1984 年，第 169 頁
〔註65〕　（清）李重華：《貞一齋詩說》，載丁福葆《清詩話》，上海：上海古籍出版社 1999，第 92 頁。
〔註66〕　（清）吳之振等：《宋詩鈔》文公鈔序，北京：中華書局 1986 年。
〔註67〕　錢穆：《理學六家詩鈔》自序，臺北：中華書局 1974 年。

富，明乎此，我們才能充分理解其詩學思想的深厚內蘊。

第三節　平淡剛健的詩學風格論

　　由於對詩歌性情之正與志之高下的強調，朱熹反對片面追求聲律、詞藻的形式之美，推崇氣韻高古、平淡剛健之作。他要求詩人忘卻工拙，保持心性的自然純粹，這樣作詩就能像古人那樣，直接從高明純一的心之本體出發，作出具有自然平淡、蕭散高遠之趣的詩歌作品，像陶淵明那樣實現「平淡來得不覺」的境界。朱熹推崇蕭散簡淡的詩學風格，也要求平淡之中蘊含剛健與豪放，這既與他對理學的尊崇及宋代文壇推崇平淡詩風的審美風尚等密切相關，也與他本人的治詩經驗及其對當時詩弊的深入思考緊密相聯。

　　朱熹推崇平淡的詩學風格與北宋以來的詩壇現狀密切相關。梅堯臣是宋代詩學「平淡」理論的首倡者，被譽為宋代詩學「平淡」詩風的開山鼻祖。他多次在詩作中提及「平淡」，如「因吟適情性，稍欲到平淡」（《依韻和晏相公》），「作詩無古今，唯造平淡難」（《讀邵不疑學士詩卷》）等，開宋詩追求「平淡」美的詩風。「平淡」幾乎成為宋人使用頻率最高的詞語之一，在宋人的詩話詩論、序跋題贈以及書信筆記中隨處可見。蘇軾在《與二郎侄》中曰：「凡文字，少小時令氣象崢嶸，彩色絢爛，漸老漸熟，乃造平淡；其實不是平淡，絢爛之極也。汝只見伯爺而今平淡，一向只學此樣，何不取舊日應舉時文字看，高下抑揚，若龍蛇捉不住，當且學此。」劉克莊《江西詩派小序》說：「國初詩人，如潘閬魏野，規規晚唐格調，寸步不敢走作，楊劉則又專為崑體，故優人有尋扯義山之誚，蘇梅二子，稍變以平淡豪俊，而和之者尚寡。」可以說，「平淡」已經成為宋人心目中普遍和最高的審美理想。韓經太《中國詩學的平淡美理想》一文指出：「在宏觀上，中國古典詩歌的平淡美，作為審美理想而確立於成熟的理論自覺之中，應該說，是自宋代開始的」〔註68〕，「平淡詩觀不能不處於宋人詩說之重

〔註68〕　韓經太：《中國詩學的平淡美理想》，中國社會科學，1991年第3期。

心。」〔註69〕平淡的審美風尚對詩論家的影響是明顯的。但朱熹倡導平淡則不僅出於對時代風尚的跟隨，還出於他對「詩以言志」和道德文章的看重，這與他對聖人之道平易特質的理解密切相關：

> 聖人之言坦易明白，因言以明道，正欲使天下後世由此求之。使聖人立言要教人難曉，聖人之經定不作矣。若其義理精奧處，人所未曉，自是其所見未到耳。〔註70〕

從明道立場出發，朱熹提倡平易與平淡，「道理有面前底道理。平易自在說出來底，便說；說得出來崎嶇底，便不好。」〔註71〕正是出於對作詩與明道的關係認同，朱熹認可作詩，尤其是平淡自攝之詩：

> 作詩間以數句適懷亦不妨。但不用多作，蓋便是陷溺爾。當其不應事時，平淡自攝，豈不勝如思量詩句？至如真味發溢，又卻與尋常好吟者不同。

> 韓詩平易。孟郊吃了飽飯，思量到人不到處。

> 淵明詩平淡出於自然，後人學他平淡，便相去甚遠矣。

〔註72〕

由此摘引可以看出，朱熹推崇的平淡是指自然而然、真味發溢而言。他認為詩歌是內心情感的自然流露，是不可遏止的天籟之聲，既不費力，也不巧作，「詩須是平易不費力，句法渾成。如唐人玉川子輩，句語雖險怪，意思亦自有渾成氣象。因舉陸務觀詩『春寒催喚客嘗酒，夜靜臥聽兒讀書』，不費力好。」正因為對平淡自然詩風的欣賞，朱熹稱讚陸游的詩，認為「放翁之詩，讀之爽然近代唯見此人為有詩人風致。如此篇者，初不見其著意用力處，而語意超然，自是不凡，令人三歎不能自己。」〔註73〕在南宋詩人當中，朱熹對陸游比較認

〔註69〕　韓經太：《論宋人平淡詩觀的特殊指向與內蘊》，學術月刊，1990 年第 7 期。

〔註70〕　《朱子語類》卷一百三十九。

〔註71〕　《朱子語類》卷九。

〔註72〕　《朱子語類》卷一百四十。

〔註73〕　《答徐載叔》，《晦庵先生朱文公文集》卷五十六，《朱子全書》（第 23 冊），第 2649 頁。

同，但對其他近世詩人比較鄙薄，這都是針對這些詩人故意巧作而進行的批評，他認為時人所謂的平淡正是針對當時的雕琢詩風：

> 來書所論「平淡」二字誤盡天下詩人，恐非至當之言，而明者亦復不以為非是，則熹所深不識也。夫古人之詩，本豈有意於平淡哉？但對今之狂怪雕鎪、神頭鬼面，則見其平；對今之肥膩腥臊、酸鹹苦澀，則見其淡耳。自有詩之初，以及魏晉，作者非一，而其高處無不出此。……又謂有意於平淡者即非純古，然則有意於今之不平淡者，得為純古乎？又謂水落石出，自歸此路，則吾未見終身習於鄭、衛之哇淫，而能辛自歸於《英》、《莖》、《韶》、《濩》之雅正者也。〔註74〕

> 或問：「李白：『清水出芙蓉，天然去雕飾。』前輩多稱此語，如何？」曰：「自然之好，又不如『芙蓉露下落，楊柳月中疏』，則尤佳。」〔註75〕

朱熹認為，所謂平淡只是相對於「狂怪、雕鎪、神頭鬼面」、「肥膩、腥臊、酸鹹苦澀」而言，並非為平淡而平淡。他認為平淡不是枯淡，而是枯淡中有意思，還要有豪放：

> 歐公詩自好，所以他喜梅聖俞詩，蓋枯淡中有意思。

> 方伯謨詩不及其父錢監公豪壯。黃子厚詩卻老硬，只是太枯淡。

> 李太白詩不專是豪放，亦有雍容和緩底，如首篇「大雅久不作」，多少和緩！陶淵明詩人皆說是平淡。據某看，他自豪放，但豪放得來不覺耳。其露出本相者是《詠荊軻》一篇，平淡底人如何說得這樣言語出來！

> 唐明皇資稟英邁，只看他做詩出來，是甚麼氣魄！今《唐百家詩》首載明皇一篇《早渡蒲津關》，多少飄逸氣概！

〔註74〕 《答鞏仲至》，《晦庵先生朱文公文集》卷六十四，《朱子全書》（第23冊），第3097～3098頁。

〔註75〕 《朱子語類》卷一百四十。

便有帝王底氣焰。越州有石刻唐朝臣送賀知章詩，亦只有
明皇一首好，有曰：「豈不惜賢達，其如高尚何！」〔註76〕
朱熹將豪放與平淡相對，提出豪壯、飄逸等語詞，是要求詩歌在自然
意味中具有筋骨，所謂「筆力高妙」：「陳後山初見東坡時，詩不甚好。
到得爲正字時，筆力高妙。如題趙大年所畫高軒過圖云：『晚知畫書
眞有益，卻悔歲月來無多！』極有筆力。」在時人都以平淡論詩的詩
壇風尚中，朱熹強調筆力剛健，他評價「正父好古多學，深有志於治
道，而其筆力縱橫，詞氣雅健又如此。」〔註77〕朱熹以「雅健」論詩
與其以平淡論詩相輔相成，正是對詩歌風骨與韻味雙重性理解的統
一：

> 張文潛詩有好底多，但頗率爾，多重用字。如《梁甫
> 吟》一篇，筆力極健。如云「安受命堪垂涕，手挈庸兒是
> 天意」等處，說得好，但結末差弱耳。

> 《選》中劉琨詩高。東晉詩已不逮前人，齊梁益浮薄。
> 鮑明遠才健，其詩乃選之變體，李太白專學之。如「腰鐮
> 刈葵藿，倚杖牧雞豚」，分明說出個倔強不肯甘心之意。如
> 「疾風衝塞起，砂礫自飄揚；馬尾縮如蝟，角弓不可張」，
> 分明說出邊塞之狀，語又俊健。

> 嘗見上官仲恭詩一篇，其間有《城西曲》，言蔡氏奢侈
> 敗亡之事，最爲豪健。

> 因舉石曼卿詩極有好處，如「仁者雖無敵，王師固有
> 徵；無私乃時雨，不殺是天聲」長篇。某舊於某人處見曼
> 卿親書此詩大字，氣象方嚴遒勁，極可寶愛，眞所謂「顏
> 筋柳骨」！今人喜蘇子美字，以曼卿字比之，子美遠不及
> 矣！某嘗勸其人刻之，不知今安在。曼卿詩極雄豪，而縝
> 密方嚴，極好。如籌筆驛詩：「意中流水遠，愁外舊山青。」

〔註76〕　《朱子語類》卷一百四十。
〔註77〕　《書萬君行事後》，《晦庵先生朱文公文集》卷八十四，《朱子全書》
　　　　（第24冊），第3947頁。

又「樂意相關禽對語，生香不斷樹交花」之句極佳，可惜
不見其全集，多於小說詩話中略見一二爾。曼卿胸次極高，
非諸公所及。其爲人豪放，而詩詞乃方嚴縝密，此便是他
好處，可惜不曾得用！〔註78〕

朱熹提出「俊健」、「豪健」、「雅健」、「雄豪」、「豪放」，正是在宋代
詩壇崇尙平淡之風的同時，提出恢復漢魏古詩具有的剛健雄闊氣象，
這種對豪放剛健之風的強調與其倡導的平淡自攝、和緩渾成相輔相
成。因爲強調平淡中蘊涵剛健雄豪的詩歌風格，他反對詩文的浮薄：

東晉詩已不逮前人，齊梁益浮薄。

齊梁間之詩，讀之使人四肢皆懶不可收拾。〔註79〕

從詩的氣象、雄豪到詩人的胸次、爲人，朱熹將外在的詩歌風格與詩
人內在的德性涵養聯繫在一起。他讚揚楊萬里云：「仰見放懷事外，
不以塵垢秕糠累其胸次之超然」〔註80〕，朱熹經常從胸次是否高尙的
角度批評時人推崇的大詩人：

詩見得人。如曹操雖作酒令，亦說從周公上去，可見
是賊。若曹丕詩，但說飲酒。

唐文人皆不可曉。如劉禹錫作詩說張曲江無後，及武
元衡被刺，亦作詩快之。白樂天亦有一詩暢快李德裕。樂
天，人多說其清高，其實愛官職。詩中凡及富貴處，皆說
得口津津地涎出。杜子美以稷契自許，未知做得與否？然
子美卻高，其救房琯，亦正。〔註81〕

由於對詩人人品的強調，朱熹對那些內在地散發平淡氣象的詩人與詩
作均十分讚賞，這也正是他欣賞韋應物等詩人的原因，他認爲韋應物
在某些方面超越了杜甫、陶淵明：

杜子美「暗飛螢自照」，語只是巧。韋蘇州云：「寒雨

〔註78〕 《朱子語類》卷一百四十。
〔註79〕 《朱子語類》卷一百四十。
〔註80〕 《答楊庭秀》，《晦庵先生朱文公文集》卷三十八，《朱子全書》（第
21冊），第1705頁。
〔註81〕 《朱子語類》卷一百四十。

暗深更，流螢度高閣。」此景色可想，但則是自在說了。
因言：「國史補稱韋『爲人高潔，鮮食寡欲。所至之處，掃
地焚香，閉合而坐。』其詩無一字做作，直是自在。其氣
象近道，意常愛之。」問：「比陶如何？」曰：「陶卻是有
力，但語健而意閒。隱者多是帶氣負性之人爲之。陶欲有
爲而不能者也，又好名。韋則自在，其詩直有做不著處便
倒塌了底。晉宋間詩多閒淡。杜工部等詩常忙了。陶云「身
有餘勞，心有常閒」，乃禮記「身勞而心閒則爲之也」。

　　韋蘇州詩高於王維孟浩然諸人，以其無聲色臭味也。
〔註82〕

朱熹反對忙，而推崇閒淡、「氣象近道」、「無聲色臭味」，貫穿著的正
是他「理在氣先「和「文從道出」的內在精髓，因爲理「無情意，無
計度，無造作」，「聖人之言坦易明白」，由此出發的詩文自然具有平
易而不造作的特質。正如郭紹虞所說，朱熹「論詩兼有道學家與詩人
之長」，既有「道學家之切實，而不落於迂腐」，「有詩人之空靈，而
不落於玄虛」〔註83〕，是論公允地道出了朱熹論詩的高妙所在。

　　朱熹本人的治詩經驗也貫穿了他對這種詩學風格的體悟與認
同。他認爲《詩經》「樂而不過於淫，哀而不過於傷。」讚賞「《雅》、
《頌》之篇，其語和而莊，其義寬而密。……此《詩》之爲經，所以
人事浹於下，天道備於上，而無一理之不具也。」正是從詩人平易和
詩風平淡的角度，朱熹否定了漢儒在治詩過程中反覆強調的「美刺」
說及諸多理學家的詩解：

　　　　「溫柔敦厚」，詩之教也。使篇篇皆是譏刺人，安得
　　「溫柔敦厚」！

　　　　程先生詩傳取義太多。詩人平易，恐不如此。

　　　　橫渠云：「置心平易始知《詩》。」然橫渠解《詩》多

〔註82〕　《朱子語類》卷一百四十。
〔註83〕　郭紹虞：《中國文學批評史》（下），天津：百花文藝出版社 1999 年，
　　　　第 37 頁。

不平易。〔註84〕

朱熹提出「詩人平易」，解詩之人「置心平易」。詩心平易，自然不會「篇篇皆是譏刺人」，這也符合「溫柔敦厚」的詩教觀念。

由平易之心而生發的詩歌平和沖淡、自在渾成。他說：「詩須是……句法混成。如唐人玉川子輩，句語雖險怪，意思亦自有混成氣象。」「本朝楊大年雖巧，然巧之中猶有混成底意思，便巧得來不覺。」〔註85〕自在自然之作，從容於法度之中，既真味發溢又意思渾成，既有平淡之風又有剛健之質，是朱熹最欣賞的詩作，他以此稱讚其父朱松及友人之詩曰：

> 其詩初亦不事雕飾，而天然秀發，格力閒暇，超然有出塵之趣。遠近傳誦，至聞京師，一時前輩以詩鳴者，往往未識其面而已交口譽之。〔註86〕

> 一觴一詠，悠然若無意於工拙，而其清夷閒曠之姿，魁奇跌宕之氣，雖世之刻意於詩者，不能有以過也。〔註87〕

綜上所述，朱熹從詩品與人品、義理與詩情、文與道等角度要求詩歌既發自真情具有天然出塵之趣，無意工拙而有平淡之風，又能氣象混成具有格力閒暇的剛健風骨。持論公允、不躁不偏，體現出他一以貫之的中和調貫的立論風格。

第四節　涵泳自得的詩學鑒賞論

涵泳作為一個詩學範疇，首先見於宋儒的理學論述之中，之後滲入詩學領域。吳功正先生認為，涵泳是「作為理學範疇轉化為美學範疇，形成話語系統的轉換。」〔註88〕涵泳的原初意義為潛游，即魚鱉

〔註84〕　《朱子語類》卷八十。

〔註85〕　《朱子語類》卷一百四十。

〔註86〕　《皇考吏部朱公行狀》，《晦庵先生朱文公文集》卷九十七，《朱子全書》（第 25 冊），第 4506 頁。

〔註87〕　《向薌林文集後序》，《晦庵先生朱文公文集》卷七十六，《朱子全書》（第 24 冊），第 3663 頁。

〔註88〕　吳功正：《說「涵泳」》，福建論壇，2006 年第 6 期。

之屬深潛於水中流動。南朝宋謝靈運《撰征賦》云：「羨輕鶼之涵泳，觀翔鷗之落啄。」後來涵泳意義發展爲浸潤、沉浸。唐韓愈《禘祫議》：「臣生遭聖明，涵泳恩澤。」詩學意義上的涵泳即指鑒賞者欣賞詩歌作品時沉潛於其中仔細地長久地玩味的行爲活動。如，宋羅大經《鶴林玉露》卷十三載：「正淵明詩意，詩字少意多，尤可涵泳。」明王世貞《藝苑卮言》卷一載：「西京以還至六朝及韓柳，便須銓擇佳者，熟讀涵泳之，令其漸漬汪洋。」清王夫之《夕堂永日緒論外編》卷二九載：「熟繹上下文，涵泳以求其立言之指，則差別畢見矣。」上述摘引表明，涵泳的詩學意義得到了諸多詩論家的認同。李春青認爲，涵泳「既爲學詩之法，同時又是欣賞作詩的主要方式」、「在宋代詩學中是個相當重要的範疇，其之所以重要是因爲它既是學詩和品詩的主要方式與心理過程，又與宋代詩學價值取向有著緊密聯繫，同時它還標誌著道學向宋代詩學的觀念滲透與話語轉換」等〔註89〕，李春青對「涵泳」的特點、使用情況、作用等都有精當論述，此處不再重複。本書則從朱熹關於涵泳的相關論述出發，從理學與詩學相結合的角度，闡述其在朱熹理學詩學中的鑒賞論意義。

　　在宋代文化語境中，涵泳爲諸多理學家所看重，理學家對其開展論述首先見之於二程等人：

　　　　入德必自敬始，故容貌必恭也，語言必謹也。雖然，優游涵泳而養之可也，拘迫則不能入矣。〔註90〕

　　　　要見聖人，無如《論》、《孟》爲要。《論》、《孟》二書於學者大足，只是須涵泳。〔註91〕

　　　　爲學不可以不讀書，而讀書之法，又當熟讀沉思，反

〔註89〕　李春青：《宋學與宋代文學觀念》，北京：北京師範大學出版社2001年，第120～129頁。

〔註90〕　《二程集・河南程氏粹言卷一》，北京：中華書局1981年，第1194頁。

〔註91〕　（宋）張載：《經學理窟・義理》，《張載集》，北京：中華書局1978年，第272頁。

覆涵泳，銖積寸累，久自見功。〔註92〕

二程將涵泳與敬聯繫在一起進行論述，主要指的是道德修養功夫，其「涵泳」即「優游涵泳」，強調入德之方中主體的平和從容、不能急迫，因爲「迫則不能久矣」。張載則認爲涵泳是一種讀書的心理方法，即「儒家主體通過閱讀儒學典籍來追求理想的人格境界時所進行的一種特有的心理活動：即從容平和地優游於儒學典籍的大澤深淵之中，通過對自身內在意念的體悟與審查來達到提升自己的人格境界和心靈境界的目的。」〔註93〕由此可見，早期理學家所謂的「涵泳」是與作爲道德修養的「涵養」密切相關的，朱熹對涵泳的理解，首先繼承了二程的看法，他曾多次引用程頤的話：「涵養須用敬，進學則在致知。」〔註94〕朱熹認爲，以聖人之言進行涵養，則可體味聖人氣象與聖人之道。從聖人之言平易而精深的角度，通過涵泳玩味才可達到對義理的深層理解：「聖人之言平易中有精深處，不可穿鑿速成，不可苟且閒看過。直須是置心平淡確實之地，玩味探索而虛恬省事以養之。」〔註95〕除了涵泳深意之外，朱熹認爲涵泳不僅是理解其正面意義，甚至也能理解和逆推其相反相成的對立面意義，「如其窄狹，則當涵泳廣大氣象；頹惰，則當涵泳振作氣象。」〔註96〕從涵泳聖人之言到涵泳「廣大氣象」和「振作氣象」，可見朱熹對涵泳的「涵養」意義的偏愛。不僅如此，涵泳更多的是對義理的理解和體會，其後來詩學鑒賞意義上的涵泳，正是從涵泳經典文本的義理開始的：

問：「此夫子難以不仕之意告或人，故託以告之。然使

〔註92〕 《答江端伯》，《晦庵先生朱文公文集》卷六十四，《朱子全書》（第23冊），第3123頁。

〔註93〕 鄧新華：《朱熹以「涵泳」爲中心的文學解讀理論》，名作欣賞，2000年第4期。

〔註94〕 《朱子語類》中11篇15次引用「涵養須用敬，進學則在致知」。

〔註95〕 《答魏元履》，《晦庵先生朱文公文集》卷三十九，《朱子全書》（第22冊），第1765頁。

〔註96〕 《朱子語類》卷八。

　　夫子得時得位，其為政之本，也只就人倫上做將去。」曰：
「文振看文義看得好，更宜涵泳。」〔註97〕

　　　明道（程顥）之學，從容涵泳之味洽；橫渠之學，苦
心力索之功深。〔註98〕

　　　橫渠（張載）卻只是一向苦思求將向前去，卻欠涵泳
以待其義理自形見處。〔註99〕

　　　先看《大學》，次《語》、《孟》，次《中庸》。果然下
工夫，句句字字，涵泳切己，看得透徹，一生受用不盡。
〔註100〕

朱熹對程顥的涵泳功夫倍加讚賞，認為這是一種「味洽」，而張載的
一味苦思，雖功夫深到卻因為欠缺涵泳不能使義理自現。朱熹強調
的涵泳，是通過長久的功夫積累而使義理自行顯現的方法，這和他
強調的格物致知的哲學思想是一致的。即將涵泳視為一種全身而入
的與所格之物、所體之道合而為一的體悟方式。在朱熹看來，物物
皆有此理，理貫通萬物而自現，萬物也都蘊含勃勃的宇宙生命，為
了從整體上去體味與把握它，需要涵泳。涵泳與切己聯繫起來，即
強調涵泳實際是一種個人日積月累的修養功夫，是需要修養主體自
身切己體會的，只有切己涵泳之後才有自得。由此可見，涵泳之泳
與游泳之泳，在只有自己去投入與鍛鍊才能學得真諦的意義上是一
致的，他說：「學問不比做文字，不好便改了。此卻是分別善惡邪正，
須要十分是當，方與聖賢契合。如《破斧》詩，恁地說也不錯，只
是不好。說得一角，不落正腔窠，餿斜了。若恁地看道理淺了，不
濟事。恰似撐船放淺處，不向深流，運動不得，須是運動游泳於其
中。」〔註101〕這種強調不假外求、由涵泳而自得的思路，與他在《中

〔註97〕《朱子語類》卷二四。
〔註98〕《朱子語類》卷九十三。
〔註99〕《朱子語類》卷九十九。
〔註100〕《朱子語類》卷十四。
〔註101〕《朱子語類》卷一百一十七。

庸》中提倡由道問學而尊德性的道德修養功夫是一致的。這種功夫便是對《中庸》「博學之，審問之，慎思之，明辨之，篤行之」與《孟子》「博學而詳說之，將以反說約也」的再次解析。朱熹將涵泳與涵養、博洽、味洽、浹洽聯繫起來，此運用於對經典的理解，便是對熟讀精思及義理滋味的反覆強調：

> 大凡讀書，須是熟讀。熟讀了，自精熟；精熟後，理自見得。如吃果子一般，劈頭方咬開，未見滋味，便吃了。須是細嚼教爛，則滋味自出，方始識得這個是甜是苦是甘是辛，始爲知味。

> ……讀來讀去，少間曉不得底，自然曉得；已曉得者，越有滋味。若是讀不熟，都沒這般滋味。〔註102〕

> 學者觀書多走作者，亦恐是根本上功夫未齊整，只是以紛擾雜亂心去看，不曾以湛然凝定心去看。不若先涵養本原，且將已熟底義理玩味，待其浹洽，然後去看書，便自知。〔註103〕

> 須是讀熟了，文義都曉得了，涵泳讀取百來遍，方見得那好處，那好處方出，方見得精怪。見公每日說得來乾燥，元來不曾熟讀。若讀到精熟時，意思自說不得。如人下種子，既下得種了，須是討水去灌溉他，討糞去培擁他，與他耘鋤，方是下工夫養他處。〔註104〕

朱熹在論述中將涵泳、玩味與經典本身之滋味、餘味聯繫起來，認爲聖賢經典皆旨意深厚而餘味無窮，只有充分地咀嚼、玩味、體悟、省察才能識得其精髓。理解聖人之道與宇宙之理如此，理解詩人性情義理亦如此。涵泳是一種理學修養功夫，也是一種詩學修養功夫，正是著眼於此，涵泳自得與詩學鑒賞聯繫起來。事實上，在朱熹著作的語境中，「涵泳」實際兼有道學和詩學的雙重語境。他在評價程顥時一

〔註102〕 《朱子語類》卷十。
〔註103〕 《朱子語類》卷十一。
〔註104〕 《朱子語類》卷八十。

方面將他與張載比，認爲「明道（程顥）之學，從容涵泳之味洽；橫渠之學，苦心力索之功深。」〔註105〕另一方面他也發現，程顥不僅善於涵泳前賢經典，而且善於涵泳詩歌，「明道先生善言詩，他又不曾章解句釋，但優游玩味，吟哦上下，便使人有得處。」〔註106〕有學者認爲，「在朱熹手裏，『涵泳』則完全由道學的理論話語轉化爲詩學的理論話語」，〔註107〕可謂相對客觀之論。在朱熹之前，邵雍、張栻、呂本中等已將涵泳、涵養移位於詩學鑒賞，朱熹融匯前人，對涵泳的體察更爲透徹、深入。

> 遺味正宜涵泳處，堯夫非是愛吟詩。（邵雍《首尾吟》，
> 《伊川擊壤集》卷二十）

> （張栻）曰：「學者詩，讀著似質，卻有無限滋味，涵永愈久，愈覺深長」。（元盛如梓《庶齋老學叢談》卷中下）

> 讀《古詩十九首》及曹子建詩，如「明月入我牖，流光正徘徊」之類，詩皆思深遠而有餘意，言有盡而意無窮也。學者當以此等詩常自涵養，自然下筆不同。（呂本中《呂氏童蒙訓》）

邵雍所謂的「遺味涵泳」與張栻「滋味涵泳」等，都是要求在對這類「似質」作品的反覆品味玩索中，體會出詩句之中無限深遠的滋味。無論是理學家，還是一般詩論家，對詩歌含蓄雋永、思致深遠而便於涵泳玩味的詩體特徵都是體悟至深的。

朱熹在治詩的經驗總結中，將涵濡、諷詠作爲章句、訓詁之外的一種解經方法去認識，「章句以綱之，訓詁以紀之，諷詠以昌之，涵濡以體之，察之情性隱微之間，審之言行樞機之始」。〔註108〕多

〔註105〕　《朱子語類》卷九十三。
〔註106〕　《伊洛淵源錄》卷三，《朱子全書》（第12冊），第957頁。
〔註107〕　鄧新華：《朱熹以「涵泳」爲中心的文學解讀理論》，名作欣賞，2000年第4期。
〔註108〕　《詩集傳序》，《朱子全書》（第1冊），第351頁。

重方法的融合加深了他對詩的理解。朱熹強調，詩是詩人情性的產物，不可拘泥字義去理解，需要對其委婉曲折之意進行探討挖掘。他說：「《載馳》詩煞有首尾，委曲詳盡，非大段會底說不得。又如《鶴鳴》做得極巧，更含蓄意思，全然不露。如《清廟》一倡三歎者，人多理會不得。」〔註109〕詩歌這種涵蓄蘊藉、一唱三歎的文體特徵，注定朱熹對具有沉潛玩味內涵的涵泳之法情有獨鍾，他認為涵泳正是獲得詩味、注解詩意必不可少的條件：

> 詩，如今恁地注解了，自是分曉，易理會。但須是沉潛諷誦，玩味義理，咀嚼滋味，方有所益。若是草草看過一部詩，只兩三日可了。但不得滋味，也記不得，全不濟事……讀詩之法，只是熟讀涵味，自然和氣從胸中流出，其妙處不可得而言。

> 大凡讀書，先曉得文義了，只是常常熟讀。如看詩，不須得著意去裏面訓解，但只平平地涵泳自好。

> 問學者：「誦詩，每篇誦得幾遍？」曰：「也不曾記，只覺得熟便止。」曰：「便是不得。須是讀熟了，文義都曉得了，涵泳讀取百來遍，方見得那好處，那好處方出，方見得精怪。見公每日說得來乾燥，元來不曾熟讀。若讀到精熟時，意思自說不得。」〔註110〕

> 來書所諭，皆的當之論，所恨無餘味耳。更向平易著實處仔細玩索，須於無味中得味，乃知有餘味之味。〔註111〕

朱熹要求對詩「沉潛諷誦，玩味義理，咀嚼滋味」，正是對涵泳詩意的詳細描述。注家注詩時也要注意，注釋不能直接從「裏面訓解」，而要讓讀者「平平地涵泳」，這就要求注家不要直接注出詩的言外之意，不能分曉太過，不留餘味，而要將韻味留給讀者去體味，這也是

〔註109〕 《朱子語類》卷八十。

〔註110〕 《朱子語類》卷八十。

〔註111〕 《答許順之》，《晦庵先生朱文公文集》卷三十九，《朱子全書》（第22冊），第1745頁。

他在注釋《詩經》和《楚辭》時指責前代諸儒過於「迫切」的原因所在。故朱熹之涵泳既通於詩學鑒賞，也通於詩學注釋。通於詩學鑒賞，是要求充分讀者挖掘、玩味和體悟詩之深意，通於詩學注釋，是要求限製詩意的直接表露，保留詩的韻味，使注解便於讀者自己涵泳詩意，而不是將詩意直露出來。在詩學鑒賞中，朱熹提出的涵泳也不同於前人。如果說傳統的直觀型的鑒賞方式，主要著眼於對絕妙好詞和濃鬱情意的欣賞而使得主體處於積極主動和飽含激情的狀態中，那麼，朱熹的涵泳則是對詩作之滋味反覆地咀嚼研磨，使得主體處於平和穩健、從容不迫的心境之下，這就是宋代理學家強調優游涵泳的意味所在。

從文體要求而言，朱熹強調詩文要「眞味發溢」〔註112〕、「於無味中得味」，涵泳便是對「眞味」、「無味之味」與「餘味之味」的深層探索，要求讀者透過詩的語言，深入到詩的形象與意境中，透過詩歌所描寫的生活畫面，去體味詩人滲透在形象中的情感和詩意中所包含的義理，從而獲得餘味無窮的審美感受和智慧啓迪，這也是理解一般理學詩等哲理詩所必須的審美鑒賞方式。朱熹作爲理學家，要求讀者讀詩要通過涵泳詩意實現感發興起的作用，認爲不能興，便不是讀詩。「讀《詩》正在於吟詠諷誦，觀其委曲折旋之意，如吾自作此詩，自然足以感發善心。」〔註113〕所以其要求從詩中涵泳出「和氣」、「善心」、「好處」等等，都是要求從主體的切己涵泳之中，使讀者充分領悟詩意，實現讀者與詩作的同化，最終起到涵養讀者心境、實現審美教育的作用。

從朱熹對涵泳的理解來看，朱熹認爲讀者應緊緊結合詩歌的文體特徵，注意以涵泳的方式切入，注重對言外之意和無味之味的探索玩味。但必須指出的是，儘管朱熹主張欣賞者通過涵泳的方式加強對作品進行自由的感發聯想，從而求得言外之意與無味之味，但

〔註112〕 《朱子語類》卷一百四十。
〔註113〕 《朱子語類》卷八十。

他並沒有走極端。恰恰相反，朱熹認為讀者對詩歌的涵泳受到作品客觀內涵的制約，不應天馬行空而無所依傍。他認為，讀者讀詩應該「就詩上理會意思」，「若但即其詩之本文，而各以其一說反覆讀之，則其訓義之顯晦疏密，意味之厚薄淺深，可以不待考證而判然於胸中矣。此又讀《詩》之間要直訣，學者不可以不知也。」〔註114〕

在朱熹鑑賞理論當中，涵泳與自得是相輔相成密不可分的，「宋代提出『自得』說，標誌著對鑑賞主體性、能動性、創造性的肯定。以詠誦、評點、選書、引詩、注釋、集句等為形式的鑑賞自得都顯示了一個成熟的鑑賞者強烈的審美再創造的精神。」〔註115〕在朱熹的鑑賞理論中，涵泳與自得是一個前後相依、一脈相承的過程：

> 先生因編《孟子要指》云：「孟子若讀得無統，也是費力。某從十七八歲讀至二十歲，只逐句去理會，更不通透。二十歲已後，方知不可恁地讀。元來許多長段，都自首尾相照管，脈絡相貫串，只恁地熟讀，自見得意思。從此看《孟子》，覺得意思極通快，亦因悟作文之法。如《孟子》當時固不是要作文，只言語說出來首尾相應，脈絡相貫，自是合著如此。」又曰：「某當初讀『自暴自棄』章，只恁地鶻突讀去。伊川《易傳》云『拒之以不信，絕之以不為』，當初也匹似閒看過。後因在舟中偶思量此，將《孟子》上下文看，乃始通串，方始說得是如此，亦溫故知新之意。」又曰：「看文字，不可恁地看過便道了。須是時復玩味，庶幾忽然感悟，到得義理與踐履處融會，方是自得。這個意思，與尋常思索而得，意思不同。」〔註116〕

> 先生舉《遺書》云：「根本須先培壅然後可立趨向。」又云：「學者須敬守此心，不可急迫，當栽培深厚，涵泳於

〔註114〕《詩集傳·詩序辨說》，《朱子全書》（第1冊），第394頁。

〔註115〕左健：《古代文學鑑賞理論中的自得說》，南京社會科學，2000年第8期。

〔註116〕《朱子語類》卷一百五。

其間，然後可以自得。〔註117〕

朱熹認為，要實現自得的鑒賞效果和最終結果，涵泳、玩味應優先於自得，實現自得是一個長期的閱讀與體悟過程。他在論述自己的解詩過程時說：「當時解《詩》時，且讀本文四五十遍，已得六七分。卻看諸人說與我意如何，大綱都得之，又讀三四十遍，則道理流通自得矣」。〔註118〕朱熹在獲得「道理流通自得」的結果之前，「讀本文四五十遍、又讀三四十遍、并比較諸說」的整個過程都是他閱讀涵泳詩意的過程。朱熹之重視自得，與朱熹強調對原作方法、義理體悟後某種融會貫通的閱讀感受密切相關，是對遵循法度而又超越法度達到更高體驗、更高境界的追尋，所謂「出新意於法度之中，寄妙理於豪放之外」，〔註119〕「李太白詩非無法度，乃從容於法度之中，蓋聖於詩者」。〔註120〕宋代之後詩學理論中，無論是作者還是讀者，都極為重視「自得」。金王若虛《論詩詩》說：「文章自得方為貴」；其《滹南詩話》說：「古之詩人，雖趣尚不同，體制不一，要皆出於自得。」只有自得之賞、自得之悟，才能實現作品的審美價值，實現詩歌興觀群怨的教育功能。由此可見，涵泳自得是一個相輔相成的動態過程，它是讀者能動性、創造性精神在閱讀、鑒賞活動中的體現，表現在讀者的審美心理上，是一種只可意會不可言傳的自我怡悅、自我淨化和自我提高的過程。

總之，朱熹提倡涵泳自得的鑒賞方式與他對詩學本質、詩學風格的理解是相輔相成的，是先宋儒家詩教的再發展。儒家提倡「溫柔敦厚」的詩教，朱熹也認為「詩人溫醇」。如他認為《詩經》中有一部分詩歌是表現男女相悅的詩歌，反對漢儒附會國史的「美刺說」，其理由是「若人家有隱僻事，便作詩訐其短譏刺，此乃今之輕

〔註117〕　《朱子語類》卷一百一十三。
〔註118〕　《朱子語類》卷八十。
〔註119〕　（宋）蘇軾：《書吳道子畫後》，見《東坡題跋》，北京：人民美術出版社 2008 年，第 304 頁。
〔註120〕　《朱子語類》卷一百四十。

薄子，好作謔詞嘲鄉里之類，為一鄉所疾害者。詩人溫醇，必不如此。」〔註121〕正是因為詩歌是「詩人溫醇」的產物，熟讀涵味之，「自然和氣從腸中流出」，朱熹點出了詩歌適合個人切己涵泳的文體特徵，強調從感性角度切入對詩歌本意的理解。由上論述可知，朱熹之涵泳主要著眼於兩點，一是涵泳本意，一是涵泳詩味。從對詩意和詩味的探索中體味詩句中蘊藏的詩情和詩理，在反覆涵泳中領悟聖賢之言和本之於性情之正的詩歌精髓，從而最終達到修養心性、培養道學人格、熔煉道學氣象的目的。正是通過涵泳與涵養的聯結，涵泳詩意的審美活動與涵養德行的人格修養達到了統一，這正是朱熹理學詩學與一般詩論家主要著眼於審美意義的鑒賞活動的區別之處，也是朱熹詩學鑒賞論的獨特之處。

〔註121〕 《朱子語類》卷八十。

第五章　流播久遠：朱子理學詩學的接受與影響

　　朱熹作爲宋明理學的集大成者從理學視角對詩學思想進行了總結，形成了理學與詩學圓融無礙的詩學思想。其詩學本體論以文道合一爲核心，提出了從情志相融來理解詩學本質。其詩學創作論強調「循法」和「變古」相統一，強調高明純一、平淡自攝，要求詩文當反映「性情之正」。在詩學批評中朱熹主張有德者必有言和知人論世。朱熹的詩學思想滲入到詩歌閱讀、鑑賞、批評的諸多方面，對後世詩學產生了正反兩方面的影響，餘風所及，既爲儒家詩學的積極發展提供源泉和動力，也從反向刺激了明清性靈文學的產生。

第一節　朱子後學對理學詩學的繼承和發揚

　　朱熹詩學是儒家正統詩學在宋代發展的新形態，伴隨著朱熹理學在國家意識形態中逐漸取得正統地位，〔註1〕尤其是其《四書章句集

〔註1〕　朱熹被尊爲大聖大賢，始於元代。元仁宗詔定以朱熹《四書章句集注》爲科舉取士的標準。元惠宗下詔建朱熹廟，受歷代朝拜。明人把朱熹與孔子相提並論，「孔子大聖，朱子大賢」。明政府規定全國學宮每年春秋二次祭祀朱子，與祭孔一樣隆重。清代康熙皇帝下詔熊錫履、李光地等編輯《朱子全書》，並親自作序，贊朱子「緒千百年絕傳之學，開愚蒙而立億萬世一定之規」。

注》和《詩集傳》等成爲科舉考試的標準教材和參考答案之後，朱熹所提倡的循法模古和以理爲正要求反映「性情之正」等詩學觀念，首先通過朱熹後學向後世傳播。黃震是宋代端平以後浙江寧波宗朱學派的代表人物，他對朱子及其文章評價極高，謂其「天才卓絕，學力宏肆，落筆成章，殆於天造……剖析性理之精微，則日精月明；其窮詰邪說之隱遁，則神搜霆擊；其感慨忠義，發明離騷，則苦雨淒風之變態；其泛應人事、遊戲翰墨，則行雲流水之自然。究而言之，皆此道之流行，猶化工之妙造也。」〔註 2〕黃震對朱子詩文的高度推崇由此可見。朱子後學甚多，陳榮捷特撰《朱子門人》，認爲朱子門人「足稱門人（連家學）者四百六十七人，又未及門而私淑者二十一人，共弟子四百八十八人」，〔註 3〕陳榮捷認爲，「朱子學系之能在元、明、清大樹旗幟者，固非幸運而實有其因素也。因素不一，而門人乃其極重要者。」〔註 4〕正是源於朱熹後學對朱子思想的推崇與宣傳，理學才逐步深入人心，從民間走向官方，最終成爲國家正統意識形態。「隨著理學的興盛，以朱熹爲代表的理學詩風，在南宋後期發揚光大……，眞德秀、魏了翁是晚期理學詩人中比較典型的代表，此外，陳淳、黃榦、王柏、歐陽守道、陳著、金履祥，這些朱門後學，也推波助瀾，促成了理學詩派大盛局面。」〔註 5〕

朱熹後學當中，黃榦深受朱熹倚重，黃榦也不負朱熹厚望，堅守師說傳承師道。黃百家云：「黃勉齋榦得朱子之正統。其門人一傳於金華何北山基，以遞傳於王魯齋柏，金仁山履祥，許白雲謙，又於江右傳饒雙峰魯，其後遂有吳草廬澄，上接朱子之經學，可謂盛矣。」〔註 6〕這裡敘述朱學之由宋而元，可謂路線分明，理學的傳播爲朱子

〔註 2〕 （宋）黃震：《黃氏日抄》卷三六，文淵閣四庫全書本。

〔註 3〕 陳榮捷：《朱子門人》，上海：華東師範大學出版社 2007 年，第 7 頁。

〔註 4〕 陳榮捷：《朱子門人》，上海：華東師範大學出版社 2007 年，第 17 頁。

〔註 5〕 呂肖奐：《宋詩體派論》，成都：四川民族出版社 2002 年，第 308 頁。

〔註 6〕 （清）黃宗羲、全祖望：《宋元學案》卷八十三，《黃宗羲全集》（第6 冊），杭州：浙江古籍出版社 2005 年，第 313 頁。

詩文觀念的廣泛流傳提供了基礎和可能。在詩文觀念上，黃榦堅守朱熹強調德文並重以德爲先的思想觀念，認爲「善學者先立其本，文詞之末，達而已矣。然本深者末必茂，不務其本，而末焉是先，未見其能工也。」〔註7〕在詩文創作上，黃榦的文章風格也顯出儒者本色，四庫館臣評價爲「其文章大致質直，不事雕琢，雖筆力未爲挺拔，而氣體醇實，要不失爲儒者之言。」〔註8〕與黃榦同時的陳淳也是傳播朱學不遺餘力的朱熹弟子之一，《宋史》本傳稱陳淳「無書不讀，無物不格，日積月累，義理貫通，洞見條續。」〔註9〕在詩學思想上，陳淳也堅守朱熹的讀書方法論，提倡循序漸進和虛心玩味，「須字字句句曉其文義，然後通全章以會其旨歸文義。旨歸既通，然後吟哦諷誦以玩其底蘊。固不可只皮膚上淺淺獵涉，亦不可就字旁生枝節支離。虛心玩味，浹洽日久，自然有得。」〔註10〕陳淳的著述也體現出平易重道的特色，王環翁認爲陳淳所作，不僅是對程朱之道的承接，而且還是對「矢口成言，下筆成書」寫作方式的發揚。紀昀也說，「其生平不以文章名，故其詩其文皆如語錄。然淳于朱門子之中，最爲篤實，故發爲文章，亦多質樸眞摯，無所修飾。……是矯枉過直之詞，要之儒家實有此一派，不能廢也。」〔註11〕陳淳的寫作實踐說明，朱熹理學詩學傳播過程之中，其理學特色逐步得到了加強，而朱子詩理並重的詩學部分受到了一定程度的擠壓，這也是四庫館臣批評其文章「矯枉過直」的客觀之處。

〔註7〕　（宋）黃榦：《勉齋集》卷二十一《黃西坡文集序》，文淵閣四庫全書本。

〔註8〕　（清）永瑢等：《四庫全書總目》卷一六一《勉齋集》提要，北京：中華書局 1965 年，第 1386 頁。

〔註9〕　（元）脫脫等：《宋史》（20 冊本）卷四百三十，北京：中華書局 1977 年，12788 頁。

〔註10〕　（宋）陳淳：《北溪大全集・北溪外集》，文淵閣四庫全書本。

〔註11〕　（清）永瑢等：《四庫全書總目》卷一六一《北溪大全集》提要，北京：中華書局 1965 年，第 1386 頁。

　　黃、陳之後，朱熹後學中真德秀與魏了翁並稱於世，如黃百家所說：「從來西山、鶴山並稱，如鳥之雙翼，車之兩輪，不獨舉也。」〔註12〕真德秀與魏了翁對確立理學統治起了重要的作用，也對朱熹詩學觀念的傳播有功。在詩學觀點上，真德秀強調「義理」和「世用」結合。真德秀早年師從朱熹弟子詹體仁，是朱熹之後聲望很高的學者，真德秀選編《文章正宗》可見其基本的文學主張，「正宗云者，以後世文辭之多變，欲學者識其源流之正也，自昔集錄文章者眾矣，若杜預、摯虞諸家，往往湮沒無傳。今行於世者，惟梁昭明《文選》、姚鉉《文粹》而已。由今眂之，二書所錄，果皆得源流之正乎？夫士之於學，所以窮理而致用也。文雖學之一事，要亦不外乎此。故近之所，以明義理切世用為主。其體本乎古，其指本乎經者，然後取焉，否則辭雖工亦不錄。」真德秀強調詩中義理應包含「性情之正」，「正言義理蓋無幾，而諷刺間悠然得其性情之正，即所謂義理」，「不必專言性命而後為關於義理」〔註13〕。真德秀對朱熹詩文觀念的繼承，發展了朱熹理學詩學中重視義理的一面，而對朱熹重視吟詠性情的一面加以淡化。從積極方面來講，具有反對華靡文風之作用，從消極方面來說，則有抹殺文學審美價值之嫌。但真德秀的《文章正宗》以及呂祖謙《文章關鍵》都對詩文創作之方法作了解析和探索，體現出其重視「理」亦有重視「文」的一面，可謂兼顧了文章的內容和形式。

　　對於《文章正宗》，四庫館臣這樣評價：「其持論甚嚴。大抵主於論理而不論文。……顧炎武《日知錄》亦曰：『真希元《文章正宗》所選詩，一掃千古之陋，歸之正旨。然病其以理為宗，不得詩人之趣』。……故德秀雖號名儒，其說亦卓然成理，而四五百年以來，自

〔註12〕　（清）黃宗羲、全祖望：《宋元學案》卷八十一，《黃宗羲全集》（第6冊），杭州：浙江古籍出版社2005年，第178頁。
〔註13〕　（宋）真德秀：《文章正宗·詩賦序》，文淵閣四庫全書本。

講學家以外，未有尊而用之者，豈非不近人情之事，終不能強行於天下歟？然專執其法以論文，固矯枉以過正，兼存其理以救浮華冶蕩之弊，則亦未嘗無裨。」〔註14〕真德秀以義理為旨歸的選文標準在《文章正宗》中一以貫之的。這一點和真德秀繼承師學深受朱熹詩學影響有很大關係。

　　魏了翁的詩學思想也繼承了朱熹詩學中重視道本和德性涵養的部分，他把詩文的本質歸結性、命、氣、道，將作家的道德涵養放在首位。李慈銘曾列舉《鶴山集》題跋四十五篇，認為它們「皆足以考證宋事，深裨史學。其文亦多慷慨激昂，往往引詩以詠歎之，有周秦諸子之遺風」。〔註15〕魏了翁的詩文觀念也有超越朱熹之處，他推崇義理與辭章並重，並不將文與道判然分開，肯定文辭的意義，肯定優秀的文學家都具有良好的道德修養，其作品都是他們情性的自然流溢，這也南宋後期開始出現的義理與辭章相融合的思潮的反映。正如如全祖望概括真德秀、魏了翁學術思想所言所言：「兩家學術雖同出於考亭，而鶴山識力橫絕，真所謂卓犖觀群書者；西山則依傍門戶，不敢自出一頭也。」〔註16〕魏了翁對程朱之學的庸俗化、功利化趨勢不無憂慮，主張「參酌諸經，不一一襲其說，惟是之從」，〔註17〕這使魏了翁的思想相對開放。在詩學思想上，魏了翁也表現出與真德秀不一樣的超識之處，真德秀嚴守朱子正統，而魏了翁對朱熹詩學繼承與發展並舉，他不排斥文辭和詩人之詩，他對一般理學家所鄙薄的邵雍詩推崇備至，認為邵雍詩「理明義精，則肆筆脫口之餘，文從字順，不煩繩削而合。彼月煆句煉於詞章而不知進焉者，特秋蟲之、吟

〔註14〕　（清）永瑢等：《四庫全書總目》卷一八七《文章正宗》提要，北京：中華書局 1965 年，第 1699 頁。

〔註15〕　（清）李慈銘：《越縵堂讀書記》卷八，上海：上海書店出版社 2000年，第 920 頁。

〔註16〕　（清）黃宗羲、全祖望：《宋元學案》卷八十一，《黃宗羲全集》（第6 冊），杭州：浙江古籍出版社 2005 年，第 178 頁。

〔註17〕　（宋）魏了翁：《鶴山集》卷三十六，文淵閣四庫全書本。

朝菌之媚爾。」﹝註18﹞邵雍詩沉寂之後能夠在南宋流行，與魏了翁的揄揚密不可分。魏了翁能夠以朱學為主而又兼收並蓄，可謂依託朱學而又發展了朱學。

真德秀、魏了翁之後，朱熹思想因其黃榦弟子們的承續，在金華地區一支獨秀，黃榦傳學於何基（1199～1269 年，字子恭，學者稱北山先生），何基傳王柏（1197～1274 年，字會之，號魯齋），王柏又傳金履祥（1232～1303 年，字吉父，學者稱仁山先生），金履祥傳許謙，此即「金華四先生」，從而使朱學一脈流傳直到元代。金華朱學的詩學思想繼承了朱熹詩論的理學特色，如王柏云，「蓋聞古人之詩也，善者興起人之良心，惡者懲創人之逸志……苟作之無所益，不作非所欠，反使人之逸志肆而良心亡，其傷化悖理為害甚大，豈獨味漓而質□哉？今頤齋欲還其淳古之風，宜何如？當使鄭衛哇淫之習不接乎耳，不入乎心，潛玩乎三百五篇之精微，上求乎英莖韶濩之盛，斯可以稱此名矣。」﹝註19﹞這幾乎是朱熹在與鞏仲至論詩書信以及闡釋孔子「興觀群怨」時言論的翻版。王柏對詩歌風格的理解也發揮了朱熹關於韋應物詩歌氣象近道的思想：「朱文公獨愛韋蘇州詩，以其無聲色臭味為近道，此言不特精於論詩，尤學道者之要語也。自《三百篇》以來，獨平淡閒雅者為難得。夫平淡閒雅者，豈學之所能至哉？惟無欲者能之。非無欲之詩難得也，正以無欲之人難得耳。」﹝註20﹞在詩經學上，王柏繼承朱熹對詩經「淫詩說」的看法，在其詩經學著作《詩疑》中，開列了三十二首他所認為的「淫詩」。清人程廷祚說：「至晦庵朱氏，力攻古序。其後……王柏遂起而建議刪詩」，﹝註21﹞可見後人一般認為，王柏刪詩之議源於朱熹。王柏之學傳於金履

﹝註18﹞　（宋）魏了翁：《鶴山集》卷六十二，文淵閣四庫全書本。
﹝註19﹞　（宋）王柏：《魯齋集》卷十三《跋潘子宇還淳集》，文淵閣四庫全書本。
﹝註20﹞　（宋）王柏：《魯齋集》卷九《汪功父知非稿》，文淵閣四庫全書本。
﹝註21﹞　轉引自洪湛侯：《詩經學史》，北京：中華書局 2002 年，390 頁。

祥，金履祥編選《濂洛風雅》，收入宋代理學家自周敦頤以下凡四十八家詩，並撰《濂洛詩派圖》為理學之詩張目，其持論「一準於理」受到了四庫館臣的批評，但卻揭櫫了別開「詩家正宗」的「理學詩派」，紀昀等人認為，「自金履祥是編出，而道學之詩與詩人之詩，千秋楚越矣。」〔註22〕《濂洛風雅》選詩參考了朱熹「詩三等說」的基本觀點，提出「詩、銘、箴、誡、贊、詠四言者，為風雅之正體，其楚辭、歌、操、樂府、韻語，則風雅之變體，其五七言古風，則風雅之再變，其絕句、律詩，則又風雅之三變也。」〔註23〕四庫館臣在《古文雅正》提要中認為「真德秀《文章正宗》、金履祥《濂洛風雅》，其持論一準於理，而藏弆之家但充插架，固無人起而攻之，亦無人嗜而習之，豈非正而未雅歟」。〔註24〕紀昀等對真德秀、金履祥等人的詩文傾向進行批評，認為金履祥「號為得朱子之傳，其詩乃彷彿《擊壤集》，不及朱子遠盛。」（《仁山集》提要），認為他們對義理的推崇影響了詩文的審美價值。

　　總之，朱熹後學發展了朱熹以理為體、以詩為用的理學詩學思想，既對推廣朱子理學詩學不遺餘力而功不可沒，也在一定程度上表現出墨守師說的僵化形態，使朱子理學詩學漸漸喪失了生機和活力。

第二節　朱子理學詩學對後世詩論家的影響

　　朱子理學詩學對宋明詩論產生了重要影響。朱熹重視學術思想的傳授，一生四處建精舍、創書院，講學、刻書、立祠，廣收門徒，其再傳、私淑弟子甚多。時代的主動選擇、統治階級的提倡，弟子孜孜不倦的弘揚……，朱熹思想終從民間形態成為正統思想。張立文先生

〔註22〕　（清）永瑢等：《四庫全書總目》卷一九一《濂洛風雅》提要，北京：
　　　　　中華書局 1965 年，第 1737 頁。
〔註23〕　（宋）金履祥：《濂洛風雅·唐良瑞序》，叢書集成初編本。
〔註24〕　（清）永瑢等：《四庫全書總目》卷一九○《古文雅正》提要，北京：
　　　　　中華書局 1965 年，第 1732 頁。

曾將朱熹思想的精髓總結為求理精神、求實精神、主體精神、憂患精神、力行精神、道德精神、開放精神〔註25〕，可謂對朱熹思想的歷史價值和現實意義的經典概括，正是因為朱熹思想基於時代而又超越時代的兼容性與開放性，其影響宋元明清四朝達七百年之久，影響朝日韓越亦有數百載。在這樣的思想接受背景下，朱子理學詩學思想也在其理學思想的護祐下對後世詩學發揮作用。宋蔡模稱：「古今之書，惟詩入人最易、感人最深，三百篇之後，非無能詩者，不過詠物陶情，舒其蕭散閒雅之趣而已。獨朱子奮然千有餘在載之後，不徒以詩為詩，而以理為詩，……今誦其詩，包羅眾理，總括萬變，排闢異端，又皆正其本而探其原。」〔註26〕元代學者虞集云：「朱學及其師友之說，以為國是，非斯言也，罷而黜之。其正乎道統之傳，可謂嚴矣。」〔註27〕明人認為，「朱子以天挺豪傑之才，上繼聖賢之學，文詞雖其餘事……沖遠古淡，實宗風雅而出入漢魏、陶韋之間……置於家塾，以教子弟，蓋欲使知詩章之學亦先儒之所不廢」，〔註28〕《四庫全書總目》總結說：「有元一代之說詩者，無非朱傳之箋疏，至延祐行科舉法，遂定為功令，而明制因之。」〔註29〕可見元明詩經學研究都是以朱熹《詩集傳》為準則的。宋明以來深受朱熹理學思想與理學詩學影響的詩論家，代不乏人。

方回是宋末元初的詩論家，也是朱熹的同鄉，四庫館臣稱之為「學問議論，一尊朱子，崇正辟邪，不遺餘力」，〔註30〕其詩論推尊

〔註25〕　張立文：《朱熹評傳》自序，南京：南京大學出版社1998年。
〔註26〕　（宋）蔡模：《文公朱先生感興詩注跋》，《朱子全書》（第27冊），第828頁。
〔註27〕　（元）虞集：《道園學古錄》卷八《藍善書院記》，文淵閣四庫全書本。
〔註28〕　（明）吳訥：《晦庵先生五言詩鈔序》，《朱子全書》（第27冊），第832頁。
〔註29〕　（清）紀昀等：《欽定四庫全書總目》卷十六，文淵閣四庫全書本。
〔註30〕　（清）永瑢等：《四庫全書總目》卷一六六《桐江續集》提要，北京：中華書局1965年，第1423頁。

朱子，有重道重格之論，並推尊朱子師法陳師道的平淡詩風，云：「詩以格高爲第一」〔註31〕，「文公詩似陳後山，勁瘦清絕，而世人不識。」〔註32〕正是出於對朱熹詩作的精研，他才得出「道學宗師於書無所不通，於文無所不能，詩其餘事；而高古清勁，盡掃諸子，又有一朱文公」〔註33〕的結論，對朱熹推崇備至。正是基於對理學心性涵養工夫的認同，方回論詩也將學詩與學道比附起來，從而重視明道知言在詩人修養中的作用，認爲「中無主而不止，外無正而不明……詩文亦道之一也。胸襟必有自得之地，然後所謂善老聚焉而不散，存焉而不亡，故曰中無主而不止。」〔註34〕方回詩論受朱子理學詩學影響可見一斑。

嚴羽是南宋末年最重要的詩論家，以禪論詩可謂論詩的特色，但他也在一定程度上受朱熹詩學理論的影響。其《滄浪詩話》開篇即云：

> 夫學詩者以識爲主：入門須正，立志需高；以漢魏晉盛唐爲師，不作開元天寶以下人物。……工夫須從上做下，不可從下做上。先須熟讀楚詞，朝夕諷詠以爲之本，及讀古詩十九首，樂府四篇，李陵蘇武漢魏五言皆須熟讀，即以李杜二集枕藉觀之，如今人之治經，然後博取盛唐名家，醞釀胸中，久之自然悟入。雖學之不正，亦不失正路。〔註35〕

由上論可以看出，嚴羽提出的多個觀點都曾是朱熹論詩的重點所在。

〔註31〕　（元）方回：《桐江續集》卷三十三《唐長孺藝圃小集序》，文淵閣四庫全書本。

〔註32〕　（元）方回：《瀛奎律髓》卷二十，李慶甲集評校點，上海：上海古籍出版社1986年，第765頁。

〔註33〕　（元）方回：《桐江續集》卷三十二《送羅壽可詩序》，文淵閣四庫全書本。

〔註34〕　（元）方回：《桐江集》卷三《跋汪君若楫詩文》，文淵閣四庫全書本。

〔註35〕　（宋）嚴羽著，郭紹虞校釋：《滄浪詩話校釋》，北京：人民文學出版社1983年，第1頁。

嚴羽強調識見，朱熹也提出「不識」便做不成好詩。《朱子語類》卷一四〇云：「今人所以事事做得不好者，緣不識之故。只如個詩，舉世之人盡命去奔做，只是無一個人做得成詩。他是不識，好底將做不好底，不好底將做好底。」〔註36〕嚴羽強調入門須正，立志需高。朱熹則在《答楊宋卿》中強調「詩者豈復有工拙哉，亦視其志之所向者高下如何耳」。〔註37〕嚴羽提出以李白杜甫爲師法對象如今人之治經，朱熹亦曾明白有述，「作詩先用看李杜，如士人治本經。本既立，次第方可看蘇黃以次諸家詩。」〔註38〕嚴羽認爲學詩當以漢魏盛唐爲師，雖學之不正，亦不失正路，這與朱熹在《跋病翁先生詩》中提出的觀點也極爲相似：「此病翁先生少時所作《聞箏》詩也。規模意態全是學《文選》、《樂府》諸篇，不雜近世俗體，故其氣韻高古，而音節華暢，一時輩少能及之……如學詩則當以此等爲法，庶幾不失古人本分體制。向後若能成就變化，固未易量，然變亦大是難事。果然變而不失其正，則縱橫妙用，何所不可？不幸一失其正，卻似反不若守古本舊法，以終其身之爲穩也。」〔註39〕嚴羽對漢魏之詩的認同及所謂「不作開元天寶以下人物」等吸收了朱熹「詩三等說」的合理內核。比較嚴羽與朱熹的詩論，會發現兩者在學詩的路徑、方法以及師法對象等理解上頗爲一致。嚴羽認爲「詩有詞理意興，南朝人尚於詞而病於理，本朝人尚理而病於意興，唐人尚意興而理在其中，漢魏之詩，詞理意興無迹可求」，對本朝人「尚理而病於意興」而有所批評，包含了對朱熹在內的理學家及理學詩進行批評，可見嚴羽對朱熹詩論的吸收是辯證而多元的。朱熹論詩是針對當時江西詩派末流片面追求形式主義文風，反對那種「狂怪、雕鎪、神頭鬼面」和「肥膩、

〔註36〕 《朱子語類》卷一百四十。
〔註37〕 《答楊宋卿》，《晦庵先生朱文公文集》卷三十九，《朱子全書》（第22冊第1728頁。
〔註38〕 《朱子語類》卷一百四十。
〔註39〕 《跋病翁先生詩》，《晦庵先生朱文公文集》卷八十四，《朱子全書》（第24冊），第3968頁。

腥臊、酸鹹苦澀」之風，提出「詩無工拙」，重視情感和思想均十分純正之古詩，偏重於詩教意義的發揚；嚴羽論詩也爲救一代詩弊即「以文字爲詩，以才學爲詩，以議論爲詩」而發，提倡一唱三歎的古詩，偏重於詩歌審美價值的顯現。郭紹虞曾指出嚴羽論詩用了朱熹的話頭，而「論詩宗旨卻換了一個方向，於是後人也就不容易看出他立說之有所本了」，〔註40〕持論較爲公允，指出了嚴羽詩學與朱熹詩學之間在立說之本的聯繫與論詩宗旨上的區別。

　　元承宋祚，明承元祚。在元人修撰的《宋史》中，首開「道學傳」，把程朱和與程朱觀點相近的兩宋理學人物正式列入孔孟以後的儒學「道統」中。在元代，許衡、劉因是北方的理學家，吳澄是南方的理學家。除此之外，浙東金華一代北山何基弟子金履祥、許謙等人始終堅持朱學門戶，與陸學對立，明初名儒宋濂等人就出自金華朱學一派。

　　明代初年，也經歷一個「理學開國」到「理學治國」的時期。朱熹之詩學觀念借助於官學之力繼續發揮影響。在明初朱學盛行的時代風潮之下，明初詩文三大家宋濂、高啓、劉基首開文學復古之風，宋濂提出「古之爲文者未嘗相師，鬱積於中，抒之於外，而自然成文。其明道也，其事覆也，引而申之，浩然而有餘，豈必竊取辭語以爲工哉？」〔註41〕「所謂古者何？古之書也，古之道也，古之心也。道存諸心，心之言形諸書。日誦之，日履之，與之俱化，無間古今也。若日專溺辭章之間，上法周漢，下蹴唐宋，美則美矣，豈師古者乎？」〔註42〕宋濂要求以古爲師，日誦日履古人的言行，做到「與之俱化，無間古今」的境界，作詩作文也要從內心仁德而

〔註40〕　郭紹虞：《滄浪詩話校釋》，北京：人民文學出版社1961年，第5頁。

〔註41〕　（明）宋濂：《蘇平仲文集》序，《宋濂全集》，杭州：浙江古籍出版社1999年，第1575頁。

〔註42〕　（明）宋濂：《師古齋箴》，《宋濂全集》，杭州：浙江古籍出版社1999年，第922頁。

開始，不必計較辭之工拙。宋濂尚古的基本主張和朱熹對古詩古文的推崇是十分相似的，朱熹曾在《讀唐志》中提出「有是實於中，則必有是文於外」的主張，〔註43〕也在《答楊宋卿》表達過「詩有工拙之論，而葩藻之詞勝，言志之功隱」的相關觀點。比較宋濂與朱熹的相關論述，可以清楚地看出宋濂在金華朱學基礎上對朱熹詩文觀念的繼承，而他在《贈梁建中序》中所提的文以載道等主張，更與朱熹提出的「文從道出」之論有著淵源上的關係：

> 其文之明，由其德之立；其德之立，宏深而正大，則其見於言，自然光明而俊偉，此上焉者之事也。優柔於藝文之場，饜飫於今古之家，搴英而咀華，溯本而探源，其近道者則而倣之，其害教者闢而絕之，俟心與理涵，行與心一，然後筆之於書，無非以明道爲務。〔註44〕

朱熹出於「有德者必有言」和「道外無文」的基本主張，曾經指出：「道者，文之根本；文者，道之枝葉。惟其根本乎道，所以發之於文，皆道也。三代聖賢文章，皆從此心寫出，文便是道。」〔註45〕宋濂之「文由德立」、「以明道爲務」與朱熹的「文從道出」在論述基點上是比較一致的，可謂儒家詩教觀念在宋明不同時代發展中具有理學特質的表達方式。宋濂之後，臺閣重臣楊士奇論詩也推尊朱熹云：「昔朱子論詩必本於性情言行，以及乎修齊治平之道，詩道其大矣哉。蓋自漢以下，言詩莫深於朱子。」〔註46〕以小說、詩詞知名的瞿祐，在其《歸田詩話》中亦推崇朱子，他列舉韓愈《示兒詩》以朱熹言論作評云：

〔註43〕 《讀唐志》，《晦庵先生朱文公文集》卷七十，《朱子全書》（第23冊），第3374頁。

〔註44〕 （明）宋濂：《贈梁建中序》，《宋濂全集》，杭州：浙江古籍出版社1999年，第557頁。

〔註45〕 《朱子語類》卷一百三十九。

〔註46〕 （明）楊士奇：《東里文集》，劉伯涵、朱海點校，北京：中華書局1998年，第46頁。

　　　　朱文公云：「韓公之學，見於原道。其所以自任者，
　　不爲不重。而其平生用力深處，終不離乎文字言語之工。
　　其好樂之私，日用之間，不過飲博過從之樂。所與遊者，
　　不過一時之文士，未能卓然有以自拔於流俗者。觀此詩所
　　誇，乃感二鳥、符讀書之成效極致，而《上宰相書》所謂
　　「行道憂世者」，則已不復言矣。其本心何如哉？按朱子
　　所以責備者如是，乃向上第一等議論。俯而就之，使爲子
　　弟者讀此，亦能感發志意，知所羨慕趨向，而有以成立，
　　不陷於卑污苟賤，而玷辱其門戶矣。……詩可以興，此詩
　　有焉。〔註47〕

瞿祐認爲，朱子責備韓愈乃「向上第一等議論」，後又從「感發志意」
與「詩可以興」的角度要求後生從「知所羨慕趨向，而有以成立」的
角度來理解韓愈的《示兒詩》，可見其對朱子關於詩興說的吸納。其
後唐順之雖公開對七子擬古主義表示不滿，提出師法唐宋而要「文從
字順」的主張，但並沒有完全擺脫復古主義理論的束縛。後七子謝榛
提出「景乃詩之媒，情乃詩之胚」的著名觀點，但也發揮朱熹涵泳玩
味詩歌的相關詩學觀念，提倡「熟讀之以奪神氣，歌詠之以求聲調，
玩味之以衰精華」〔註48〕，他「有意於古，而非終古」的尊古觀念，
與朱熹要求「尊古變古」的詩學觀念也有異曲同工之處，表明後七子
詩論家對朱子詩學觀念的合理化吸收和變通。

　　清代是中國歷史上學術文化全面繁榮的時代，清代樸學是繼先秦
諸子百家、兩漢經學、魏晉玄學、唐代佛學和宋明理學之後的又一個
學術高峰，乾嘉學派全方位地總結了我國傳統的學術，包括經學、史
學、諸子學、科學等，表現出了集大成的氣象，梁啓超有言：「乾嘉
學派，大致是由亭林『經學即理學』那句話衍出來的，但亭林的確是

〔註47〕　（明）瞿祐：《歸田詩話》卷上，載丁福葆輯：《歷代詩話續編》，北
　　　　　京：中華書局1983年，第1242頁。
〔註48〕　（明）謝榛：《四溟詩話》卷三，載丁福葆輯：《歷代詩話續編》，北
　　　　　京：中華書局1983年，第1189頁。

想在六經中求義理，乾嘉學派則將義理擱在一邊，終以研索六經裏頭的名物訓詁為學問最終目的。」〔註49〕乾嘉學派以漢學來對抗宋學，「漢宋之爭」形成的攻辯與聯繫，為清代詩學的多元化以及朱子理學詩學的復蘇提供了可能。

清代初年，清儒開始反省和總結明代覆亡的教訓，提倡力避晚明儒之空疏，重振萎靡不振的程朱理學，提倡積極務實的文風，朱熹詩學也這樣的背景中開始復蘇。入主中原的滿洲貴族，為了壓服漢族士人，襲用傳統儒學作為思想統治的工具。康熙皇帝認為，朱熹「文章言談之中，全是天地之正氣、宇宙之大道。朕讀其書，察其理，非此不能知天人相與之奧，非此不能治萬邦於袵席，非此不能仁心仁政施於天下，非此不能內外為一家。」〔註50〕康熙不遺餘力地表彰朱熹學說，將朱熹配享孔廟，下令編撰朱熹著作，開科取士一律以朱注為準，嘉慶時代襲封禮親王的昭槤說：「仁皇夙好程、朱，深談性理，所著《幾暇餘編》，其窮理盡性處，雖夙儒耆學，莫能窺測。所任李文貞光地、湯文正斌等皆理學耆儒。嘗出《理學真偽論》以試詞林，又刊定《性理大全》、《朱子全書》等書，特令朱子配祠十哲之列。故當時宋學昌明，世多醇儒耆學，風俗醇厚，非後所能及也。」〔註51〕官方對理學的推崇以及理學實際發揮的影響，使得清代學者和理學之間產生了一種剪不斷理還亂的複雜關係。誠如馬積高所說：「清代的學者（包括通常所說的考據學家、漢學家或樸學家），很少有不受理學影響的。」〔註52〕理學的主流地位為理學

〔註49〕　（清）梁啟超：《梁啟超全集》，北京：北京出版社 1999 年，第 4192 頁。

〔註50〕　（清）愛新覺羅·玄燁：《御纂朱子全書·序言》，見袁行霈主編《中國文學史》第四卷，北京：高等教育出版社 1999 年，第 234 頁。

〔註51〕　（清）昭槤：《嘯亭雜錄》卷一，何英芳點校，北京：中華書局 1980 年，第 6 頁。

〔註52〕　馬積高：《清代學術思想的變遷與文學》，長沙：湖南出版社 1996 年，第 77 頁。

詩學又一次提供積極生長的土壤，張伯行新編《濂洛風雅》，選錄了宋元周敦頤、朱熹、許衡及明代理學家薛瑄、胡居仁、羅欽順十七家詩。張景星等編的《宋詩別裁集》，選錄理學家七家詩共四十一首，積極提倡理學詩。這種詩學取向與晚明心學盛行時期的詩學宗旨發生巨大變異，表現在詩學觀念中，便是對儒家詩教的再次強調，提倡「返經歸本」，作為詩學批評的基本出發點。此詩學觀念在明清交際之際便開始發端，在錢謙益、黃宗羲、顧炎武、王夫之等人的相關詩論中均有所體現。錢謙益在為袁中道之子袁祈年該字時云：「《三百篇》，詩之祖也；屈子，繼別之宗；漢、魏、三唐以迨宋元諸家，繼禰之小宗也。六經，文之祖也；左氏、司馬氏，繼別之宗也；韓、柳、歐陽、蘇氏以迨勝國諸家，繼禰之小宗也。古之人所以馳騁於文章，枝分流別，殊途而同歸者，亦曰各本其祖而已矣。」〔註53〕錢謙益將《詩經》作為詩祖，將六經作為文祖，其餘均為「繼別之宗」和「繼禰之小宗」，認為詩經和六經以下的詩文都是殊途同歸，表明了錢謙益上溯先秦、宗經徵聖的詩文宗旨，正是出於這樣的期望，錢謙益給袁祈年取字「田祖」。這種詩學取向與儒家詩學的後期經典形態──朱熹理學詩學提倡的以「風騷」為詩之正經的詩學觀念是一脈相承的。

　　在清代詩學當中，王士禎的神韻說，沈德潛的格調說，袁枚的性靈說以及翁方綱的肌理說，代表了清代詩學的重要成果，這些詩學成果通過對傳統詩學的全面總結和理性思考，使得清代的詩學理論日臻完備，具有明顯的集大成性。這些詩論家當中也有吸收朱熹詩學之處，沈德潛在其著作中多次提及朱子：

　　　　朱子云：「楚詞不皆是怨君，被後人多說成怨君。」
　　此言最中病痛。如唐人中，少陵故多忠愛之詞，義山間作
　　風刺之語；然必動輒牽入，即偶而賦物，隨境寫懷，亦必

〔註53〕　（明）錢謙益：《牧齋初學集》卷二十六，上海：上海古籍出版社2003年，第826頁。

云主某事，刺某人，水月鏡花，多成黏皮帶骨，亦何取耶？
〔註54〕

　　朱子云：「諷詠以昌之，涵濡以體之」，真得讀詩趣味。
〔註55〕

沈德潛的詩學觀念和明代前後七子相近，他重視詩教，強調「溫柔敦厚，斯為極則」（《說詩晬語》卷上），上引朱熹之語正是從「溫柔敦厚」的角度反對楚辭的「怨君」之說，所以他反對一味地對詩作「美刺」式的過度闡釋，而是以涵泳作品、隨情自得來求得詩歌的情感內涵與審美特質，與朱熹批評漢儒附會國史妄言美刺有異曲同工之處。朱熹曾說過「若人家有隱僻事，便作詩訐其短譏刺，此乃今之輕薄子，好作譴詞嘲鄉里之類，為一鄉所疾害者。詩人溫醇，必不如此。」〔註56〕此亦可謂「溫柔敦厚」的理學家闡釋。而朱熹提出的涵泳詩意重視詩歌意味的詩學方法，也在沈德潛的詩論之中有所反映，這都說明朱熹的詩學觀點與方法具有超越時代的價值與意義，同時也說明清人不拘一格、師法前人的寬宏的學術心態。

　　清代理學在和文學上的最大關聯，可能就是它和桐城派之間的關係了。桐城派揭櫫理學旗幟，提倡義理、考據和辭章的古文觀念，桐城派先驅戴名世以及主將方苞、劉大魁、姚鼐諸人都宗程朱，企圖把程朱道統與韓歐文統結合起來。方苞嘗論為學宗旨言：「制行繼程、朱之後，文章在韓、歐之間」，〔註57〕但桐城派創作評論古文，也寫詩論詩，姚鼐編有《今體詩鈔》。方東樹《昭昧詹言》，就王士禎所編《古詩選》和姚鼐所編《今體詩鈔》所收作品一一批評，採錄桐城人物議論甚多，故就《昭昧詹言》，既可見方東樹的詩學

〔註54〕　（明）沈德潛：《說詩晬語》卷下三五。霍松林校注，北京：人民文學出版社1979年，第242頁。

〔註55〕　（明）沈德潛：《說詩晬語》卷上四。霍松林校注，北京：人民文學出版社1979年，第187頁。

〔註56〕　《朱子語類》卷八十。

〔註57〕　（清）徐世昌：《清儒學案》卷五十一，北京：世界書局2008年，第2003頁。

主張也可見桐城派的詩學特點。方東樹說詩正如桐城派論文一樣，也十分重視義理，認爲「『道理正，魄力大，氣味醇，色澤古。』此亦可通之於詩。」〔註58〕出於對義理醇正的推崇，方亦極爲重視詩人修養和胸襟識見，他說：「有德者必有言，詩雖吟詠短章，足當著書，可以覘其人之德性、學識、操持之本末。」〔註59〕「大約胸襟高，立志高，則命意自高。講論精，功力深，則自然崇格；讀書多，取材富，則能隸事；聞見廣，閱歷深，則能締情。要之尤貴於立誠」〔註60〕，上述諸論與朱子理學詩學中強調的「有德者必有言」、「修辭立其誠」及其在《讀唐志》中所提到的「有是實於中，則必有是文於外」等詩學觀點極爲相似，這也說明以理學自任的桐城派文人對理學家詩論主張的認同。桐城派的詩論主張，由於重視義理與文法並重，與朱子詩學之間關聯甚大，這也正理學詩學在桐城派詩論中的體現。

由上可知，朱熹去世之後，其詩學觀念隨著朱熹後學、官方朱學及詩論家對朱熹詩學觀念的積極闡釋與合理吸收，影響於後世詩壇，形成正統詩文家崇古尚道、推尊自然、文與學合等詩學觀念，從而在程朱理學一枝獨秀的主流文化背景下贏得了理學詩學的存在空間。

第三節　朱子理學詩學對性靈文學的反向驅動

朱子理學詩學一方面借助理學獨尊的文化環境對臺閣重臣與正統派詩論家產生影響，另一方面，理學內部的矛盾、理學詩學被墨守的局限，尤其是經歷了明初與清初朱學大興之後，程朱理學的局限性

〔註58〕　（清）方東樹：《昭昧詹言》卷十一，汪紹楹校點，北京：人民文學出版社1961年，第235頁。

〔註59〕　（清）方東樹：《昭昧詹言》卷四，汪紹楹校點，北京：人民文學出版社1961年，第97頁。

〔註60〕　（清）方東樹：《昭昧詹言》卷十四，汪紹楹校點，北京：人民文學出版社1961年，第381頁。

也日益遭到了思想界的批判，凡此皆從反向刺激了明清以張揚個性、抒發性靈爲主要内容的性靈文學的產生與繁榮。由此，文學思想史上也出現了兩條線索，「一條是以傳統審美理想爲核心的復古文學思想，另一條則是以陽明心學爲核心的性靈文學思想。」〔註61〕

　　明代朱學大興，朱元璋在開國之處就多次昭示：「一宗朱氏之學，令學者非五經、孔、孟之書不讀，非濂、洛、關、閩之學不講。」〔註62〕明成祖朱棣掛帥主編了《四書大全》、《性理大全》、《五經大全》，並在《大全》卷首明確宣告「厥初聖人未生，道在天地；聖人既生，道在聖人；聖人已往，道在六經。六經者，聖人爲治之迹也。六經之道明，則天地聖人之心可見，而至治之功可成……命工悉以鋟梓，頒佈天下，使天下之人獲睹經書之全，探見聖賢之蘊，由是窮理以明道，立誠以達本，修之於身，行之於家，用之於國，而達之天下。使國不異政，家不殊俗，大回淳古之風，以紹先王之統，以成熙皞之治，將必有賴於斯焉。」〔註63〕朱熹詩學思想也在朱學一枝獨秀的背景中深入文壇，「文人們或褒揚帝德、潤飾洪業，或模擬古法、雕肝琢腎，缺乏超邁前人的氣概，明代正統文學走的是『取法乎上，僅得其中』的途徑。」〔註64〕在這樣的詩學發展背景之下，一場復古與開新互相鬥爭、要求文學革新的詩學思潮漸漸發展了起來。劉勰曾說「時運交移，質文代變」，「文變染乎世情，興廢繫乎時序」，提出了詩文因時變化的規律，「因時而變」表現在明代詩文演變史上的便是性靈文學的提倡，這也是一代有一代文學發展規律的必然趨勢。可以說，朱熹理學詩學是催生性靈文學的反向驅動力量。這主要表現兩方面，一是朱熹推尊古詩引發的明人復古之風對性靈說的重要驅動，一是理學内部心學的發展，即明代心學的發展對朱子理學詩學的撼動。

〔註61〕　左東嶺：《明代心學與詩學》，北京：學苑出版社2002年，第191頁。
〔註62〕　（清）陳鼎：《東林列傳》卷二，文淵閣四庫全書本。
〔註63〕　（明）朱棣：《御製性理大全書序》，見《四書大全》，文淵閣四庫全書本。
〔註64〕　周群：《劉基評傳》，南京：南京大學出版社1995年，第19頁。

　　朱熹曾說「古詩須看西晉以前，如樂府諸作皆佳。」〔註65〕「古人詩中有句，今人詩更無句，只是一直說將去。」〔註66〕表現出強烈的尊古傾向，雖然他也提倡變古創新，但特別警惕在變古中失去正路，「然變亦大是難事。果然變而不失其正，則縱橫妙用，何所不可？不幸一失其正，卻似反不若守古本舊法，以終其身之爲穩也。」〔註67〕明代詩壇因受正統文學觀念影響甚深，復古之風盛行。明代弘治年間，以李夢陽、何景明等人爲首的「前七子」以復古自命，曰古詩必漢魏，必三謝，體現出和朱熹詩法觀念類似的尊古情結。至嘉靖之際，李攀龍、王世貞繼起，與謝榛、宗臣等人結盟，後人稱爲「後七子」，他們繼承李夢陽、何景明餘緒，謂「文自西京，詩自天寶而下，俱無足觀」，推準古詩、古文，謂「宋無詩」，於本朝則推李夢陽。前後七子以後，還有「後五子」、「續五子」、「廣五子」、「末五子」等人推尊文學復古運動，使得明代復古成了一場持久的文壇風尚。明代文壇的復古之風實際是和學術界對宋儒的尊崇互爲表裏的，楊愼曾這樣描述宋代學術：「今世學者……惟從宋人，不知有漢唐前說也。宋人曰是，今人亦是之；宋人曰非，今人亦曰非。高者談性命，祖宋人之語錄；卑者習舉業，抄宋人之策論。」〔註68〕黃宗羲在《明儒學案》中亦對王陽明之前的明代學術作如是概括：「有明學術，從前習熟先儒之成說，未嘗反身理會，推見至隱，所謂『此亦一述朱，彼亦一述朱』耳。」〔註69〕尊宋述朱之風的強烈與科舉制度推尊朱學密切關聯，參加科舉的士子潛心研習朱著、朱傳和朱詩，爲朱熹詩學在明代打開了廣闊的市場。然而這種詩風積習既久，必然難以別開生面，復古派之偏頗不在於重視古法，而是膠執古法，何景明說「詩文有不可易之

〔註65〕　《朱子語類》卷一百四十。
〔註66〕　《朱子語類》卷一百四十。
〔註67〕　《跋病翁先生詩》，《晦庵先生朱文公文集》卷八十四，《朱子全書》（第 24 冊），第 3968 頁。
〔註68〕　（明）楊愼：《升菴集》卷五十二《文字之衰》，文淵閣四庫全書本。
〔註69〕　（清）黃宗羲：《明儒學案·姚江學案》，北京：中華書局 1985 年，第 179 頁。

法者」，王世貞鼓吹「文必秦漢，詩必盛唐，大曆以後書勿讀」，公開
打出「是古非今」的旗幟，執著於古法而無視世運之遷移和風雅之代
變的事實，使得後人下了「有明一代之人，其所著書無非盜竊」之斷
語，〔註70〕雖然這種說法有誇大之嫌，但明代復古思潮的隱微深痼確
實根深蒂固，在這樣的情勢之下，出於對復古思潮的反動而應運而生
的性靈文學漸漸深得人心。

　　性靈文學的產生，除了文學復古思潮的動因之外，哲學動因不容
忽視。理學在南宋，派別紛起，最重要的當數朱、陸分流。陸九淵於
朱熹「道學」之外，別創「心學」，其講求義理心性固同於朱學，但
對心理關係的認識以及治學方法的不同，遂形成與朱學對峙之勢。朱
熹以為「天下之物莫不有理」，為學之要在「即物窮理」，陸九淵則認
為「心即理」，為學之要在「發明本心」。由「發明本心」出發談論文
學，必然導致倡揚個性自立精神。陸九淵在文學上的成就顯然不及朱
熹，但他「發明本心」的文學觀念及其實踐，則無疑使其詩文在南宋
文壇上佔有一席之地，正如清人劉熙載《藝概‧文概》所說：「陸文
得孟子之實，不容意為去取，亦未易評。」〔註71〕同時，陸九淵強調
「發明本心」的文學主張及實踐，對後世文壇實有更多的啟迪。自宋
末金元以至明代，文壇上重視個性的性靈思潮逐漸興盛，一些具有性
靈傾向的文人就往往與「心學」有密切的關係。性靈說的哲學動因正
是深入發展的心學理論。周群先生曾從「性靈說」的思想誘因、文化
誘因角度，剖析了性靈說產生的多維背景。〔註72〕承接陸九淵心學一
脈的陽明學對程朱理學的反動，陽明後學尤其是左派王學心性論中道
德色彩的淡化，使得理學家注重的道德修養之心，轉變為「天性靈妙
渾淪的心」和「赤子之心」，「童心說」、「性靈說」正是在主張「赤子

〔註70〕　（明）顧炎武：《日知錄集釋》卷十八，黃汝成集釋，秦克誠點校，
　　　　　武漢：嶽麓書社 1994 年，第 670 頁。
〔註71〕　（清）劉熙載：《藝概‧文概》，上海：上海古籍出版社 1978，第 36
　　　　　頁。
〔註72〕　周群：《袁宏道評傳》，南京：南京大學出版社 1999 年，第 76 頁。

之心」的基礎上發展而成的。

　　在反理學、反覆古聲勢之下，李贄著《童心說》揭開反覆古、倡革新的大旗，認為「天下之至文，未有不出於童心焉者也。苟童心常存，則道理不行，聞見不立，無時不文，無人不文，無一樣創制體格文字而非文者。詩何必古選，文何必先秦。降而為六朝，變而為近體，又變而為傳奇，變而為院本，為雜劇，為《西廂記》，為《水滸傳》，為今之舉子業，皆古今之至文，不可得而時勢先後論也。」〔註73〕李贄這種文學進化觀，與以前後七子為代表的文學復古觀截然相反，對理學規範下的文學思想的衝擊更為激烈。如前所論，朱熹所持的是一種文學退化論，明代理學主導下的詩論觀也是以復古為主。在李贄的反理學反覆古的先聲之下，公安三袁也明確主張文學革新，袁宏道在《敘小修詩》中提出「獨抒性靈，不拘格套，非從自己胸臆中流出，不肯下筆」〔註74〕的觀點，在《德山塵譚》中，袁宏道明確反對「拂情以為理」：

　　　　孔子所言絜矩，正是因，正是自然。後儒將矩字看作
　　理字，便不因，不自然。……今人只從理上絜去，必至內
　　欺己心，外拂人情，如何得平？非理之為害也，不知理在
　　情內，而欲拂情以為理，故去治彌遠。〔註75〕

袁宏道認為，後儒只顧絜理，違反自然，背離了先秦儒家順應人情之處，不知理在情內，故而人心不古，世道昏瞶。袁氏這種「以情統理」的觀點，已經完全走向理學家情理關係的反面，是對理學的深刻批判。在晚明革新之士的大力推動下，抒性靈和反程朱、反覆古互相驅動，這也說明，在程朱理學漸趨僵化、陽明心學取而代之的時代背景之中，代表著儒家詩教經典形態的朱子理學詩學，漸漸失去了其賴以

〔註73〕　（明）李贄：《焚書》，北京：中華書局 1975 年，第 99 頁。
〔註74〕　（明）袁宏道：《敘小修詩》，《袁宏道集箋校》，錢伯城箋校，上海：
　　　　　上海古籍出版社 1981 年，第 187 頁。
〔註75〕　（明）袁宏道：《德山塵譚》，《袁宏道集箋校》，錢伯城箋校，上海：
　　　　　上海古籍出版社 1981 年，第 1290 頁。

生存的哲學根基，從而使得晚明文壇掀起了一股蕩除模擬因襲的文學革新思潮——性靈文學思潮。性靈文學思潮經歷了一個動態的發展過程，但不同時期不同學者提法不一，王陽明稱爲「自得」，徐渭稱爲「眞我」，唐順之稱爲「本色」，李贄稱爲「童心」，袁宏道稱爲「性靈」，湯顯祖稱爲「言情」，馮夢龍稱爲「情教」，由於清代袁枚等人又提倡「性靈」，後世一般以「性靈文學思潮」概而稱之。

　　性靈學說的盛行，與明清時期推尊個性自由的思想解放思潮密切相關。除了晚明心學盛行於思想文化界以外，清代康乾之後也興起了一股批判理學提倡性靈的個性解放思潮。從而使理學對社會的實際控制漸漸趨於沒落的狀態，理學詩學提倡的「溫柔敦厚」的詩學觀念激起了推尊性靈的詩論家的反抗，從而再次驅動了性靈學說的發展，這也是「清初大倡程朱理學和抨擊理學兩種思想在文學領域裏的相互搏擊」〔註76〕的反映。

　　清代建國之初，清政府利用程朱理學來加強封建統治，實施鉗制思想的高壓政策，康乾以後，高壓政策鬆弛，被種種言論鉗制重壓下的個性解放思潮重新擡頭，戴震等人借著對古代典籍的重新理解，直指被統治者異化了的「存天理滅人欲」的封建禁欲主義：「上以理責其下，而在下之罪，人人不勝指數。人死於法，猶有憐之者；死於理，其誰憐之！嗚呼，雜乎老、釋之言以爲言，其禍甚於申、韓如是也！六經、孔、孟之書，豈嘗以理爲如有物焉，外乎人之性之發爲情慾者，而強制之也哉！」〔註77〕發出了「以理殺人」的控訴，提出「理也者，情之不爽失也；未有情不得而理得」的著名觀點〔註78〕。這種反程朱反理學的思潮在詩學思想上也有所反映，以袁枚爲代表的『性靈』說已透露出詩學思想的潛移暗轉。在《錢璵沙先

〔註76〕　楊國學：《朱熹理學在〈紅樓夢〉中的兩難境地》，紅樓夢學刊，2005年第3輯。

〔註77〕　（清）戴震：《孟子字義疏證》，北京：中華書局1982年，第10頁。

〔註78〕　（清）戴震：《孟子字義疏證》，北京：中華書局1982年，第1頁。

生詩序》中，袁枚云：「嘗謂千古文章傳眞不傳僞，故曰『詩言志』，又曰『修辭立其誠』。然而傳巧不傳拙，故曰『情慾信，辭欲巧』，又曰『神也者，妙萬物而爲言』。古人名家鮮不由此。今人浮慕詩名而強爲之，既離性情，又凡靈機，轉不若野氓之擊轅相杵，猶應風雅焉。」袁枚認爲，時人所論所爲既無性情又無靈機，完全背離了古人名家的風雅精神。袁枚借楊萬里的話，明確反對當時盛行的「格調說」，同時表明對性靈的推崇：

> 楊誠齋曰：「從來天分低拙之人，好談格調，而不解風
> 趣。何也？格調是空架子，有腔口易描；風趣專寫性靈，
> 非天才不辨。」余深愛其言。須知有性情，便有格律；格
> 律不在性情外。〔註79〕

袁枚強調有性情，便有格律，其對情的重視在著作中比比皆是，「詩情愈癡愈妙」〔註80〕，「詩有情至語，寫出活現者」（《隨園詩話》卷十）、「文以情生，未有無情而成文者」（《隨園詩話》補遺卷六）。關於袁枚論詩的宗旨，錢泳將沈德潛與袁枚進行比較，認爲「沈歸愚宗伯與袁簡齋太史論詩判若水火：宗伯專講格律，太史專取性靈」。〔註81〕由於代表沈德潛詩學思想的《說詩晬語》寫於雍正九年（1731年），袁枚的《隨園詩話》在沈德潛《說詩晬語》之後，故袁枚主張的「性靈說」，實際主要針對當時流行詩壇的沈德潛「格調」說，並反對程朱理學所提倡的存理滅欲之論。朱熹《詩集傳》有所謂「淫詩」之論，其後學王柏也有刪除「淫詩」之舉，沈德潛提倡「溫柔敦厚」的詩教，論詩雖然也講性情，但提倡的是「止乎禮義」與「合乎天理」的「性情之正」，與朱熹強調「性情之正」的詩學觀念上有一脈相承

〔註79〕　（清）袁枚：《隨園詩話》卷一，朱坎校點，北京：人民文學出版社1960年，第2頁。

〔註80〕　（清）袁枚：《隨園詩話》卷一，朱坎校點，北京：人民文學出版社1960年，第176頁。

〔註81〕　（清）錢泳：《履園譚詩》卷八，載丁福葆《清詩話》，上海：上海古籍出版社1978年，第871頁。

之處，袁枚倡言「情所最先，莫如男女」，(《小倉山房文集》卷三十《答戢園論詩書》)，對男女之情加以肯定。袁枚「性靈說」的理論核心，是「從詩歌創作的主觀條件的角度出發，強調創作主體必須具有眞情、個性、詩才三方面要素，……須反對束縛性靈的『詩敎』說及規唐模宋的擬古『格調說』，亦反對以學問代替性靈、堆砌典故的考據爲詩之風氣。」〔註82〕從袁枚對當時詩學觀念的批判而言，袁枚「性靈說」實爲對儒家詩敎的反撥，是在程朱理學背景下對理學詩學的挑戰與否定。

正是晚明以來提倡性靈的文壇風氣的影響，以表現情感、張揚個性的詩歌、散文、雜劇、小說呈現出欣欣向榮的發展態勢，出現了《牡丹亭》、《金瓶梅》、《紅樓夢》等表現世情、愛情爲主的敘事作品，古典雅正的詩文漸漸不敵深爲市民所喜愛的小說、戲劇。這些作品擺脫了傳統的拘囿，大膽呼喚個性解放，確實在一定程度上蕩除了彌漫於文壇的復古模擬之風和形式主義的陳腐格局。但是，性靈思想對朱子理學詩學的衝擊固然強烈，但並未持久。袁宏道早年大倡性靈而不拘格套，後期思想還是發生了一定轉變，這也是今人認爲他帶有道學氣的原因：「從總的方面來看，袁宏道仍是一個關心世道的作家，而且由於他的『方巾氣』(即道學氣) 很重，他還是一個維護儒家正統思想的作家。」〔註83〕

要之，朱子理學詩學對後世詩學批評的影響是多維互動的，它既是儒家詩敎在宋代發展的經典形態，從而在正面文敎中對宋元明清產生積極影響，也在一定程度上拘囿了詩學的個性發展空間，從而在對立面上驅動了詩學觀念的活躍與更新。

〔註82〕 王英志：《清人詩話研究》，南京：江蘇古籍出版社 1986 年，第 200 頁。

〔註83〕 錢伯城：《袁宏道集箋校》前言，上海：上海古籍出版社 1981 年，第 5 頁。

結　語

　　朱子理學詩學作爲南宋及其後世經典的儒家詩學形態，代表了理學產生之後理學家正統的詩學觀念，借助於理學傳播與科舉制度，影響於宋元明清的歷代文人，經歷了歷朝被接受與被批判的命運，最終在傳統理學與傳統詩學均趨衰落的時勢風潮下漸漸退出歷史舞臺。作爲中國後期詩學史不可忽略的一種代表性詩學觀念，長期以來，朱子理學詩學並沒有得到足夠的正視與研究，人們只是泛泛地將其歸結爲理學的附庸而漠然視之。今天，朱子學已蔚爲顯學，朱子的詩學思想逐步得到正視與研究，但褒貶不一，究竟該如何客觀地認識朱子詩學思想是一個值得深思的問題。筆者以爲，要認識朱子理學詩學的成就與不足，一方面要重回當時的歷史語境，直面經典本身，力圖去把握和領會沉潛在歷史深處的精思；另一方面也要立足當下、以今天的眼光去看待。概而言之，朱子理學詩學的特點、成就與不足有以下幾個方面：

一、批判性與時代性

　　朱子理學詩學是在批評時弊的基礎上產生的批判性詩學成果。朱熹的批判有三，一是從制度上批判科舉詩賦。朱熹對科舉詩賦一

向持批判態度。他認爲「科舉是法弊」，〔註1〕「今科舉之弊極矣」。〔註2〕他從選拔人材出發，認爲「今之詩賦實爲無用」，〔註3〕有詩才者不妨去作詩，無詩才者則不必浪費時間與精力，不需要人人奔命去作詩。二是從詩歌形式上反對神頭鬼面的巧詩。朱熹對流行詩壇的江西詩派過於強調詩歌技巧的形式主義詩風大爲不滿，提倡厚重樸實的詩風。三是從詩學觀點上批評各種詩論。朱熹關注的詩學問題如作詩與論學、尊序與廢序、平淡與豪放、思想內容與形式技巧、詩教與詩品、詩人修養與修辭、文字好用經語等，均是當時詩壇密切關心的問題，朱熹對此一一加以反思，在繼承與批判中考察詩的本質、內涵與方法諸要素。他批判的對象既包括當時聲名顯赫的蘇軾、黃庭堅等著名詩家，也涉及諸多前賢與講友，如程頤、邵雍、呂祖謙、陸九淵、陳亮等人，他的詩學觀是在批判中的繼承，也是在批判中的發展。要之，朱子理學詩學是應時而生的產物，是對時人密切關注的詩學問題的批判與超越。

二、全面性與辯證性

　　朱子理學詩學對有史以來的詩學問題進行了全面的考察，莫礪鋒認爲「他對歷代詩歌的批評包括三個重點對象，一是先唐詩，二是唐詩，三是宋詩。從時間上說，他論詩的範圍已涵蓋了到當時爲止的全部詩史。」〔註4〕從內容上來說，朱熹的詩學理論涉及讀詩、寫詩、解詩、賞詩的方方面面，創作論、闡釋論、鑒賞論、接受論兼而有之。考察朱熹詩論應密切聯繫朱熹論詩時的具體語境，朱熹論詩知人論世又以詩論詩，既循法尊古又要求變古創新，既要求平淡渾成也欣賞剛健豪邁，他對蘇軾、黃庭堅、杜甫、陶淵明的理解

〔註1〕　《朱子語類》卷一百九。
〔註2〕　《朱子語類》卷一百九。
〔註3〕　《朱子語類》卷一百九。
〔註4〕　莫礪鋒：《論朱熹對歷代詩歌的批評》，南京大學學報，2000年第1
　　　　期。

均迥異時人，批判時不遺餘力，欣賞時讚不絕口，所論非一又實事求是，既顯現出融通的辯證，也體現出捍衛理學的醇正。

三、開創性與局限性

　　朱子理學詩學是在北宋理學家相關詩學觀念基礎上的繼承，在他的詩論中，不時映現出周敦頤、程頤、邵雍、楊時詩論的影子，但又不同於上述諸家。朱熹詩學承接理學詩派的成果，又融合新說自主創新，這表現在他較上述理學家相比，更能夠深入詩家三味，對詩學自身的本質、規律、作用等有更深的認識和理解。朱子理學詩學雖然提倡情志並重，但其以禮樂為先、立德為本的詩學觀念終其一生。在其堅守的詩學底線中，道德理想超越了審美理想，對詩歌淨化功能的強調使他反對人類情感的自然流露。朱子後學及正統詩論家對詩歌義理、詩歌教化的強調可謂變本加厲，一定程度上壓縮了詩歌泄導人情的作用，為後世詩壇的復古之風提供了契機，拘囿了詩學生命力。

　　總之，建構於理學根基的朱子理學詩學是理學與詩學的一體渾成而非兩體對立，是本體論、方法論與工夫論的有機統一，其中和條貫又犀利深刻，重理尚質又遵循自然，主情卻要求情正，尊古又要求變古不失其正，推崇平淡渾成又要求剛健豪邁。朱熹詩論是對立基礎上的統一，準確而全面地認識朱熹的詩學思想離不開知人論世和理學根基。對於今人而言，朱子理學詩學是一座蘊涵豐厚的礦藏，我們對它的關注與發掘才剛剛開始，它還需要我們作進一步的探索。

後　記

　　2006 年到 2009 年，我在南京大學師從周群老師攻讀中國文學思想史方向的博士學位，和許多基礎紮實、學養深厚的其他同學相比，我自知功力膚淺，需要從頭學起。從 2006 年收到南京大學的錄取通知書起，一直到 2009 年我博士研究生畢業，我確實認認真真地讀了三年書，雖然讀過的東西，今天忘記了不少。那時候，我除了認真上好文學院開設的課程之外，還興趣盎然地去歷史系聽了顏世安老師的《論語》課，哲學系徐小躍老師的《道德經》課。至今我還記得徐老師所說的「一經通，才能經經通」的宏論。上課、聽講座、看書，是我在博一階段做得最多的事。在宿舍、教室、圖書館的三方空間裏，我清空了內心許多塵世的欲望，放下自己，全身心地感知南京大學的書香與智慧。雖然，那時很貧窮，很寂寞，也有許多實際存在著的生活困難，但終究沒有像過往一樣，荒廢掉難得的讀書時光。

　　現在，距離我讀博的日子已經過去了五六年，五六年中我去過中國社會科學院，去過德國波鴻魯爾大學，做過兩次訪問學者，經歷了新的人生。但回望在南京大學讀書的日子，依然感到書香怡人的自得與充盈，溫暖著我的心田。

　　由於總覺得自己基礎差，特別渴望自己在短時間內能有提高，對知識的如饑似渴倒真是激發了我的膽量。我居然大言不慚地向老

師自薦，請求老師有什麼忙不過來的任務可以分配給我，我雖然學養不足，但一定全心全意，「不恥下問」，「倒逼」自己完成任務。周老師疑疑惑惑地看著我，不忍打擊我一心向學的熱誠，真的分配給我後來深感力不從心的任務——搜集與輸入《四書大全》，給《四書大全》作校注，他來作全程指導。

自從接下了這個任務，我確實花費了大量的時間，夜以繼日地整理《四書大全》，不談校注，就一個字一個字把從未整理過的古籍，輸進電腦，加上合適的標點，都需要大量的時間。輸入過程中，生僻字、異體字、模糊字的處理，需要相關技巧和經驗。一無所知的我，僅憑著一股令人可笑的熱誠，借助《漢語大詞典》等相關工具書，啃《四書大全》這塊硬骨頭。《四書》即《大學》《中庸》《論語》《孟子》，其原始文獻雖自古就有，但直到朱熹為它作注，並由官方以其《四書章句集注》作為科舉教科書，「四書」才作為一個整體為讀書人廣泛接受。《四書大全》是明人胡廣、楊榮、金幼孜等修纂的，綜彙眾家關於《四書》經注而成的一部著作，是明代科舉的重要文獻。我在日日整理《四書大全》的過程中，懵懵懂懂地感悟到朱熹的魅力，感受到了他詮釋《大學》《中庸》《論語》《孟子》渾然無礙的哲學思致。當我需要選定一個方向來為博士論文開題時，我經過深思熟慮，初以「理學視野下的朱熹詩學」為題，準備寫作博士論文。

在 2007、2008、2009 三年中，我幾乎日日與朱熹的著作為伍，長時間的浸淫使我對朱熹的詩學思想有自己的理解。朱子理學詩學，是我對他的詩學思想最後的定位。從事這一課題研究，對我來說是備受煎熬的。我骨子裏是個文學愛好者，對「理」有一種本能的拒斥。但在日日閱讀與書寫朱熹的過程中，我清楚地感知到「理」滲透在朱熹詩學研究和詩歌創作的方方面面。朱熹終生以著書立說為事，只在極短的時間裏做過官，他致廣大而盡精微的文史著述，自成體系，真是極高明而道中庸，作為千載而下的後生晚輩，我對前賢推崇備至，很難跳出三界外來說「長」道「短」，後人挖掘朱熹，大多只能以闡

釋爲能事，而少有評判。

　　因此，我的這本書，雖是在五年前成形的博士論文基礎上的重新整理，其主要意圖仍然是探討朱熹詩學思想和他理學著述之間的關係。五年來，我對朱熹詩學思想的理解沒有變，朱熹詩人身份的背後，仍然是個不折不扣的理學家；朱熹詩學的背後，仍然是理學根基。由于堅信自己的判斷，我後來推而廣之地思考宋詩尚理的詩學進程，申報了江蘇省高校哲學社會科學基金項目，獲得「宋代詩學的理學化進程研究」（11SJB750014）項目的立項。在本書的部分章節，在梳理朱熹詩學思想形成的背景性因素中，筆者局部梳理了「北宋五子」等人對朱熹詩學思想的影響，宋代詩學的理學化也體現在朱熹詩學思想形成過程中。

　　本書在原有博士論文基礎上整理，保留了原來論文的絕大部分，刪減了大約 3 萬多字的內容，力求更切近研究課題。由於本人學識素養的不足，也由於研究對象確實博大精深，書中定有許多粗疏與不足之處，懇請學界同仁不吝批評指正。

　　本書出版之際，感謝一直關心和扶持我的導師周群先生，感謝爲我提供讀書機會的單位鹽城師範學院，感謝家人默默無聞的支持與大愛無聲的陪伴，感謝出版方認眞而又熱心的支持。我相信，在文學研究的路途上，一起走，總比一個人走，更充實，更溫馨。

　　　　　　　　　　　　　王玉琴 2014 年 11 月於八菱花園